단글

악마적 취향 1

초판 1쇄 인쇄 2017년 1월 23일
초판 1쇄 발행 2017년 1월 31일

지은이 이하린
발행인 오영배
기획 박성인
책임편집 김보나
표지 · 본문 디자인 RAEHA
제작 조하늬

펴낸 곳 (주)삼양출판사 · 단글
주소 서울시 강북구 도봉로 173
대표 전화 02-980-2112 **팩스** / 02-983-0660
편집부 전화 02-980-2116 **팩스** / 02-983-8201
블로그 blog.naver.com/dan_gul
출판등록 1999년 3월 11일 제9-00046호

ISBN 979-11-283-9071-5 (04810) / 979-11-283-9070-8 (세트)

+ 이 도서의 국립중앙도서관 출판시도서목록(CIP)은 서지정보유통지원시스템홈페이지(http://seoji.nl.go.kr)와 국가자료공동목록시스템(http://www.nl.go.kr/kolisnet)에서 이용하실 수 있습니다. (CIP제어번호: 2017001685)

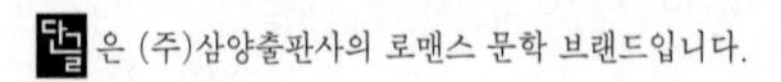

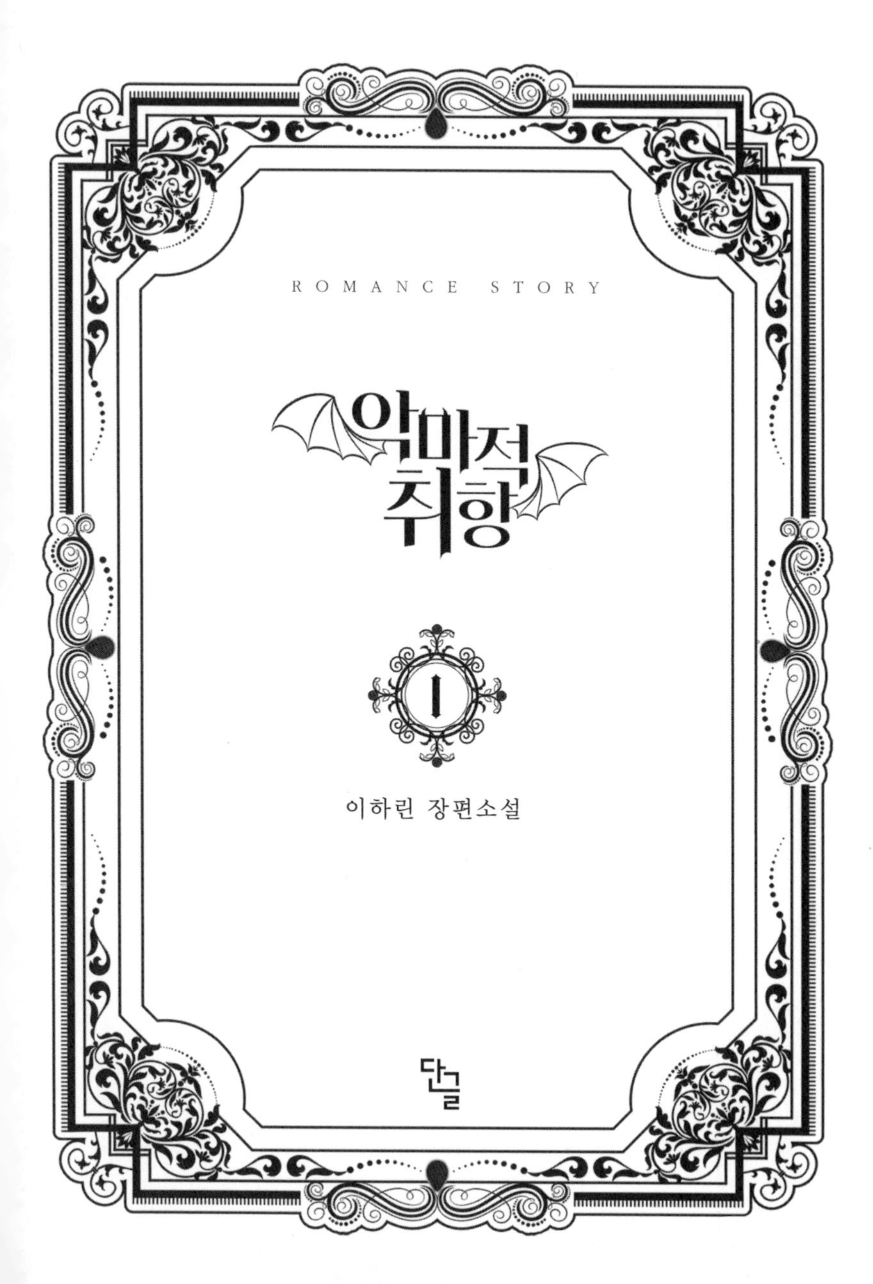
ROMANCE STORY
악마적 취향
1
이하린 장편소설
단글

| *C O N T E N T S* |

1. 악마는 편의점 알바생 · 007

2. 도대체 정체가 뭐야 · 053

3. 난 내가 한 말은 지켜 · 121

4. 하늘이 무너지지 않는 한 · 167

5. 처음이었다 · 207

6. 외로움과 닮은 것 같아서 · 265

7. 오랜만이다 · 315

8. 진심으로 할게 · 361

9. 심장이 멎을 뻔 했잖아 · 401

1

악마는 편의점 알바생

붉은 머리카락을 휘날리며, 자신의 앞길을 가로막는 것은 그게 무엇이라도 쓸어버렸다.

강한 힘, 아름다운 외모, 넘치는 카리스마까지.

악마중의 악마라고 칭송받던 전쟁의 여신.

대악마 벨로나(Bellona).

그것이 바로 내 이름이다.

하지만 지금은……

그녀가 삼각 김밥 바코드를 찍으며 나지막한 목소리로 말했다.

"천이백 원입니다."

한낱 편의점 알바생일 뿐이다.

딸랑—

교복을 입은 남학생이 삼각 김밥을 사 가지고 나가는 뒷모습을 바라보던 그녀가, 더 이상 참지 못하고 한숨을 푹 내쉬었다.

"하아."

모든 걸 잃었다.

악마로서 가진 능력들을 상실한 채 인간의 몸으로 살아간 지 이십오 년째.

누군가 조금이라도 적응이 되지 않았느냐고 물을지도 모르겠다. 하지만 전혀 아니었다.

아무리 긴 시간이 흐른다고 해도 지금 이 자리에 만족이 될 리가 없었다. 신체는 인간일지 몰라도 영혼은 악마 그 자체였으니까.

'대체 언제까지 이렇게 살아가야 한다는 거야!'

악마가 커다란 죄를 지으면 간혹 모든 힘을 봉인당한 채 인간 세계를 살아가야 하는 형벌을 받았는데, 대악마 벨로나 그녀가 지금 그것을 받고 있었다.

인간의 몸으로 태어나 거의 팔십 평생을 꼬박 살아야지만 힘을 되찾게 된다는 가장 가혹한 벌.

아직 절반의 시간도 채우지 못한 상태였지만, 그녀는 벌써부터 숨이 턱턱 막혀왔다.

스윽.

고개를 돌려 카운터 옆에 놓여 있는 거울을 들여다보자 자신의 얼굴이 눈에 들어왔다.

눈 아래로 시커멓게 내려온 다크서클.

창백하다 못해 새하얗게 질린 얼굴은 그녀의 삶이 얼마나 피폐한지를 보여 주는 듯했다.

힘을 잃은 채 하찮은 인간으로 살아가는 것만 해도 고달픈데……

시시때때로 자신을 찾아와 괴롭히는 것들 때문에 더욱 견디기가 힘들었다.

'……이놈들만 없었어도 지금보다 나았을 텐데.'

어느샌가 자신의 옆으로 접근해 온 하급 악마들을 보며 그녀가 알게 모르게 미간을 찌푸렸다.

—낄낄. 인간의 몸에 갇힌 대악마라니!

뭐가 그리 우스운지, 참지 못하겠다는 듯 웃음을 터뜨리는 하급 악마들을 보며 그녀의 표정이 살벌하게 변했다.

인간의 형상을 한 하급 악마들.

보통 인간들의 눈에 보이지 않는 그들은 그녀가 인간 세계로 내려올 때부터 근처를 맴돌며 괴롭히기 시작했다.

"벌레만도 못한 것들이 감히 누구한테 말을 걸어."

그녀의 입에서 스산하리만치 낮은 목소리가 흘러나왔다.

듣는 이로 하여금 소름이 오싹 돋을 만큼 위협적이었지만, 그녀가 온전히 힘을 잃었다는 사실을 잘 알았기에 하급 악마들은 계속 비웃음을 머금을 뿐이었다.

—아무런 힘도 남아 있지 않은 대악마 주제에 우리보고 뭐라고? 벌레만도 못해?

원래대로라면 그녀의 얼굴조차 제대로 쳐다보지 못할 이들이었지만, 그녀가 형벌을 받고 있는 지금은 상황이 달랐다.

하급 악마들은 수명이 짧아서 인간과 비슷했기 때문에 그녀가 다시 대악마로 돌아갈 때 즈음이면 그들 또한 죽어 없을 터.

그러므로 후환이 두렵지 않기에 아무런 거리낌 없이 그녀를 괴롭힐 수 있는 것이었다.

—어디 한 번 벌레만도 못한 우리한테 실컷 당해 보라고!

그들의 비웃음이 더욱 짙어지며, 말이 끝나는 순간이었다.

칙! 치지직!

진열되어 있는 라이터들이 한순간에 전부 불을 내뿜었다.

화아아악.

자그마한 불들이 한 덩어리로 모이며 점점 커다랗게 변해 갔다.

순식간에 벌어진 일.

그녀가 더는 참지 못하고 입을 열려는 순간이었다.

"으아아아아! 이, 이게 뭐야!"

자신보다 먼저 소리를 친 굵직한 비명 소리에 그녀의 고개가 돌아갔다.

그러자 그곳엔 놀라 까무러치기 일보 직전인 중년남성이 서 있었다.

"사장님?"

그는 바로 자신이 일하는 이곳 편의점의 사장이었다.

인간인 사장이 근처에 있음을 발견하고 재빨리 다시 고개를 돌리자 조금 전까지 편의점을 태워버리기라도 할 것처럼 커다랗게 부풀어 오르던 불이 감쪽같이 사라졌다.

대신 조금 전보다 더욱 커진 그들의 비웃음 소리가 귓가에 맴돌았다.

—깔깔깔!

자신을 조롱하는 듯한 그들의 행동에 얼굴이 딱딱하게 굳어졌지만, 그래도 그것을 사장 앞에서 티를 낼 수는 없었다.

인간인 사장은 아무것도 보이지도, 들리지도 않을 테니까.

최대한 침착한 목소리로 그녀가 다시 입을 열었다.

"사장님이 여긴 어쩐 일이세요?"

"바, 방금 그 불 뭐야? 너 못 봤어?"

"무슨 불이요?"

그녀가 아무것도 모른다는 듯 시치미를 떼고 있자 사장은 조금 전까지 크게 불길이 치솟았던 자리를 잠시 멍하니 쳐다봤다.

그러고는 믿을 수 없다는 듯이 중얼거렸다.

"내, 내가 헛것을 봤단 말이야?"

사장의 표정은 순간 복잡해졌다.

당연했다. 잘못 봤다고 생각하기엔 너무나도 생생할 테니까.

하지만 그렇다고 아무런 흔적도 없는 불길을 현실이라고 믿을 수는 없을 것이다.

실제로 그런 일이 일어날 리 없으니까.

결국 아무런 증거도 없는 일은 착각이라고 치부하기 마련이다.

지금까지 몇 번이나 겪었던 일이었기에 그녀의 표정은 태연했다.

"자꾸 헛것을 보시는 걸 보니 몸보신이라도 하셔야겠어요, 사장님."

그 말이 먹힌 건지 사장은 한 손으로 이마를 짚으며 나직이 말했다.

"정말 그래야 하나."

여기까지 왔다면 성공이었다.

자신을 의심해서 이 편의점 알바에서 잘리거나 하는 일은 없을 것이다.

남몰래 안도의 한숨을 내쉬고 있을 때였다.

사장이 그녀를 향해 말했다.

"이제 퇴근 시간이지? 그만 가 봐. 진호는 오늘도 늦는다고 나한테 연락 왔더라고. 이놈을 자르든가 해야지, 지각을 아주 밥 먹듯이 해."

"네, 그럼 전 이만 들어가 볼게요."

투덜거리는 사장의 말을 자르며 그의 곁을 지나칠 때였다.

"박화인."

사장의 입에서 나온 이름에 그녀가 순간 걸음을 멈추고 그를 쳐다봤다. 그러자 사장이 카운터 옆에 놓인 그녀의 휴대폰을 가리키며 말했다.

"이거 가져가야지."

깜빡 잊을 뻔했던 휴대폰을 다시 손에 쥐며, 그녀가 무뚝뚝하게 대답했다.

"네."

박화인.

그것은 인간의 모습을 한 그녀의 이름이었다.

그리고 대악마인 그녀는 이렇게 박화인이란 이름으로 인간 세계에서 아주 힘겹게 살아가고 있는 중이었다.

*　　*　　*

터벅터벅.

힘없어 보이는 걸음걸이로 바깥을 향하는 화인의 뒷모습을 바라보며 편의점 사장은 자신도 모르게 고개를 저었다.

얼마 전에 뽑은 저 박화인이라는 여자 알바생은 어딘가 모르게 너무 음침했다.

잠은 제대로 자는 건지, 턱 밑까지 내려온 다크서클에 생기가 없는 얼굴은 흔히 말하는 은둔형 외톨이 같아 보였다.

뭐, 그렇다고 매번 지각을 일삼는 다른 알바생이 마음에 드는 건 아니었지만.

"에잉, 마음에 드는 알바가 없어."

사장은 괜스레 투덜거리며, 문을 열고 들어오는 손님을 맞았다.

*　　*　　*

드르르르.

화인은 세워뒀던 자전거를 타고 집으로 향했다.

시원한 바람을 맞으며 달리는 이 짧은 순간이 그녀의 하루 중에 그나마 가장 나은 시간이었다.

하지만 그녀에게 조금도 쉬는 시간을 주고 싶지 않은 건지 방금 나타났던 하급 악마들이 다시 모습을 드러냈다.

—불장난이 별로였나 봐? 크게 놀라지도 않네?

으득.

성격 같아선 욕이라도 한 바가지 해 주고 싶었지만, 그래 봤자 손해를 보는 것은 오히려 자신이었다.

다른 인간들 눈에는 보이지 않는 그들과 대화를 나눠 봤자 남들 눈에는 정신 나간 여자로 보일뿐더러, 그들 또한 자신의 반응을 보며 더욱 즐거워할 뿐이다.

그렇기 때문에 화인은 아무런 대꾸조차 하지 않은 채 어금니를 깨물 뿐이었다.

—**뭐야, 이젠 방법을 바꿔서 상대도 안 해 주겠다는 거야?**

잠깐 실망한 기색을 보이는 듯하더니, 그들이 다시 짓궂은 목소리로 말을 걸었다.

—**그럼 우리도 방법을 바꾸는 수밖에.**

의미심장한 그들의 말에 화인의 시선이 무의식적으로 하급 악마를 향했다.

그때였다.

휘익!

그들의 손이 자전거를 타고 있는 화인을 밀어 버렸다.

눈으로 보이지는 않았지만, 그들이 원한다면 물리적인 힘을 사용하는 것도 가능했기 때문에 그녀가 타고 있는 자전거가 순식간에 균형을 잃고 쓰러졌다.

쿠당탕탕!

볼품없이 넘어져 엉덩방아를 찧은 그녀가 고개를 들어 하급 악마들을 노려봤다.

그녀의 분에 찬 시선을 받고서야 하급 악마들은 마음에 든다는 듯이 다시 웃음을 터뜨리기 시작했다.

—**꺄르륵.**

화인이 넘어질 때 생긴 볼에 난 상처가 순식간에 아물며 사라져 갔다.

놀라울 정도로 뛰어난 회복력.

하지만 그것은 축복이 아니라 그녀의 몸에 걸려 있는 저주였다.

자살을 방지하기 위해 몸에 걸어 놓은 장치로 어떻게 해서든 형벌의 시간을 끝까지 채우게 하려는 속셈인 것이다.

그 덕분에 그녀는 마음대로 죽을 수조차 없었다.

'젠장, 이럴 거면 고통도 같이 없애 주든가.'

하지만 회복만 빠를 뿐 상처에 대한 고통은 생생했다.

그녀는 아려 오는 느낌에 소매로 볼을 슥 문질렀지만 이미 상처는 사라진 이후였다.

"적당히 까불어."

화인이 냉기가 뚝뚝 떨어질 것 같은 말투로 하급 악마들을 향해 경고를 날릴 때였다.

사아아아아—

갑자기 한차례 바람이 불어오는 듯했다.

그냥 바람이 아니라 뭔가 신선한 느낌이 확하고 풍겨졌다.

의아한 생각에 주위를 둘러보자 이상하게도 하급 악마들의 모습이 사라져 있었다.

'어디 갔지?'

궁금증에 주변을 둘러보던 때였다.

저벅저벅.

자신을 향해 점점 가까워지는 발걸음 소리가 들려왔다.

자연스레 그곳으로 화인의 시선이 향하자 넘어져 있는 그녀에게 걸어오는 늘씬한 두 다리가 보였다.

우뚝.

윤이 나는 고급스러운 구두가 정확히 자신의 앞에서 멈춰 섰다.

다가온 누군가를 확인하기 위해 고개를 들자 그의 등 뒤로 비추는 햇살 때문에 눈살이 찌푸려졌다.

역광으로 인해 한순간 그의 모습을 정확히 확인할 순 없었지만, 빛에 반짝거리는 은발 머리카락이 시선을 사로잡았다.

그렇게 잠시 누군가의 실루엣을 쳐다보고 있을 때였다.

"이런, 괜찮을지 모르겠네."

듣기 좋은 허스키한 남자의 목소리.

눈이 부신 것이 익숙해지자 넘어져 있는 자신의 앞에 서 있는 남자의 모습이 확인되었다.

훤칠하게 큰 키에 몸에 알맞게 달라붙은 슈트.

옷을 입고 있음에도 불구하고 한눈에 봐도 이 남자의 몸매가 얼마나 빼어난지 알 수 있었다.

그리고 그는 이런 뛰어난 신체 비율을 가지고 있음에도 몸매보다 더욱 완벽해 보이는 얼굴을 가지고 있었다.

무심해 보이는 두 눈에, 오뚝 솟은 콧날. 그리고 날카로운 턱선이 사실 인간이라기보다는 악마와 같은 외모라 놀라울 정도였다.

하지만 놀람은 잠시일 뿐.

화인은 자신에게 쓸데없는 친절을 베풀려는 남자를 향해 무뚝뚝하게 말했다.

"저는 괜찮으니까 신경 쓰지 마세요."

화인이 자신의 앞에 쓰러져 있는 자전거를 일으켜 세우기 위해 몸을 움직이려 할 때였다.

스윽.

그가 한 걸음 더 다가오는 모습에 화인이 재차 차갑게 말했다.

"괜찮다고 했잖……!"

그런데 그 말이 채 끝나기도 전이었다.

그가 그대로 화인을 지나쳐 그녀의 뒤편에 있던 자동차를 향해 가까이 다가갔다.

자전거에 긁혀서 선명하게 흠집이 난 자동차를 보며 그의 미간이 슬쩍 좁혀졌다. 그러고는 허스키한 목소리로 그가 다시 말을 했다.

"역시 흠집이 났네."

그제야 화인은 그가 넘어져 있던 자신을 향해 말을 건넨 것이 아니란 사실을 알아채고 무안해졌다.

하지만 곧 그런 감정보다 저 자동차를 흠집 낸 것이 다름 아닌 자신의 자전거란 생각에 그녀의 표정이 급속도로 어둡게 변했다.

힐끔.

눈동자를 굴려서 살펴보니 자동차가 유달리 번쩍거리는 게 예사롭지 않았다.

'비싼 차 같은데 어떡하지?'

화인의 머릿속이 복잡해질 때였다.

자동차를 내려다보던 남자의 시선이 이내 화인을 향했다.

"자전거 하나 똑바로 못 탈 거면 아예 타질 말아요. 멀쩡하게 주차해 놓은 차를 들이박으면 어떡합니까?"

짜증이 섞인 그의 말투에 화인은 순간 황당해졌다.

이 사람이 누군 넘어지고 싶어서 넘어진 줄 아나!

이쪽도 나름대로 사정이 있다고!

이렇게 소리를 치고 싶은 걸 꾹 눌러 참으며, 그녀가 나직한 목소리로 말했다.

"자전거를 못 타는 건 아니고, 갑자기 빈혈이 생겨서 넘어진 거예요."

그 말을 들은 남자의 입에서 픽하고 바람 빠지는 듯한 웃음소리가 새어 나왔다.

그것은 명백한 비웃음이었다.

"빈혈이요?"

믿지 못하겠다는 듯이 쳐다보는 남자의 시선에 화인은 뭔가 울컥하고 속에서 치밀어 올랐다.

뭐야, 이 싸가지는?

"이봐요."

화인이 한 마디 쏘아붙이려고 입을 열었지만, 그가 더 빨랐다.

"됐고. 빈혈로 넘어졌든 뭐든, 저건 변상해 주시죠."

남자는 눈짓으로 자동차에 흠집이 난 부분을 가리키며 말했다.

그런 간단한 동작조차 멋스러워서 어딘가 더 얄밉게 느껴졌다.

화인이 못마땅하다는 표정으로 대꾸했다.

"누가 변상 안 하겠대요? 그래서 얼만데요?"

"차를 보면 대충 얼마 나올지 견적 안 나와요?"

"기스 난 부분 살짝 도색하는 정도면 이십만 원……."

"최소한 몇 백만 원은 예상하세요. 정확한 금액은 나중에 청구서로 보내죠."

"어, 얼마요?"

뭐? 몇 백만 원?

화인의 입이 벌어졌다.

아무리 과거에 대악마였다 하더라도 지금은 평범한 인간처럼 살아가고 있는 그녀다.

결코 돈에서 자유로울 수는 없었다.

"아니, 그 금액이 나오는 게 말이 돼요? 차가 찌그러지거나 어디가 파인 것도 아니고 고작해야 범퍼에 3, 4cm 기스가 난 것뿐인데."

따지듯이 말하는 그녀의 말을 자르며 남자가 말했다.

"뻔뻔하군요. 가만히 있는 차에 자기가 와서 박았고, 이런 차에 도색이요? 이 정도 흠집이면 범퍼 교체하는 게 당연한 거 아닙니까? 쓸데없이 그쪽과 입씨름할 생각 없으니 휴대폰 번호 줘요, 견적 받아서 보낼 테니까."

남자는 재촉하듯이 한쪽 손을 앞으로 내밀었다. 얼른 휴대폰 번호를 달라는 제스처였다.

화인은 그가 내민 손을 물끄러미 바라보다 갑자기 화가 치밀었다.

이 하급 악마들을 확 그냥!

성질 같아선 모조리 죽여 버리고 싶었지만 그건 차후의 문제였다.

그녀는 당장 이렇게 큰 금액을 배상할 수 있는 처지가 아니었다.

안 그래도 비싼 차에 흠집을 낸 것 같아서 몇 십만 원은 깨지겠구나 싶었는데, 이건 자신의 생각보다 한참은 더 높은 금액이었다.

'젠장, 내가 어쩌다 이런 처지가 된 거야.'

대악마의 체면이 말이 아니었다.

자고로 악마라면 인간들 머리 꼭대기 위에 서서 그들을 희롱하며 즐거워하는 존재였다.

그런데 이렇게 구질구질하게 돈에 얽매여 있다니!

스스로가 초라하게 느껴졌기에 더욱 화가 났지만, 당장 이 상황을 해결할 어떤 방법도 없었다.

'정말 이것만은 쓰기 싫었는데…….'

웬만해선 절대로 사용하고 싶지 않은 게 떠올라 망설이고 있을 때였다.

아무 말도 없이 우두커니 서 있는 그녀를 향해 남자가 다시 입을 열었다.

"전화번호 달라는 말, 안 들립니까?"

남자는 몸에 배어 있는 여유로운 행동이 딱 봐도 귀티가 줄줄 흐르는 부류였다.

흔들흔들.

그가 내민 손을 위아래로 흔들며 빨리 전화번호를 내놓으라는 동작을 취했다.

자꾸만 재촉하는 그의 행동에 화인은 눈을 질끈 감고 결심할 수밖에 없었다.

정말 마음에 들지 않았지만, 다른 방법은 없었다.

확!

그녀가 갑자기 고개를 치켜들었다.

갑작스러운 그녀의 행동 때문에 얼떨결에 두 사람의 얼굴이 매우 가까워졌다.

"지금 뭐하는……."

남자가 놀라서 입을 열려고 할 때였다.

화인이 인간이라고는 쉽게 믿기지 않을 만큼 잘생긴 남자의 얼굴을 가만히 들여다보며 말했다.

"넌 지금부터 내 말에 따른다."

화인의 입에서 나온 목소리는 묘하게 평상시와 달랐다.

그 이유는 그녀의 몸속에 아주 미약하게 남아 있는 마력을 사용했기 때문이다.

그녀에게 남은 유일한 능력, 바로 최면술이었다.

"지금 당장 내 얼굴을 잊어버리고, 여기서 나와 나눈 모든 이야기를 죽을 때까지 기억에서 지운다. 자동차는 네 실수로 어딘가에 긁힌 거야."

남자에게 간단히 최면을 건 화인은 바로 표정을 구겼다.

몸 안에 남아 있는 마력도 거의 없지만, 이렇게 힘을 사용을 하는 건 독약이나 다름없었다.

페널티라고 해야 할까?

인간으로서 살아가는 게 아니라 악마의 힘을 사용했기 때문에 그녀가 인간 세계에서 받아야 할 형벌의 시간이 더욱 길어졌다.

자주 사용할 수는 없더라도 가끔씩 인간들에게 최면술을 쓰면서 산다면 지금보다는 편하게 살겠지만, 그만큼 인간으로 살아가야 하는 시간이 길어진다는 소리다.

그녀는 지금보다 편한 환경에서 길게 살아가느니, 짧고 굵게 사는 것을 선택했다.

단 하루라도. 아니, 일분일초라도 더는 이렇게 인간으로 살고 싶지 않으니까.

그녀에게 이곳은 지옥, 그 자체였다.

힘을 사용한 탓에 인간 세상에서의 삶이 길어졌다는 사실에 씁쓸함이 밀려와 기분이 좋지 않았다.

화인은 자신의 앞에 서 있는 남자의 얼굴을 한 번 힐끗 쳐다보고는 다시 가던 길을 가기 위해 몸을 돌렸다.

그때였다.

"지금 나랑 장난해요?"

"……!"

황당하기 짝이 없다는 남자의 말투에 화인은 재빨리 고개를 돌려 다시 그를 쳐다봤다.

자신을 내려다보는 새까만 눈동자는 결코 처음 보는 사람을 대하는 시선이 아니었다.

최면이 성공했다면 그는 자신의 얼굴과 지금까지 나눈 대화들을 잊어버렸어야 했다.

하지만 전혀 그런 기색이 보이지 않는다면, 답은 하나였다.

"설마 최면이…… 안 통했어?"

믿을 수 없다는 듯이 중얼거리는 그녀의 말에 남자는 더욱 기가 차다는 듯이 대꾸했다.

"최면? 설마 당신이 잊으라고 말하면 정말 내 기억이 사라질 거라고 생각합니까?"

남자의 질문에 순간 화인의 말문이 막혔다.

인간으로 살아온 지 이십오 년째다.

지금 자신이 한 행동을 맨 정신으로 봤을 때 얼마나 해괴해 보이는지 모르는 바가 아니었다.

하지만 그보다 더 중요한 사실은, 한낱 인간인 이 남자에게 최면이 통하지 않았다는 사실이다.

'아무리 내 마력이 미약하다고 해도 인간한테 최면이 안 통할 리가…….'

그녀의 생각은 길어지지 않았다.

"하, 정신 나간 여자라니…… 미치겠군."

답답하다는 듯이 내뱉는 한숨 소리와 그의 나지막한 중얼거림에 화인이 다시 입을 열었다.

"사람을 앞에 두고 정신 나간 여자라뇨, 당신이 생각하는 그런 거 아니에요. 그냥……."

"내가 생각하는 게 뭔 줄은 압니까?"

"그러니까! 정신 이상한 거 아니라고요."

가뜩이나 이게 어떻게 된 상황인지 모르겠는데 자꾸만 자신을 미친 여자 취급하는 그에게 스스로도 모르게 조금 언성을 높여 버렸다.

'아, 이게 아닌데.'

지금 자신이 큰 소리를 칠 때가 아니었기에 화인이 서둘러 다시 입을 열려고 할 때였다.

피식.

남자가 어처구니없다는 듯이 한 번 웃고는 나지막한 목소리로 대꾸했다.

"정신이 이상한 사람이 자기가 이상하다는 걸 알 거라고 생각해요? 지금 그쪽 행동을 보면 절대 정상은 아닌 것 같은데."

'이……!'

어딘가 약 올리는 것 같은 그의 말투에 화인은 다시 입을 다물었다. 다소 부드럽게 말을 하고 싶어도 이상하게 이 남자 앞에서는 그게 안됐다.

남자가 다시 말했다.

"어쨌든 나는 당신 정신이 이상하든 아니든, 그런 것에 조금도 관심 없어요. 중요한 건, 당신이 흠집 낸 내 자동차 수리비를 받아내는 건데……."

덥석!

말을 하던 남자가 갑자기 화인의 팔을 잡아챘다.

"이게 지금 뭐하는 짓이에요?"

화인이 자신의 잡힌 팔을 바라보며 딱딱하게 말했지만, 남자는 여전히 뻔뻔한 얼굴로 말을 이어 나갔다.

"원래는 전화번호나 받고 헤어지려고 했지만, 그쪽이 나한테 이상한 최면을 걸려고 하질 않나 수상한 행동을 했잖아요. 그런데 내가 어떻게 그냥 보냅니까?"

"그, 그건……!"

"경찰서로 같이 가죠."

남자의 마지막 말에 화인의 입이 벌어졌다.

전혀 생각지도 못한 전개였기 때문이다.

경찰서.

하지만 그 한 단어에 화인은 순식간에 현실로 돌아왔다.

조금 전까지 했던 복잡한 생각을 뒤로한 채, 머리가 침착하게 돌아가기 시작했다.

자동차 수리비.

지금 중요한 것은, 이 싸가지 없는 남자의 차를 긁은 것에 대한 수리비를 어떻게 하면 갚지 않고 피할 수 있느냐였다.

남자의 말이 맞았다.

화인은 지금 자동차 수리비를 갚지 않은 채 도망치려 하고 있었다.

"당장 이 손 놓지 못해요?"

"못 놓겠는데요. 그 되지도 않는 최면이라는 걸 다시 걸어서 빠져나가 보시던가요."

마치 놀리는 것 같은 남자의 말에 화인이 그를 째려봤다.

'제길, 이 정도 기스에 왜 범퍼를 교체한다고 난리야. 티도 안

나는구만!'

수리비로 몇 백만 원이나 낼 수 있을 정도의 여유 자금이 그녀에겐 없었다.

어떻게 해서든 경찰서에 가기 전에 이 남자를 떼어 놔야 했다.

남자에게 팔을 잡힌 화인의 머리가 재빠르게 돌아갈 때였다.

타닥타닥.

두 사람이 있는 곳으로 다급하게 다가오는 어떤 남자의 모습이 보였다.

그 역시도 깔끔한 정장을 입은 훈남 스타일이었다.

지금 자신의 팔을 잡고 있는 차 주인과 비교가 되지는 않았지만 말이다.

"저, 이분은……?"

두 사람을 본 남자의 눈이 커졌다.

특히나 남자가 일방적으로 잡고 있는 듯이 보이는 자신의 팔을 보고 더 그러는 듯 보였다.

그제야 팔을 붙잡고 있던 남자가 뭔가 오해를 불러일으킬 만한 상황이라 판단했는지 입을 열었다.

"이건 말이야,"

하지만 남자의 말은 끝까지 이어지지 않았다.

가까이 다가온 다른 남자를 향해 화인이 재빨리 남아 있는 마력을 쥐어짜서 말했다.

"넌 지금부터 무슨 일이 있어도 이 자동차 주인을 이 자리에 붙잡아 둔다."

제발 되라!

조금 전, 차 주인에게는 통하지 않았던 최면술이다.

그 이유가 뭔지 모르겠지만, 지금 그녀에게 남아 있는 다른 방법은 없었기에 지푸라기라도 잡는 심정으로 다시 걸어 본 것이었다.

화인의 말을 들은 차 주인이 어처구니없다는 듯이 웃음을 흘렸다.

"당신 공상 만화를 너무 많이 본 거 아닙니까?"

하지만 그의 여유로운 표정은 곧이어 딱딱하게 굳어 버리고 말았다.

꽈악!

이곳을 향해 다가왔던 남자가 초점이 흐려진 눈동자로 그의 어깨를 감싸 안았기 때문이다.

"너, 지금 뭐하는 거야?"

남자가 당황하고 있는 틈을 타 화인이 재빨리 붙잡혀 있던 자신의 팔을 빼냈다.

"이봐!"

그제야 남자가 당황한 듯 소리쳤지만, 이미 늦었다.

화인은 유유히 넘어졌던 자전거를 일으켜 세우곤 안장에 올라앉았다.

“이거 놔. 이게 대체 뭐하는 짓이야?”

남자가 이해가 안 간다는 듯이 자신을 붙잡고 있는 사람을 향해 말했지만 그는 아무런 대꾸조차 하지 않았다.

어딘가 이상하다는 걸 느끼는 건 당연한 일이었다.

“이게 대체…….”

혼란스러운 눈동자를 하고 있는 남자를 향해 화인이 손을 살짝 흔들었다.

작별 인사는 일부러 그를 약 올리기 위한 행동이었다.

“정신 나간 여자는 이만 갑니다. 그럼 안녕.”

얄밉게 한 마디 남긴 화인은 그렇게 자전거를 타고 인적이 많은 사람들 사이로 사라져 갔다.

드르르르르.

점점 멀어져 가는 그녀의 자전거를 바라보며 남자는 믿지 못하겠다는 듯이 중얼거렸다.

“……뭐야, 그 최면이 설마 진짜라는 거야?”

* * *

반지하 단칸방.

자신이 살고 있는 집에 도착한 화인은 투덜거리면서 안으로 들어섰다.

“재수가 없으면 뒤로 넘어져도 코가 깨진다더니. 어떻게 자전거가 쓰러진 자리에 하필이면 그런 차가 서 있냐고.”

그녀는 거칠게 머리를 한 번 쓸어 넘기곤 입고 있던 외투를 벗었다.

그러곤 언제나처럼 긴 소매를 어깨까지 들어 올려 자신의 몸에 새겨진 낙인을 확인하려 했다.

그것은 인간의 몸으로 태어날 때부터 새겨져 있던 문신으로 악마에겐 죄인의 낙인이었다.

화인의 몸에 새겨진 이 문신이 완전히 사라지는 날, 비로소 그녀는 형벌의 시간을 모두 끝내고 죽을 수 있게 되는 것이다.

그리고 그때야말로 대악마 벨로나로서 다시 살아갈 수 있게 된다.

‘젠장, 최면을 두 번이나 썼으니 형벌의 기간이 얼마나 늘었을지…….’

몸에 새겨진 낙인은 그런 그녀에게 남은 형벌의 기간을 알려주는 역할을 했다.

동그랗게 생긴 복잡한 문양 안에는 그녀에게 남은 날짜가 숫자로 적혀 있었고, 이십오 년을 인간 세상에서 살았던 시간만큼 사라져 갔다.

어젯밤에 보았던 숫자는 21020일.

‘금액도 좀 컸고, 두 번이나 썼으니 반년은 늘었겠지?’

그 기간이 대체 얼마나 늘었을지 궁금하지 않을 리가 없다.

스윽.

차마 똑바로 볼 용기가 나지 않았는지, 실눈을 뜬 채로 거울을 통해 자신의 어깨를 내려다보던 그녀가 낙인의 상태를 확인하고는 놀란 듯 자신의 눈을 비볐다.

'내가 잘못 봤나?'

하지만 아무리 눈을 비비고 다시 봐도 자신이 본 것은 틀리지 않았다.

21017일.

몸에 새겨진 낙인의 숫자가 다시 늘어나기커녕 오히려 줄어들어 있었다.

'이럴 수가!'

원래대로라면 마력을 썼기 때문에 형벌의 기간이 늘어났어야 했다.

마력을 사용한 게 이번이 처음도 아니고, 부득이하게 살면서 몇 차례 최면술을 사용한 적이 있었다.

그리고 그 대가로 그녀는 이 인간 세상에서 몇 년을 더 살아야 하는 끔찍한 벌을 받아야 했다.

매번 최면술을 쓸 때마다 다르긴 했지만 그걸로 얼마큼의 이득을 보느냐에 따라 최소 보름에서 최대 일 년 가까이의 기간이 늘어나는 것까지 경험했던 화인이다.

이번에도 수백만 원의 돈을 갚지 않기 위해 이같이 능력을 썼으니 아마도 적지 않은 시간이 늘어났을 거라 예상을 했었다.

그런데 형벌의 기간이 늘기는커녕 오히려 줄어들다니?

"말도 안 돼!"

정말 말도 안 되는 일이었다.

설령 마력을 사용한 것을 제외한다 하더라도 낙인의 시간이 하루만큼 줄어든 게 아니라 삼 일이나 사라져 있었다.

지금까지 이런 적은 단 한 번도 없었다.

'도대체 왜?'

고민하는 화인의 머릿속에 불현듯이 떠오르는 기억이 있었다.

'그러고 보니, 내 몸에 최면을 연달아 두 번 사용할 만큼 마력이 남아 있었나?'

아니었다.

그녀의 몸에는 간신히 한 번 정도 최면을 걸 수 있을 만큼의 미약한 마력만이 존재했었다.

그런데 조금 전, 최면을 두 번 걸었을 뿐만 아니라…….

아직도 몸 안에 남아 있는 마력이 똑똑히 느껴졌다.

"설마……."

화인의 머릿속에는 자신의 최면이 통하지 않았던 남자의 얼굴이 떠올랐다.

"그 남자가?"

화인의 입이 자신도 모르게 벌어졌다.

상식적으로는 납득이 되지 않는 일이었다.

그 남자가 뭐라고?

그는 한낱 인간일 뿐이었다.

그가 만에 하나 악마였다면 대악마인 자신이 알아보지 못했을 리가 없을뿐더러, 상대방 또한 자신의 존재를 느꼈을 것이다.

고작 인간인 주제에 악마에게 영향을 끼친다?

지금까지 이런 경우에 대해선 단 한 번도 들어 본 적이 없었다. 인간 세상에서 그만한 힘을 가진 존재라니!

하지만 분명한 건 낙인의 날짜가 줄어들어 있다는 것이다. 그리고 이 현상은 틀림없이 그 싸가지 없는 남자와 연관이 있다는 사실이다.

이상하다고 느꼈던 모든 일들의 중심에는 남자가 있었고, 그 때문에 벌어진 일이라고 생각하니 모든 것들이 퍼즐 맞춰지듯 맞아떨어졌다.

자신을 괴롭히던 하급 악마가 갑자기 모습을 감춘 것. 또한 몸 안에 남아 있던 미약한 마력이 증가한 것도.

오늘따라 어딘가 평소와 다르다고 느꼈던 모든 부분들은 전부 그 남자를 만나고 나서부터였다.

벌떡!

거기까지 생각한 화인은 다급하게 자리에서 일어났다.

더 이상 자리에 앉아서 생각이나 하고 있을 때가 아니라고 판단했기 때문이다.

지금이라면, 그 남자가 아직 그 자리에 있을 것이다.

벗어 놓은 외투를 다시 걸칠 생각도 못 한 채, 그녀가 바깥을 향해 뛰어나갔다.

벌컥!

거칠게 현관문을 열어젖힌 화인은 신발조차 제대로 신지 않은 상태로 달렸다.

숨이 턱 끝까지 차올랐지만 정작 그녀의 표정은 밝았다.

마치 끝없는 어둠 속에서 한 줄기 빛을 발견한 느낌이었다.

조금 전까지만 해도 수백만 원의 수리비를 지불하지 않기 위해 최면술까지 사용하여 도망쳤지만, 지금은 상황이 완전히 달라졌다.

형벌의 시간만 줄어들 수 있다면 더 이상 돈은 중요치 않았다.

인간인 박화인은 결코 돈으로부터 자유로울 수 없었지만, 대악마 벨로나는 그따위 눈곱만큼도 필요 없었으니까.

그 남자를 만나 대체 어떤 작용으로 인해 시간이 줄어든 건지 알아내야만 했다.

"하아, 하아……."

당장이라도 숨이 넘어갈 것처럼 다급하게 뛰어온 곳은 바로 조금 전 그 남자를 처음 만났던 장소였다.

아까까지만 해도 다시는 이 길을 이용하지 않으리라 다짐했지만, 그녀는 운명의 장난처럼 이곳에 다시 돌아와 있었다.

두리번두리번.

하지만 아무리 고개를 돌려 찾아봐도 그의 모습은 보이지 않았다.

'내 최면이 이렇게 빨리 풀렸단 말이야?'

그때는 다급해서 그냥 이 자리에 붙잡아 두라고만 명령을 내렸다.

그랬기에 시간이 지나면 자동으로 풀릴 거라는 사실은 알았지만, 그게 이렇게 빠를 거라고는 예상치 못했었다.

이 자리를 떠나고 다시 돌아오는 데까지 걸린 시간은 고작해야 삼사십 분 정도. 원래대로라면 최면술이 두 시간은 유지가 되었어야 했다.

'망할! 그때 그냥 휴대폰 번호를 주는 건데!'

수리비를 지불하기 위해선 자취집 보증금까지 빼야 할 것 같아 도망쳤는데, 이제 와 돌이켜 보니 그게 미치도록 후회가 됐다.

마치 바로 눈앞에서 지옥 같았던 인간 세상을 끝내고, 다시 대악마로 돌아갈 수 있는 기회를 놓친 것만 같았다.

안타까움에 속이 쓰렸지만 이미 지나간 일을 어찌할 수는 없었다.

오늘 벌어진 일.

그것은 분명 지금까지 전혀 상상도 못 한 일이었다.

그렇기에 어떻게 이런 일이 생기게 된 건지 아직 정확히 알 수는 없었지만, 변하지 않는 사실은 하나 있었다.

그건 바로 여태까지 없었던 희망이 생겼다는 것.

이제까지의 모든 것을 단번에 바꿔 버릴 수 있는 존재가 나타났기 때문이다.

그 사실 하나만으로도 가슴이 세차게 뛰어왔다.

서늘한 날씨에 얇은 옷차림. 신발조차 제대로 신지 않은 그녀를 지나가는 사람들이 힐끔거렸지만, 지금 화인에게 그런 것 따위는 안중에도 없었다.

으득—

그녀는 조금 전까지 남자가 서 있던 자리를 쳐다보며 결심을 굳힐 뿐이었다.

"너…… 어떻게든 내가 찾아낸다."

* * *

화인의 고생은 그날부터 시작됐다.

남자에 대해 아는 거라곤 아무것도 없었다.

그런 사람을 이 넓은 서울 하늘 아래에서 찾아내기란 말처럼 쉬운 일이 아니었다.

하지만 죽을 만큼 힘들어도 그녀에겐 결코 포기할 수 없는 일이기도 했다.

가장 먼저 시작한 일은 하나였다.

범인은 현장에 반드시 돌아온다는 말이 있듯이, 남자 또한 이 동네에 볼일이 있었기 때문에 그 자리에 차를 세워 놨을 가능성이 컸다.

그렇다는 건 그가 다시 이곳에 돌아올 수도 있다는 말이었다.

화인은 혹시라도 그가 다시 나타날 때를 대비해, 밤낮을 가리지 않고 그 거리를 맴돌았다.

하지만 일주일이 지난 지금까지도 그의 모습은 코빼기도 보이지 않고 있었다.

'대체 왜 난 그때 자동차 번호판을 보지 못한 걸까?'

설령 번호판을 봤다 하더라도 그녀가 경찰도 아니고, 그를 당장 추적할 방법이 있는 건 아니었지만 단서가 없어도 너무 없었다.

시간이 지날수록 그날 자신이 한 행동에 대한 후회만이 밀려올 뿐이었다.

"하아."

자신도 모르게 깊게 한숨을 내뱉을 때였다.

"으아아악!"

누군가의 굵직한 비명 소리에 화인이 깜짝 놀라 고개를 치켜들었다.

그러자 덜덜 떨리는 목소리가 연이어 들려왔다.

"거, 거기 누구야?"

말을 하는 남자는 편의점에서 같이 일하는 아르바이트생 진호였다.

화인은 그의 질문에 대답도 하지 않은 채, 그저 어두운 창고에서 뚜벅뚜벅 걸어 나왔다.

어둠 속에서 걸어 나오는 그녀의 모습을 유심히 보던 진호는 그제야 상대방의 정체를 알아차리고 가슴을 쓸어내렸다.

"아! 누나, 도대체 거기서 뭐 해요?"

"내가 창고에서 뭐 하겠어?"

화인은 자신이 들고 있던 물건들을 그저 눈짓으로 한 번 가리킬 뿐이었다.

그녀는 편의점 안에 부족한 물품들을 채워 넣기 위해 이곳에 온 것이었다.

"불이라도 좀 켜고 해요. 귀신인 줄 알고 심장 떨어질 뻔했잖아요."

"겁먹기는."

화인이 이해가 안 간다는 듯이 그를 한 번 쳐다보곤 지나쳐 걸어갔다.

그런 그녀의 모습에 진호는 울컥해서 소리칠 뻔했다. 거울은 보고 사냐고 말이다.

지금 화인의 생김새는 영락없는 귀신이나 다를 바가 없었다.

가뜩이나 평소에도 어두침침해 보이던 그녀였지만, 지금은 며칠 새에 아주 생기가 없는 시체처럼 변해 있었다.

진호가 그 이유를 알 리가 없었지만, 지금 화인은 정체불명의 자동차 주인을 찾기 위해 며칠 밤을 꼬박 새다시피 한 상태이기 때문에 더욱 그랬다.

사실 마음 같아선 알바도 당장 그만두고 남자를 찾는 일에만 집중하고 싶었지만, 현실이 그렇게 호락호락하지 않았다.

남자를 찾기까지 시간이 얼마나 걸릴지 모르는 상황인데 생계를 내팽개칠 수는 없는 노릇.

일하는 시간을 제외한 모든 시간을 남자를 찾는 데 쏟아붓고 있는 중이라 그녀는 몰라보게 초췌해졌다.

화인이 먼저 카운터로 돌아가 있자 진호가 뒤이어 그곳으로 다가왔다.

그리고 막 그가 입을 열려고 할 때였다.

"누나……."

그 순간 시계가 정확히 화인의 근무가 끝나는 시간을 가리켰다. 그러자 그녀는 기다렸다는 듯이 재빨리 움직이기 시작했다.

그렇게 엄청난 속도로 퇴근 준비를 마친 그녀가 편의점을 나서면서 그를 향해 일방적인 인사를 건넸다.

"그럼 나 간다."

말 그대로 휑하고 바람처럼 사라져 버린 그녀의 뒷모습을 바라보다가 진호는 이내 고개를 갸웃거렸다. 그러곤 나지막이 중얼거렸다.

"요즘 어딜 저렇게 급하게 가지? 남자라도 생겼나?"

문득 떠오른 생각이었지만, 이내 고개를 가로저을 수밖에 없었다.

사실 화인은 연애하기 어려워 보이는 타입이었다.

음침한 분위기를 풍기는 데다 매일 밤잠을 못 이룬 사람처럼 퀭한 눈동자는 아무도 없는 허공을 빤히 쳐다보는 일도 많았다.

그뿐인가.

여자치곤 전혀 애교 없는 딱딱한 말투도 남자들이 좋아할 만한 스타일은 결코 아니었다.

자세히 들여다본다면 본판이 그리 나쁜 것은 아니었으나, 조금도 자신을 꾸미지 않는 모습은 남자의 호감을 끌어올리기 어려웠다.

"연애보단 왠지 스토커가 더 어울릴지도."

그는 불현듯이 떠오른 생각에 피식 웃으며 어깨를 한 번 으쓱해 보였다.

* * *

화인이 아르바이트가 끝나자마자 뛰어간 곳은 바로 자동차 주인을 처음 만난 장소였다.

그를 만난 이후로 단 하루도 빼놓지 않았던 일과.

그건 이 자리에서 언제 나타날지 모르는 그를 하염없이 기다리는 일이었다.

하지만 시간이 지날수록 점점 마음이 초조해져만 갔다.

'이 자리에 다시 안 나타나면 어쩌지?'

그렇다고 사람들에게 수소문해서 찾기에는 그에 대해 아는 것이 너무 적었다.

단 한 번의 짧은 만남.

그것이 전부이기 때문이다.

현실을 직시할수록 앞이 캄캄했지만, 그녀는 일단 언제나 그랬던 것처럼 이 주변에 주차되어 있는 차를 한 번 쭈욱 훑어보았다.

오늘도 마찬가지로 그 남자의 차로 보이는 것은 없었다.

꼼꼼히 확인을 마친 그녀가 이제는 지정석이 되다시피 한 모퉁이에 기대어 앉았다.

"후우."

추운 날씨에 손이 시렸기에 입가에 손을 모아 입김을 불어댔다.

이 상태로 집에도 제대로 들어가지 않은 채 일주일을 꼬박 잠복해 있었다.

하지만 24시간 내내 지키고 있을 수는 없는 노릇.

자신이 잠깐 자리를 비운 사이에 남자가 이곳에 왔다가 가 버렸다고 생각하면 정말이지 피가 바짝 말라 가는 기분이 들었다.

남자를 만난 그날 이후로 그녀는 마음 편히 잠을 잘 수도, 밥을 먹을 수도 없었다.

그렇게 멍하니 길거리에 지나다니는 사람들을 바라보고 있자니 갑자기 울컥 화가 치솟았다.

'아니. 나한테는 그렇게 악착같이 자동차 수리비를 물어내라

고 하더니, 왜 경찰에 신고도 안 한 거야?'

처음에 수리비를 안 내고 도망칠 때만 해도 그가 자신을 찾을 거라고 생각했다.

그렇기에 다신 이 거리에 얼씬도 안할 생각이었는데 그건 그녀의 크나큰 착각이었다.

이렇게 버젓이 길거리를 돌아다녀도 그녀를 찾는 그의 모습은 눈곱만큼도 보이지 않았다.

그래서 더 환장할 노릇이었다.

'당연히 날 경찰에 신고해야 되는 거 아니야?'

답답하다는 듯이 머리카락을 거칠게 쓸어 넘기던 그녀의 머릿속에 문득 떠오른 것이 있었다.

'경찰?'

만약에 자신이 그때의 일을 자수를 한다면 어떻게 될까.

혹시 경찰이 그 차 주인을 찾아 주려나?

문득 떠오른 생각에 그녀가 곰곰이 생각에 잠겼다.

사실 마음 같아선 그 남자의 얼굴을 몽타주로 만들어서 사방에 붙여 두고 싶었다.

물론 경찰이 그렇게까지 협조해 주지는 않겠지만, 일단 밑져야 본전인 건 사실이었다.

당장은 수리비를 갚아야 한다는 것보다 남자를 찾는 것이 더 급선무였으므로 그녀가 망설일 이유는 없었다.

벌떡!

마음을 먹은 화인은 자리에서 일어나서 경찰서가 있는 쪽을 향해 걷기 시작했다. 제발, 그들이 남자에 대한 실마리라도 찾아내 주기를 마음속으로 간절히 바라면서.

그녀가 그렇게 사람들이 잔뜩 모여 있는 인파를 헤치며 걷고 있을 때였다.

"와, 저기 봐. 이한새다!"

"어머, 벌써 화보 촬영 끝내고 한국에 들어온 거야?"

"그런가 봐. 화보 나오면 당장 사야지!"

여자들의 수군거리는 목소리에 화인이 무심코 고개를 돌렸다.

그러자 길거리에 있는 모든 사람들의 시선이 약속이라도 것처럼 단 한 방향을 향하고 있다는 사실을 알아차릴 수 있었다.

'뭐야, 집단 최면이라도 걸린 것처럼.'

납득이 안 가는 장면에 고개를 갸웃거리던 그녀가 사람들이 바라보는 곳을 향해 시선을 돌릴 때였다.

"저, 저……!"

순간 너무 놀란 화인은 말을 끝까지 잇지도 못한 채 입을 벌릴 수밖에 없었다.

높게 달려 있는 대형 화면에는 그녀가 그토록 찾아 헤매던 남자의 얼굴이 커다랗게 나오고 있었다.

라이브라고 적혀 있는 방송 화면 아래에는 자막이 한 줄 적혀 있었다.

지금 한국으로 돌아온 그를 공항에서 기다리는 중이라고 말이다.

* * *

검은색 선글라스를 낀 조각 같은 미남.

그가 지금 입고 있는 공항패션이 내일 검색어 순위에 올라가는 것은 당연한 일이었다.

세계적인 모델 이한새.

바로 그이기 때문이다.

그의 행적은 언제나 그렇듯이 세간의 주목을 받았다.

그걸 증명이라도 하듯이 짧다면 짧은, 일주일이라는 해외 촬영을 끝내고 돌아온 그를 반기는 환영 인파는 엄청났다.

오죽하면 공항에서 그를 기다리는 수많은 팬들 때문에 그는 한 시간이나 기다린 후에야 바깥으로 모습을 드러낼 수 있었다.

하지만 그런 기다림이 무색할 만큼 여전히 그를 기다리는 사람들이 공항을 가득 메우고 있었다.

찰칵찰칵!

그가 나타나자마자 사방에서 플래시가 터지기 시작했다.

하지만 그는 이런 상황이 익숙하다는 듯이 경호원의 보호를 받으며 여유롭게 걷고 있었다.

"꺄아악!"

"오빠, 여기 한 번만 봐 주세요!"

많은 이들의 목소리가 어지럽게 들려왔고, 그런 소리들을 무시한 채 발걸음을 옮기던 한새가 갑자기 멈칫했다.

수백 명에 달하는 이들의 고함 소리 중에 유독 귀에 거슬리는 소리가 들려오고 있었다.

"야! 이쪽 좀 봐 봐! 나야, 나! 네 자동차 긁은 사람이라고!"

들려온 목소리에 한새는 자신이 잘못 들은 게 아닌가 하는 표정으로 선글라스를 슬쩍 내리며 소리가 들려오는 방향으로 시선을 돌렸다.

그러자 그곳에는 사람들 틈에 끼어서 미친 듯이 손을 휘젓고 있는 여자 한 명이 있었다.

그 여자의 얼굴을 확인한 한새의 얼굴이 당혹스러운 듯 일그러졌다.

한새와 눈이 마주치자 화인이 기쁜 듯이 크게 외쳤다.

"맞아, 나라고! 네 자동차 범퍼 긁은 여자!"

뭐가 그리 좋은지 환하게 웃고 있는 여자. 그 얼굴을 한새가 잊어버렸을 리 없었다.

첫 인상이 너무나도 강렬했기 때문이다.

그는 아무도 듣지 못할 만큼 작은 목소리로 나지막이 중얼거렸다.

"……그 정신 나간 여자?"

화인을 발견한 한새의 발걸음이 거짓말처럼 잠시 멈칫했다.

하지만 그뿐이었다.

그는 날카로운 눈빛으로 그녀를 한 번 쳐다보고는 다시 가던 길을 걸어갔다.

분명 눈이 마주쳤음에도 불구하고 그냥 지나쳐 가 버리는 그의 행동에 당황한 건 바로 화인이었다.

"이, 이봐! 나라고. 나!"

경호원의 보호를 받으며 점점 멀어져 가는 한새의 뒤를 화인이 서둘러 쫓아가려 했지만, 그게 마음처럼 쉽지 않았다.

"꺄아아아아아!"

"한새 오빠, 사랑해요!"

지금 이 순간 그의 뒤를 쫓고 있는 건 그녀 혼자가 아니었기 때문이다.

나이 불문. 수많은 여자들이 한새의 뒤를 쫓아 마치 구름떼처럼 몰려가고 있었다.

"잠깐만. 아, 좀 비켜 보라고!"

많은 여자들 틈에 끼어 있는 그녀가 몸싸움도 마다하지 않은 채 어떻게든 앞으로 치고 나가려고 했지만 역부족이었다.

"오빠아아!"

한새가 가는 길마다 귀청이 떨어질 것 같은 비명 소리가 사방에서 쏟아져 나왔다.

그렇게 많은 사람들의 틈에 가로막혀 있는 사이.

순식간에 한새의 모습은 완전히 그녀의 시야 안에서 사라져 버렸다.

"아, 안 돼!"

마치 영화 속에 나오는 좀비 무리처럼 허겁지겁 그의 뒤를 쫓았지만, 이미 늦었다.

부우웅—

한새를 태운 검은색 자동차는 이미 출발한 후였다.

그 뒷모습을 화인은 망연자실하게 바라보고 서 있을 수밖에 없었다.

웅성웅성.

그가 가고 이 자리에 남겨진 많은 사람들의 목소리가 들려왔다.

"너무 멋있어, 어떻게 해!"

"꺄! 최고야 진짜!"

하지만 정작 그들이 무슨 말을 하는지 화인의 귀에는 하나도 들리지 않았다.

그녀는 허탈한 표정으로 그가 간 자리를 바라보다가 이내 양손으로 이마를 감쌌다.

"……미치겠네."

상상도 못 한 일이었다.

그가 이렇게 유명한 사람인 줄도 몰랐지만, 자신을 보고도 그냥 지나칠 줄이야.

돈이 많아서 그런가?

설마 세계적인 모델이라 돈이 넘치도록 많아서 굳이 자동차 수리비를 받지 않아도 되는 걸까.

물론 그렇다면 몇 백만 원이나 되는 수리비를 갚지 않아도 돼서 좋았지만, 그를 다시 만날 방법이 사라진 것 같아 막막했다.

사실 어떻게든 자신에게 수리비를 받고 싶었다면, 지금까지 이렇게 내버려 둘 리가 없다.

입장 바꿔 자신이었다면 무슨 수를 써서라도 찾아내려고 했을 테니까.

"하아, 도대체 어떻게 해야 되는 거야?"

화인의 머릿속은 복잡했다.

그렇게 그녀가 제자리에 서서 끊임없이 고민하고 있는 사이, 공항에 모여 있던 사람들은 제각각 뿔뿔이 흩어지기 시작했다.

한새가 가버린 지금 그들 또한 여기서 볼일이 다 끝났기 때문이다.

긁적긁적.

화인도 답답함에 신경질적으로 머리를 긁다가 다른 곳으로 발길을 돌렸다.

어찌 됐든 그를 만나야 했다.

그가 원하든, 원하지 않든 그건 중요치 않았다.

우선 지금은 그의 신원을 알아냈다는 사실에 위안을 삼기로 했다.

다행히도 그는 유명인이었기에 집 주소까지는 몰라도 최소한 어느 동네에 사는지 정도는 손쉽게 알아낼 수 있을지도 몰랐다.

"자, 그럼 검색을 한 번 시작해 볼까?"

화인이 주머니를 뒤적거리며 휴대폰을 꺼냈다.

그러고는 인터넷 검색창에 '이한새'라고 이름을 입력하며, 횡단보도 앞에 설 때였다.

부우웅─

끼이이익!

그러자 기다렸다는 듯이 그녀의 앞으로 검은색 자동차가 다가와서 멈춰 섰다.

어딘가 익숙한 자동차의 모습에 화인의 눈동자가 점점 커져갔다.

스으윽─

마침 까맣게 선탠된 조수석의 창문이 내려가기 시작했다.

그리고 설마 하는 그녀의 눈동자에 운전석에 앉아 있는 남자의 모습이 똑똑히 들어왔다.

검은색 선글라스를 끼고 있는 조각 같은 옆모습의 남자.

그는 바로 조금 전 공항에서 자신을 모른 체 지나쳤던 한새였다.

"……!"

생각지도 못한 전개에 화인이 입을 벌린 채로 그를 잠시 바라보고 있을 때였다.

"일단 타지?"

그의 허스키한 목소리가 자신을 향하고 있다는 걸 깨닫자 화인은 퍼뜩 정신이 들었다.

사실 묻고 싶은 말이 많았다.

조금 전 그냥 지나칠 때는 언제고, 왜 여기서 자신을 기다리고 있는 건지 말이다.

하지만 말보단 행동이 앞섰다.

그가 무슨 이유든 간에, 더 간절한 건 자신일 테니까.

휘익! 탁!

단 한 마디의 대꾸도 없이 화인은 서둘러 자동차에 올라탔다.

한새는 그런 그녀를 기가 막히다는 듯이 쳐다볼 수밖에 없었다.

사람들이 알아차리기 전에 그녀가 빨리 움직여 주길 바란 건 사실이지만, 그래도 이건 빨라도 너무 빨랐다.

단 한 번의 질문도 없이 이렇게 덥석 올라탈 줄이야.

화인이 그를 쳐다보며 먼저 입을 열었다.

"날 기다린 거예요? 왜요?"

"사실 그 질문은 차에 타기 전에 할 줄 알았는데."

"일단 타라고 말한 건 그쪽이잖아요."

화인은 말을 하는 내내 그를 뚫어져라 쳐다보며 날카롭게 눈을 빛냈다.

이 인간 남자의 정체가 너무나도 궁금했기 때문이다.

누군가가 이렇게 쳐다보면 부담스러울 만도 했지만, 그는 그저 힐끗 화인을 보며 나지막이 말할 뿐이었다.

"우리 사이에 해결해야 될 건 하나잖아. 날 찾아온 이유가 수리비 갚으러 온 거 아니었어? 물론, 그렇게 도망칠 때는 언제고 이렇게 다시 제 발로 찾아온 이유가 궁금하긴 해."

"그러니까 수리비 받으려고 기다렸다는 거예요?"

재차 물어 오는 그녀의 질문에 정면을 바라보던 한새의 시선이 다시 그녀를 향했다.

선글라스를 끼고 있었음에도 어딘가 찌르는 듯이 강렬하다고 느껴졌다.

"……단지 그뿐일 리가 없잖아."

단순히 수리비를 받기 위해서 생판 모르는 여자를 차에 태우진 않았을 것이다.

화인이 그의 정체를 궁금해하듯이, 한새 역시 그녀의 정체가 궁금했다. 그녀가 최면술을 거는 걸 직접 목격했으니까.

참을 수 없는 궁금증.

바로 그것이 이유였다.

2
도대체 정체가 뭐야

“정말 정신 나간 여자인지, 아니면 대단한 최면술사인지 궁금해져서 말이야.”

한새의 말에 화인이 그를 뚫어지게 쳐다보던 시선을 돌렸다.

거짓말인 것 같지는 않았다.

그가 혹시 자신의 정체를 알아본 게 아닐까 하는 생각이 들어 물어본 것이었지만, 그건 착각이었다.

그를 찾아다니는 내내 머릿속에 든 생각은 그가 어딘가 악마와 연관이 있어서 자신에게 이런 영향을 끼치지 않았을까 하는 거였다.

그런데 그는 다시 봐도 평범한 인간 남자일 뿐이었고, 자신이 악마라는 것도 전혀 모르는 눈치였다.

"……단지 그런 거란 말이죠?"

"내가 궁금한 건 못 참는 성미거든."

한새는 그녀와 잠시 말을 나누는 사이, 인적이 드문 골목길에 잠시 차를 세웠다.

스윽.

차를 완전히 세운 한새가 쓰고 있던 선글라스를 벗었다.

그러자 쌍꺼풀이 없는 날카로운 눈동자가 그녀를 똑바로 직시하고 있는 모습이 드러났다.

다시 보아도 완벽한 외모였다.

인간이라기 보단 악마와 같은 생김새.

눈앞의 남자에 대해 정말이지 궁금해질 수밖에 없었다. 정말 그는 단순히 인간일까?

복잡한 눈동자를 띠고 있는 화인을 향해, 한새가 나지막이 말했다.

"그럼 이번엔 내가 질문하지. 너는 날 찾아온 이유가 뭐야? 그렇게 도망쳐 놓고 문득 나한테 미안해져서 돌아온 건 아닐 텐데 말이야."

"궁금해요?"

"궁금한 건 더 많아. 그런데 우선 이것부터 정확히 짚고 넘어가려고."

"잠깐만 기다려 봐요. 나도 확인해야 될 게 있으니까."

말을 마친 화인은 갑자기 겉옷을 벗어젖혔다. 그러고는 재빨리 입고 있던 옷의 목덜미 부분을 늘려 뽀얀 어깨를 드러냈다.

갑작스러운 그녀의 노출에 한새가 단번에 미간을 찌푸리며 낮은 목소리로 말했다.

"이게 뭐하는 짓이야?"

"잠깐만 기다리라고요."

그의 불쾌하다는 어투를 뒤로한 채, 그녀는 자신의 어깨에 새겨진 낙인의 숫자를 확인하는데 집중했다.

원래대로라면 21010일이 남아 있어야 했다.

그러니까 지금 어깨에 적혀 있는 숫자가 21010일이라면, 그때 형벌의 기간이 줄어든 게 이 남자와는 무관하다는 소리가 된다.

"……아!"

하지만 눈에 보이는 숫자는 21006일이었다.

정말 줄어들어 있었다. 그것도 4일이나!

헛다리를 짚은 게 아니다.

이한새라는 이 남자가 자신에게 어떤 영향을 끼치고 있는 게 분명했다.

홱!

화인이 다급하게 그를 향해 고개를 돌렸다. 그러고는 무의식적으로 그의 한쪽 팔을 잡아채며, 그녀가 떨리는 목소리로 말했다.

"도대체 당신…… 정체가 뭐야?"

도저히 영문을 모르겠는 그녀의 행동에 한새는 여전히 얼굴을 찌푸리고 있었다.

그는 흔들리는 화인의 눈동자를 바라보며, 어처구니없다는 듯이 대꾸했다.

"그거, 지금 내가 해야 할 대사 아니야? 이게 대체 뭐하자는 플레이지?"

한새는 그녀가 잡은 손을 뿌리치기 위해 손을 들었다.

하지만 이번엔 그녀가 양손으로 그의 팔을 붙들며 재차 입을 열었다.

"자, 잠깐만!"

머릿속이 혼란스러웠다.

인간, 그럼에도 마력을 가진 존재.

그녀가 아는 한 그런 이들은 세상에 단 한 종류밖에 없었다.

"마녀일 리도 없는데 어째서……."

화인의 입에서 혼잣말처럼 나온 마녀란 단어에 순간 한새의 움직임이 거짓말처럼 멈춰졌다.

그 찰나의 순간을 놓칠 그녀가 아니었다.

화인이 눈을 크게 뜨며, 믿기지 않는다는 듯이 다시 외쳤다.

"당신, 마녀야?"

애초에 인간이 마력을 가지기란 쉽지 않았다. 그렇기에 마녀들의 숫자는 무척이나 적었다.

더구나 현대에 들어서면서 그 적었던 숫자도 엄청나게 줄어들어서 이젠 찾아볼 수가 없는 지경에까지 이르렀다.

무엇보다 마녀라는 호칭이 뜻하는 게 무엇인가?

바로 여자다.

그랬기에 남자인 한새가 마녀일 거라고는 전혀 생각지 못한 것이었다.

"말 좀 해 봐, 내가 마녀냐고 묻잖아!"

마녀의 힘은 여자에게 훨씬 더 많은 힘이 대물림되기 때문에 남자가 그들의 후손이라고 해도 이런 능력을 가지기란 쉽지 않다.

한 마디로 모든 힘을 잃다시피 한 화인이 마녀를 만날 확률은 비 오는 날 하늘에서 번개를 맞는 것보다 몇 십 배는 더 희박한 일인데, 심지어 그녀가 만난 마녀가 남자일 확률은 거의 있을 수 없는 일이나 다름없다는 것이다.

한새는 아무런 대답 없이 그녀를 쳐다보다가, 이내 저를 잡고 있는 손길을 차갑게 뿌리쳤다.

탁!

그러고는 무미건조한 목소리로 말했다.

"그게 중요해?"

"뭐?"

한새의 반응은 화인의 예상과 달랐다.

자신의 정체를 들켰다는 것에 대한 두려움도 없었고, 힘이 강한 마녀들이 할 법한 협박조차 하지 않았다.

그는 그저 아무런 감흥 없는 표정으로 건조하게 말을 내뱉을 뿐이었다.

"예전에 오래된 조상 중에 마녀가 있다는 소릴 들은 적이 있어. 그런데 그게 어때서?"

"……?"

"지금이 마녀의 피를 물려받았다고 화형을 당하는 시대도 아니고, 여기서 그 얘기가 왜 나오는 건데?"

너무나도 태연하게 나오는 한새의 태도에 오히려 화인의 목소리가 떨려 왔다.

"그, 그러니까 마녀든 아니든 아무 상관도 없다는 거야?"

"사는데 아무런 지장도 없는데, 내가 신경 쓸 필요가 있나?"

화인의 입이 자신도 모르게 조금 벌어졌다.

그가 마녀란 사실을 알고 나자 지금까지 풀리지 않던 수수께끼가 조금은 벗겨진 느낌이었지만, 이런 마녀가 있을 거라곤 상상조차 한 적이 없었다.

마력.

그것은 악마의 유혹처럼 달콤하고, 동시에 엄청난 힘을 가지고 있는 것이었다.

그런데 이렇게 초연한 듯한 태도라니.

"당신…… 힘을 쓸 줄은 아는 거야?"

정말로 궁금하다는 듯이 물어 오는 화인의 진지한 표정에 여태까지 간신히 참고 있던 한새의 얼굴이 와락 구겨졌다.

"……가만히 듣고 있자니, 대체 무슨 소리를 하고 있는 건지 모르겠군."

그가 짜증스럽다는 듯이 낮게 중얼거리곤, 다시금 시선을 돌려 그녀를 똑바로 눈을 마주쳤다.

한새의 날카로운 시선은 절로 상대방을 위축시키게 하는 힘이 있었다.

그가 나지막한 목소리로 다시 말을 이었다.

"네 말에 마지막으로 대답해 주는 거니까, 잘 들어. 나는 지금 네가 무슨 소리를 하고 있는지 하나도 모르겠어. 그러니까 쓸데없는 소리 그만하고, 이제 내 질문에나 대답해."

"뭘 대답하라는 거야?"

무슨 말인지 모르겠다는 화인의 표정을 바라보며 한새가 답답하다는 듯이 말했다.

"치매 걸렸어? 아까 왜 날 찾아온 거냐고 물었잖아."

그 말을 들은 화인은 숨이 턱 막히는 느낌이었다.

아직까지 그걸 몰라서 묻는단 말인가.

"여기까지 대화를 나눴는데도 내가 왜 널 찾아온지 모르겠어?"

"도대체 어디를 보고 내가 알아야 하는지 모르겠군."

"네가 마녀인 걸 알아보는 거 보면 당연한 거잖아!"

"그게 뭐가 어떻다는 거야?"

자꾸만 알 수 없는 소리를 늘어놓는 화인을 향해 한새의 눈빛이 점점 험상궂어질 때였다.

그녀는 도리어 자신이 더 답답하다는 듯이 그를 손가락으로 가리키며 말했다.

"넌 마녀."

그리고 그 손가락은 방향을 돌려 자기 자신을 가리켰다.

"……나는 악마니까."

화인의 표정은 누구보다 진지했지만, 그 말을 들은 한새는 짜증스럽기 그지없다는 듯이 은색 머리카락을 쓸어 넘겼다.

그러곤 한숨이 가득 밴 목소리로 그가 말했다.

"네가 뭔지 잘 알겠어. 그냥 정신 나간 여자 맞네."

"지금 내 말을 못 믿겠다는 거야?"

자신의 존재를 부정하는 듯한 한새의 말에 화인이 발끈해서 소리쳤다.

하지만 그녀의 반응과 정반대로 한새는 태연했다.

"당연하지. 세상에 그런 게 어디 있다고."

"네가 마녀인 건 알고 있었잖아. 그럼 당연히 악마도……."

화인의 말을 자르며, 한새가 차갑게 대꾸했다.

"그냥 그런 얘기를 들은 적이 있다는 거지. 누가 그 말을 믿는다고 했어?"

"마녀조차 믿지 않는다고?"

"안 믿어."

칼같이 끊는 한새의 말에 화인이 순간 당황해서 할 말을 잃었다.

충격 받은 듯한 그녀의 표정을 바라보며 한새가 다시 말을 이어 나갔다.

"내가 뭐가 됐든 상관이 없다는 소리를 잘못 이해한 것 같은데, 난 내가 외계인이라고 해도 신경 안 써. 먹고 사는 데 아무런 지장 없는데 무슨 상관이야."

그 말을 듣자 화인은 자연스럽게 지금 이 상황이 이해가 되었다.

무관심.

그는 지독히도 자신의 정체성에 관심이 없었다.

당연히 마녀의 힘을 사용하는 법도 모르고 있을 것이다.

아니, 자신이 마녀일지도 모른다는 것조차 잊어버리고 살았을지 모른다.

하지만 이 힘은 뭐란 말인가.

본인이 어떤 능력을 가졌는지도 모르는 마녀 옆에 있다는 이유만으로도 이렇게 형벌의 시간이 줄어들 만큼 영향을 받다니.

화인은 침착하게 자신의 옆에 앉아 있는 남자의 얼굴을 들여다보았다.

확실한 건, 그의 선대는 엄청나게 강한 마녀였을 것이다.

그리고 그 피를 이은 한새는 다이아몬드 원석이나 다름없었다.

힘을 다루지 못한다고 해서, 그가 가진 힘이 사라지는 건 아니었으니까.

화인이 천천히 입을 열었다.

"납득은 안 되지만, 무슨 말인지는 알겠어. 당신이 자신의 정체에 대해 전혀 관심이 없다는 거."

"피차일반이야."

"뭐가?"

그의 뜻 모를 말에 화인이 반문했다.

그러자 한새가 벗어 두었던 선글라스를 다시 쓰며 나지막이 말했다.

"납득이 안 되는 네 정체에 대해 잘 알았다고."

"맞아, 난 악마……!"

순간 환한 표정으로 말하려는 화인의 말을 한새가 차갑게 잘랐다.

"내려."

"뭐?"

"당장 내 차에서 내리라고. 정신 나간 여자랑 더 말을 섞을 만큼 한가하지 않아서 말이야."

찬바람이 쌩하고 불만큼 차가운 말투였다.

그의 냉정한 태도에 화인은 순간 울컥하고 화가 치밀었지만, 그건 아주 잠시였다.

화인은 옷으로 가려져 있는 자신의 어깨를 무의식적으로 내려다보았다. 눈으로 보이지는 않지만 낙인이 찍혀 있는 곳이었다.

그리고 그 낙인 안에 있는 형벌의 시간은 아마 그를 만난 이후부터 쭉 빠른 속도로 줄어들고 있을 것이다.

화인은 조금 전과 달리 한껏 낮아진 목소리로 말했다.

"……당신은 몰라."

"알고 싶지 않아."

단칼에 끊어내는 듯한 말이었다.

아까와 달리 지금은 선글라스를 끼고 있었기에 그의 눈동자를 볼 수 없었지만, 보지 않아도 지금 그가 얼마나 차가운 표정을 짓고 있는지 알 것만 같았다.

화인이 자신도 모르게 어금니를 깨물었다.

이대로 물러설 순 없다.

"네가 알고 싶지 않아도, 알아야 돼."

지금 그녀에게 한새가 가진 힘은 너무나도 절실했다.

간절한 만큼 단호해진 그녀의 목소리가 잇달아 흘러나왔다.

"……너는 내 구세주니까."

그녀의 말에 다른 곳을 향했던 한새의 시선이 다시 화인에게로 돌아갔다.

화인의 눈동자가 한 치의 흔들림도 없이 이글이글 불타오르고 있었다.

그런 그녀를 잠시 바라보던 한새의 입에서 마침내 허탈한 웃음소리가 터져 나왔다.

"하."

그가 한 손으로 이마를 짚으며 나지막이 말했다.

"아까는 악마라더니, 이번엔 구세주야? 아무리 봐도…… 너 사이비지?"

"그런 거 아니……!"

"그게 아니면 엄청 이기적인 거고."

정곡을 찌르는 한새의 말에 화인이 자신도 모르게 숨을 들이켰다.

사실이다.

지금 그녀는 자신과 전혀 연관 없는 사람을 옭아매려고 하고 있었다.

화인에게 한새가 절실히 필요한 건 맞았지만, 반대로 그에겐 그녀가 전혀 필요치 않았다.

"나는 네 사정이 뭐든 조금도 관심 없어. 그러니까 내려."

쌀쌀맞기는 했지만 어찌 보면 한새의 반응은 당연한 것이었다.

삭막한 현대사회에서 생판 남을 도와주는 건 쉬운 일이 아니었다. 그건 분명 입장을 바꿔 화인이라 해도 마찬가지였다.

하지만 화인은 그를 여기서 놓칠 생각이 아주 조금도 없었다.

이기적인 걸 안다.

근데 그래서 뭐 어쩌라고.

"싫어."

화인은 자신이 메고 있던 안전벨트를 두 손으로 꽉 쥐었다. 마치 다신 놓지 않겠다는 듯이.

그녀의 말에 한새가 자신의 귀를 의심하며 다시 물었다.

"뭐라고?"

"싫어, 안 내려."

그의 곁에만 있으면 형벌의 시간이 말도 안 되는 속도로 줄어든다는 것을 알았다.

그런데 그녀가 제 발로 그의 곁을 떠날 수는 없었다.

한새가 이번엔 정말 기가 차다는 표정으로 그녀를 쳐다보며 말했다.

"제정신이야?"

"정신 나간 여자라며. 그런데 뭘 기대해."

너무나도 당당한 화인의 태도에 순간 한새의 말문이 막혀왔다.

다른 건 몰라도 이거 하나는 분명했다.

이한새 인생에 이런 여자는 처음이었다.

"좋은 말로 할 때 내려. 경찰 부른다?"

"나 너한테 갚아야 할 빚도 있어. 그거 갚기 전엔 못 내려. 경찰한테도 그렇게 말할 거야."

"계좌번호 줄 테니까. 거기로 입금해."

당장이라도 계좌번호를 적어줄 것 같은 한새를 바라보며 화인이 진지하게 말했다.

"……네 옆에 있고 싶어."

어딘가 은밀하게 들리는 화인의 목소리에 순간 한새가 딱딱하게 굳었다.

그가 설마 하는 표정으로 그녀를 향해 입을 열었다.

"그 말, 지금 내가 생각하는 그런 의미는 아니겠지?"

"뭘 상상했는지 모르겠지만, 내 말은 몸으로 갚겠다는 뜻이야."

"……너!"

그가 좁은 차 안에서 순식간에 그녀에게서 거리를 벌리며, 믿기지 않는다는 듯이 말을 이었다.

"미쳤어?"

"많은 거 안 바랄게. 네 옆에만 있게 해 줘, 부탁이야."

갑작스럽게 돌변한 화인의 태도에 한새는 순간 등 뒤에 소름이 끼쳐왔다.

처음부터 자신을 보고 너무 무덤덤했기에 그녀가 자신의 팬일지도 모른다는 가능성은 무의식적으로 배제했었다.

하지만 지금 그녀의 말을 듣고 있자니 단순한 팬이 아닌, 그 이상일지도 모른다는 생각이 들었다.

이런 여자를 상대로 호기심을 느낀 자신이 순간 원망스러웠지만 이미 물은 엎질러지고 난 후였다.

그녀를 차에 태운 것은 다른 누구도 아닌 자신이다.

억지로 쫓아내려면 힘을 써야 했다.

그것도 싫으면 정말 경찰을 부르든가.

하지만 공인인 한새의 입장에서 위의 방법들이 썩 내키지 않았다.

공항에서 얼마 떨어지지 않은 곳에서 모습을 드러냈다가 괜히 사진이 찍힐 수도 있는 노릇이었고, 마찬가지로 경찰을 부르기엔 혹시 이상한 소문이 날까 봐 염려되었다.

무엇보다 그는 지금 소화해야 할 스케줄도 있었다.

"하아."

한새가 신경질적으로 뒷목을 긁고는 이내 차에 시동을 걸기 시작했다.

부웅―

그러곤 나지막이 말했다.

"마음대로 해."

그의 대답에 며칠 잠을 못 잔 사람처럼 누렇게 뜬 화인의 얼굴이 밝게 변했다.

그녀가 진심으로 기쁜 듯이 말했다.

"정말?"

"또 멋대로 해석한다."

한새가 무심한 얼굴로 그녀를 슬쩍 흘겨보며 무뚝뚝하게 말을 이었다.

"어떻게든 쫓아낼 거니까. 버틸 수 있으면 버텨 보라는 거야."

아마 얼마 버티지 못할 것이다.

사람은 밥도 먹어야 하고, 화장실도 가야 했으니까.

그렇게 그녀가 스스로 차에서 내리면 그땐 다시 얽히지 않을 거라 한새는 다짐했다.

*　*　*

찰칵!

카메라 셔터소리가 들렸다.

스튜디오의 밝은 조명 아래 한새가 포즈를 취하며, 사진을 찍고 있었다.

"한새 씨, 지금 좋아요."

사진작가의 지시를 받으며 그렇게 한참을 몰두하고 때였다. 이내 작가가 흡족한 표정으로 나지막이 말했다.

"의상 갈아입고 다시 갑시다."

그 말에 스타일리스트들이 서둘러 한새가 입어야 할 의상을 가지고 달려왔다.

그녀들의 틈에 껴서 한새에게로 같이 달려온 한 남자가 있었다.

그의 이름은 김규현.

한새의 메이크업을 담당하는 남자였다.

같이 작업한 적이 몇 번이나 있었기에 한새도 익히 잘 아는 얼굴이었다.

규현이 한새의 얼굴을 들여다보며 걱정스럽게 물었다.

"자기야, 해외 촬영에서 뭐 스트레스 받은 일 있었어? 오늘따라 화장이 잘 안 먹네. 뭐, 그래도 최고지만."

남자라고 하기엔 심하게 비음이 섞인 목소리에 '자기'라는 호칭이 거북할 법도 했지만, 한새는 아무런 표정의 변화가 없었다.

이미 그런 규현에게 익숙해졌기 때문이었다.

"스트레스라……."

한새가 무언가를 떠올리듯 한 박자 쉬고는, 한숨과도 같은 목소리로 말을 이었다.

"공항에서 억지로 폭탄 하나를 떠안고 온 느낌이긴 해."

"응? 무슨 폭탄?"

"……그런 게 있어."

한새는 짤막하게 말만 남긴 채, 자신이 입어야 할 의상을 가지고 사라졌다.

지금 그의 머릿속엔 차안에 타고 있는 폭탄이 촬영이 끝나고 돌아갈 때 즈음엔 알아서 사라져 있길 바랄 뿐이었다.

억지로 끌어낸다거나 하는 일은 가능한 만들고 싶지 않았다. 남자가 여자에게 힘을 써야 한다는 상황이 썩 유쾌하지 않았으니까.

문득 그의 머릿속에 방금 전 차에서 내릴 때 그녀와 나눴던 말들이 떠올랐다.

운전할 때는 아무 말도 안 하던 화인이 막상 차를 세우고 나니 입을 열었다.

"어디 가?"

"무슨 여자가 이렇게 겁이 없어. 여기가 어딘지 궁금하지 않아?"

"난 네가 어딜 가는지가 더 궁금해."

"남이사. 어딜 가든."

"……같이 가도 돼?"

조심스러운 그녀의 물음에 한새가 대답조차 하지 않은 채 화인을 쳐다봤다.

그 시선이 얼마나 싸늘했는지 화인이 얌전히 입을 다물 정도였다.

"미치려면 곱게 미쳐야 된다는 말이 이렇게 와 닿는 날이 올 줄이야."

"그냥 네 옆에서 떨어지기 싫어서 물어본 거야."

이렇게 낯간지러운 말을 조금의 표정변화도 없이 말하는 그녀를 한새가 정말 어처구니없다는 듯이 쳐다봤다.

이렇게 중증인데, 왜 처음 만났을 때 알아보지 못했는지 이해가 가지 않을 정도였다.

잠시 고민하던 한새가 그녀를 향해 나지막이 말했다.

"그럼 같이 내리든가."

의외의 질문에 화인의 시선이 그를 향했다.

이내 그녀의 눈동자가 이내 가늘어지더니 입가에 비릿한 웃음이 슬쩍 걸렸다.

마치 속임수는 안 통한다는 그런 표정이었다.

"됐어. 난 여기서 기다릴래."

그녀가 간파한 대로 한새도 사실 그녀를 차에서 내리게 할 속셈으로 물어본 것이었기에 별다른 말없이 미간을 찌푸릴 뿐이었다.

지금까지 살면서 스토커니 거머리니 하는 말들을 많이 들어왔고 그런 것들을 나름 겪으면서 살아왔다고 생각했는데, 이 여자는 상상 이상이었다.

이렇게 당당하게 스토킹 하는 여자는 정말이지 처음이었다.

한새가 고운 미간을 찡그린 채로 나지막이 말을 했다.

“마지막 경고야. 내가 돌아올 때까지 차에서 사라져. 안 그러면 그땐 정말 안 봐줄 테니까.”

탁!

한새는 자신이 할 말만 남긴 채 운전석에서 내렸다.

그리고 이렇게 촬영장에 와서 스케줄을 소화하고 있는 중이었다.

가능하면 알아서 사라져 주길 바라고 있었지만, 상식이 안 통하는 여자 같아서 생각할수록 골치가 아팠다.

‘……모르겠다. 어떻게든 되겠지.’

정 안 되면 에이전시에 연락을 하든, 아니면 정말 경찰을 부르면 될 일이다.

한새는 괜스레 떠오른 그녀의 생각을 지우며, 촬영장으로 다시 걸음을 옮겼다.

*　*　*

"후."

모든 일정을 끝낸 한새는 자신의 자동차 앞에 서서 짧게 한숨을 내쉬었다.

그의 자동차 창문은 전부 까맣게 선탠이 되어 있었기 때문에 문을 열어보지 않는 이상, 여자가 차에서 내렸는지 아닌지 확인이 되지 않았다.

일하면서 은근히 신경이 쓰였던 일이라 솔직히 궁금하기까지 했다.

잠깐 망설였던 한새가 이내 운전석 문을 벌컥 열었다.

상체를 살짝 숙여 안을 들여다보니……

아니나 다를까.

여전히 조수석에 앉아 있는 여자의 모습이 보였다. 그것도 세상모르게 잠을 자고 있었다.

"하."

한새의 입가에서 기가 막힌다는 웃음소리가 새어 나왔다.

오늘만 해도 이렇게 웃은 적이 몇 번인지 모를 정도였다.

탁!

한새가 운전석에 올라타며 거칠게 문을 닫았다.

꽤 큰 소리인데도 그녀는 도무지 잠에서 깰 생각이 없는 듯 미동조차 하지 않았다.

한새가 그녀를 잠에서 깨우기 위해 입을 열었다.

"이봐."

짜증이 담긴 허스키한 목소리가 좁은 공간에 흘렀다.

꿈쩍도 안 하는 그녀를 향해 한새가 다시 한 번 입을 열려고 할 때였다.

"……!"

마침 그의 시선에 화인이 자면서도 놓치지 않겠다는 듯이 꼭 부여잡고 있는 안전벨트가 들어왔다.

감고 있는 두 눈.

그리고 얼마나 안전벨트를 꽉 쥐고 있는지 새빨갛게 부어오른 티가 역력한 손까지.

솔직히 그녀의 행색은 많이 지쳐보였다.

객관적으로 잠에 빠졌다기보다는 기절했다는 표현이 더 잘 어울릴 정도로.

"……대체 뭐하자는 건지."

조금 전보다 한껏 낮아진 한새의 목소리가 중얼거리듯이 흘러나왔다.

왜일까.

이렇게 정신없이 곯아떨어진 그녀를 보고 있자니. 문득 자신이 여기서 뭐하는 건지 모르겠단 생각이 들었다.

그는 도무지 자신을 좋다고 쫓아다니는 여자들이 이해가 가질 않았다.

단 한 마디 나눠 본 적도 없으면서.

마치 모든 걸 다 알고 있다는 듯이 마음을 주는 이들.

지금 눈앞에 있는 여자도 한새의 눈엔 그런 여자들 중에 하나였다.

이유도 모르겠고, 마음에 들지도 않았지만……

자신을 좋아하기 때문에 이렇게 행동하는 것이란 생각이 들자 어딘가 조금 측은해 보이긴 했다.

"쯧."

잠시 망설이던 한새는 이내 마음을 정했다.

그는 자신이 입고 있던 코트를 벗어, 그대로 화인의 상체에 덮어 주었다.

스윽.

커다란 코트 안에 감싸인 화인은 의외로 작아 보였다.

쌕쌕거리며 자고 있는 그녀를 잠시 바라보며, 한새는 자신이 한 행동이 믿기지 않는다는 듯이 혼잣말을 중얼거렸다.

"내가 이렇게 착한 놈이란 걸 다른 사람들은 알려나 모르겠다."

그는 자조적인 웃음을 흘리고는 그녀를 쳐다보며 나지막이 말을 이었다.

"그렇게 여기가 좋으면 이대로 조금 더 자든가. 번거롭긴 하지만 오늘은 내가 양보해 주지."

지금 그가 하는 행동이 여자를 쫓아내기 위해 계획했던 일들 중에 포함이 되지는 않았지만, 이곳에 차를 조금 더 세워 뒀다고 해서 문제가 될 건 없었다.

내일이든 모레든, 시간이 날 때 다시 와서 가져가면 되는 일이었으니까.

한새는 마지막으로 곤히 잠든 화인을 힐끔 쳐다보곤, 미련 없이 차에서 내렸다.

슬슬 겨울이 오려는지 바람이 차가웠다.

* * *

"너 때문에 죽은 거야!"

"저주받은 년."

자신을 원망하는 각기 다른 목소리가 소름 끼치도록 선명하게 들려왔다.

아니야.

나 때문이 아니야.

아무리 고개를 돌리고 부정해도, 그들의 목소리는 한결같이 변함없었다.

그러던 중 또 다른 목소리가 귓가에 들려왔다.

"……나는 네가 무섭다."

그녀를 책망하는 것처럼 무섭도록 가라앉은 목소리.

그것은 바로 인간 박화인을 낳아 준 엄마의 음성이었다.

화인이 아무리 도망치려 해도 그 목소리들은 언제나처럼 그녀의 뒤를 쫓아왔다.

끝없는 어둠 같은 미로 속을 헤매며 화인이 그들에게 소리쳤다.

'그만! 제발 그만하란 말이야.'

감정이 격해진 탓일까.

악몽을 꾸고 있던 화인의 눈이 번쩍 뜨여졌다.

지금 자신이 누워 있는 장소가 차 안이라는 사실을 깨닫자 순간 안도하는 마음이 들었다.

"하아, 하아……."

가쁜 숨소리와 함께 화인의 몸은 어느 순간 식은땀으로 축축이 젖어 있었다.

"……젠장."

그녀가 나지막이 욕지거리를 내뱉으며, 땀으로 젖은 머리카락을 쓸어 넘겼다.

왜인지, 기억이라는 놈은 항상 가장 떠올리고 싶지 않은 순간에 더욱 또렷해진다.

단지 꿈을 꾸었을 뿐인데 제일 돌이키고 싶지 않은 날로 다시 돌아간 것만 같은 느낌이 들었다.

그래서일까.

말로 표현할 수 없을 만큼 기분이 더러웠다.

화인이 습관처럼 다시 한 번 머리카락을 쓸어 넘기기 위해 손을 들 때였다.

툭—

언제부터 덮고 있었던 건지 그녀의 상체를 감싸고 있던 커다란 코트가 바닥으로 떨어져 내렸다.

'이게 뭐지?'

잠깐 의문이 들었지만, 금세 이 옷을 누가 입고 있었는지 기억해 낼 수 있었다.

바로 한새다.

그가 입고 있던 옷이란 걸 떠올린 화인이 골치가 아프다는 듯이 이마를 짚었다.

'언제 왔다가 간 거지?'

한새가 차를 두고 갔을 거라고는 생각할 수 없는 일이었기에 화인은 그가 다시 자리를 비운 건 아닌가 생각이 들었다.

그때였다.

—여기서 뭐하고 있어?

안부 인사를 묻듯이 편안하게 나타난 괴상한 존재들은 바로 하급 악마들이었다.

크게 놀랄 일은 아니었다.

화인이 하루에도 몇 차례나 보는 악마들이었으니까.

하지만 별다를 거 없어 보이는 이 일이 지금은 어딘가 이상하게 느껴졌다. 이제는 한새가 마녀라는 사실을 알았기 때문이다.

한새가 가진 미지의 힘이 화인의 형벌 시간을 줄여 주는 것처럼 힘이 강한 존재들은 자신만의 특별한 기운이 있었다.

그래서 그와 처음 만났을 때도 그녀의 근처에 있던 하급 악마들이 전부 모습을 감춘 것이다.

형체가 없는 하급 악마들은 힘이 강한 존재에게 쉽게 접근할 수조차 없었다. 물론 그건 일정한 수준 이상의 마력을 가져야지만 가능한 일이었다.

이런 이유로 지금 하급 악마들의 등장은 한새가 이 근처에 없다는 사실을 알려 주었다.

'뭐야. 대체 어딜 간 거야?'

화인이 의문스러운 표정으로 그를 떠올리고 있을 때였다.

하급 악마가 매우 못마땅하다는 표정으로 그녀를 향해 말했다.

—팔자 좋아 보이네. 여기서 낮잠이라도 잤나 봐?

비꼬는 말투가 그녀가 편안히 지낸 걸 얼마나 마음에 들어 하지 않는지 역력히 표현하는 것 같았다.

당연한 일이었다.

인간 세상으로 내려온 후부터 지금까지 하급 악마들은 마치 원수라도 진 것처럼 그녀를 괴롭혀 왔다.

그 덕분에 화인은 마음 편히 잠을 이룬 적이 없었다.

조금만 눈을 붙이려고 하면 어떻게 알았는지 나타나서 방해하곤 했으니까.

평상시라면 무시하고 지나쳤겠지만, 지금 화인의 입가에는 비릿한 웃음이 슬쩍 걸렸다.

"왜? 날 못 괴롭혀서 좀이라도 쑤시나 보지?"

가뜩이나 기분이 안 좋은 상태였다.

지금 그녀의 눈에 하급 악마가 딱 걸린 것이나 다름없었다.

어딘지 평소와 다른 태도에 하급 악마가 그녀를 이상하다는 듯이 쳐다봤다.

—인간의 몸에 오래 갇혀 있더니 살짝 맛이 간 거야?

화인이 미간을 살짝 찡그렸다. 그 말에 한새가 떠올랐기 때문이다.

이젠 개나 소나 그녀를 향해 제정신이 아니라고 말을 하고 있었다.

—……오늘따라 어딘가 이상하네.

하급 악마의 눈에 비친 화인은 오늘따라 이상하게 자신만만해 보였다. 마치 괴롭혀 볼 테면 더 괴롭혀 봐라 그런 태도랄까.

당연했다.

하급 악마들이 그 이유를 알 리 없었지만, 어제의 그녀와 오늘의 그녀는 판이하게 달랐다.

하급 악마가 지금까지 그녀를 괴롭힐 수 있었던 이유.

그것은 바로 그들의 수명이 짧기 때문이다.

하지만 지금은 한새의 존재가 그녀의 형벌의 시간을 줄여 준다는 것을 알았다.

이제는 더 이상 그들이 죽어 없어지기 전까지 화인이 힘없는 인간인 채로 남아 있지 않아도 되는 상황이었다.

그녀가 잔인한 미소를 지으며 나직이 말했다.

"이상할 거 없어. 다만, 하나만 경고하자면…… 너희들은 곧 내게 한 행동의 대가를 톡톡히 치르게 될 거야."

—그러긴 힘들걸? 네가 대악마로 돌아가려면 몇 십 년이나 남았고, 우리는 그 전에 다 죽어 없어질 테니까.

"두고 보면 알겠지. 그때가 돼서 살려 달라고 빌어도 소용없다는 거 알아 둬."

말을 하는 화인의 눈동자가 순간 먹잇감을 노리는 맹수처럼 번뜩였다.

"단숨에 죽여 줄 생각 요만큼도 없거든. 천천히 세상의 온갖 고통이라는 건 다 맛보게 해 줄 거니까."

말 그대로 쉬이 죽여 줄 생각은 없었다.

자신이 당한 것보다 몇 배, 아니 몇 십 배는 더 돌려줄 것이다.

"나 대악마 벨로나를 건드릴 때, 그만한 각오는 해 뒀겠지?"

화인이 내뿜는 기백에 당황한 하급 악마는 뭔가 이상하다는 걸 눈치챌 수밖에 없었다.

하지만 그게 무언지 정확히 알아차릴 수가 없었다.

하급 악마들이 떨떠름한 표정으로 마지못해 대답했다.

—할 수 있다면 마음대로 해 봐!

평상시였다면 그들도 그녀를 잔뜩 괴롭히고 떠났을 테지만,

오늘따라 어딘가 이상하다는 걸 알아차렸기 때문에 황급히 모습을 감췄다.

그들이 사라진 자리를 보고 있던 화인의 눈동자가 이제는 어두워진 바깥으로 향했다.

그녀가 나지막한 목소리로 혼잣말을 중얼거렸다.

"……그러니까 절대 안 놓쳐."

한새는 그녀에게 내려온 단 하나의 동아줄이었다. 그것을 놓칠 생각은 눈곱만큼도 없었다.

인간에게 손을 내민 것은 한 번으로 족했다.

하찮기 짝이 없는 인간에게 대악마인 자신이 상처를 받은 건, 정말이지 한 번이면 충분했다.

화인은 무심코 떠올리고 싶지 않은 얼굴이 생각나, 눈을 질끈 감았다.

인간이 싫다.

가능하다면 일 분, 일 초도 인간으로서 더는 숨 쉬고 싶지 않았다.

그러려면 그가 필요했다.

"죽어도 안 놓쳐."

스스로에게 다짐하듯이, 화인은 그렇게 읊조렸다.

*　*　*

"차는 얻다 팔아먹고 날 부른 거야?"

귀찮은 기색이 역력한 얼굴로 투덜거리는 남자는 한새의 매니저였다.

그의 이름은 황찬우.

고등학교 때부터 데뷔한 한새와 아주 오랫동안 같이 일해 온 사람이었다.

벤을 몰고 있는 찬우의 뒷좌석에 앉은 한새가 퉁명스럽게 대꾸했다.

"……그럴 만한 일이 있었다고 했잖아."

"그러니까 그게 뭔데? 둘이 다니기 싫다고 매일 혼자만 유령처럼 다니던 놈이 갑자기 모시러 오라는데, 내가 안 궁금하고 배겨?"

"형이 여자도 아니고 왜 내 행적이 궁금해?"

"네가 어디 가고, 뭘 하는지 여자들만 궁금해할 것 같아?"

"뭐야, 소름 끼치게……."

싸늘한 한새의 목소리에 찬우가 피식 웃으면서 장난스럽게 말했다.

"대표님도 네 행적을 엄청 많이 궁금해하시거든. 그러니까 나 잘리기 전에 꼬박꼬박 보고만이라도 좀 해 주면 안 되겠냐?"

"돈도 많이 벌어다 주는데, 대표님이 별걸 다 바라시네."

"네가 혹시 사고 칠까 봐 걱정돼서 그러는 거 아니겠냐."

찬우의 잔소리 같지 않은 잔소리에 한새가 고개를 창밖으로 돌리며 무심하게 말했다.

"내가 무슨 아이돌이나 연예인도 아니고. 일개 모델한테 너무 많은 걸 바라지 말라고 전해 드려."

"웬만한 아이돌이나 연예인보다 일개 모델인 네가 훨씬 더 인기가 많은 걸 어쩌겠어."

틀린 말은 아니었다.

모델로서 전례가 없을 만큼 한새의 인기는 하늘을 찔렀다.

그것은 모두 악마같이 매력적인 그의 외모와 묘한 분위기 탓이었다.

세상에 어느 여자도 그를 무관심하게 바라볼 수 없었다.

여성들이 상상하는 판타지의 완벽한 결정체.

그게 바로 한새였다.

찬우의 말에 한새가 여전히 퉁명스러운 목소리로 대꾸했다.

"너무 옳은 말이라 반박할 수가 없네. 하지만 지나친 관심은 갖지 말라고 해. 그런 게 귀찮아서 모델 일만 하는 거 잘 알잖아."

"네네."

"그러니까 일개 모델한테 사인회 일정도 좀 잡지 말라고 하고. 화보집 낼 때마다 귀찮아 죽겠으니까."

"네가 원한다면 말은 전하겠지만, 아마 씨알도 안 먹힐 거다."

한새가 한 번 사인회를 하면 몰리는 인파가 엄청났다. 물론 그에 따른 수익도 어마어마했고 말이다.

한새는 마음에 들지 않는다는 듯이 미간을 찡그렸다.

그가 아무런 말이 없자 찬우가 조심스럽게 다시 입을 열었다.

"이번 한 번만 더 고생해 줘. 내가 대표님한테 잘 말해 볼 테니까."

"……마지막이야. 앞으로는 그 말 안 믿어."

마지못한 한새의 대답에 찬우의 표정이 밝아졌다.

이런 일정까지 소화하고 싶지 않다고 몇 차례 밝힌 적이 있기 때문에 시키는 입장에서도 면목 없기는 마찬가지였다.

"그래, 고맙다. 그런데 차는 언제부터 놓고 다닌 거야?"

무심코 물어본 그의 질문에 한새는 자신도 모르게 화인을 떠올렸다.

퀭한 눈동자, 짙은 다크서클.

거침없이 내뱉던 애정 표현.

그녀가 그때 했던 말이 이상하게 아직도 또렷이 기억에 남았다.

"넌 마녀…… 나는 악마니까."

그러니까 오늘이 그 정신 나간 여자를 만난 지 정확히 일주일이 되는 날이었다.

한새가 픽 한 번 웃고는, 관심 없다는 듯 나직하게 말했다.

"몰라, 기억 안 나."

그렇게 두 사람은 약속 장소에 도착했다.

오늘이 바로 화보가 새로 나온 기념으로 한새의 사인회가 열리는 날이었다.

각오는 했지만, 엄청나게 몰린 인파 덕분에 한새는 정신없이 사인을 해야 했다.

팔이 뻐근하다고 느껴질 때 즈음이었다.

스윽.

누군가가 한새의 앞에 화보집을 내밀었다.

지금까지 그랬던 것처럼 그가 고개를 들며 무심하게 입을 열었다.

"이름이……?"

하지만 그의 말은 끝까지 이어지지 않았다.

다시는 만날 일이 없을 거라고 여겼던 얼굴이 그의 앞에 서 있었기 때문이다.

이름조차 알지 못하는 여자. 그것도 자신을 악마라고 칭하는 정신 나간 여자.

꽤나 독특한 경험이라 그런지 이상하게 기억 남았던, 그 여자가 말이다.

그녀가 다시 자신의 앞에 나타나 있었다.

그것도 사인회에.

그가 찍은 화보를 들고서.

놀란 기색이 역력한 한새를 바라보며 화인이 불만스럽다는 듯이 말했다.

"그날 그 차에서 내가 얼마나 기다렸는지 알아?"

스토킹을 한 주제에 따지듯이 말하는 화인을 한새가 순간 멍하니 바라봤다.

그러자 그녀의 말은 계속 이어졌다.

"사람이 가면 간다, 말을 해야지. 치사하게……."

원망의 말이 계속 이어지려고 하자, 한새가 그녀의 말을 잘랐다.

"여긴 또 어떻게 온 거야?"

"알잖아, 조금이라도 네 옆에 있고 싶어서 왔어."

그녀의 거침없는 애정 표현에 한새는 정말 두 손 두 발을 다 들 수밖에 없었다.

아무리 밀고 당기기를 생략한다 하더라도, 세상 어떤 여자도 그에게 이렇게 직선으로 다가온 적은 없었다.

순간 기가 막혔다.

"이런 행동, 내가 싫어할까 봐 신경 안 쓰여?"

갑작스러운 한새의 질문에도 화인의 눈동자는 조금도 흔들리지 않았다.

그녀가 당당하게 입을 열어 말했다.

"너한테 잘 보이고 싶은 마음 없어."

예상외의 대답이었다.

그녀가 자신을 좋아해서 쫓아다니는 거라고 생각했기에 한새는 그 말이 쉽게 납득되지 않았다.

그때였다.

화인의 목소리가 이어졌다.

"애교 부리고 웃고, 그런 거 내 취향 아니야. 나는 협박하고 갈취하는 거. 그게 내 스타일이야."

가만히 듣고 있던 한새가 그 말에 갑자기 크게 웃음을 터뜨렸다.

"……하하하!"

갑작스럽게 터진 그의 웃음에 사인을 받기 위해 조금은 멀리 떨어져 줄을 서 있던 팬들, 그리고 그 옆에 관리자들의 시선이 몽땅 이쪽을 향했다.

다른 사람들의 이목이 이곳으로 집중이 되었다는 걸 알았음에도 한새는 언제나처럼 여유로웠다.

그가 조금은 흥미롭다는 표정으로 느릿하게 말했다.

"그래서 지금 날 대놓고 협박하고 갈취하겠다고 선전포고하는 거야?"

한새의 직접적인 질문에도 화인의 표정은 여전히 무덤덤했다.

어찌 보면 이런 부분이 그녀다웠다.

몇 번의 만남뿐이었지만, 한새의 눈에 비친 그녀는 지나칠 정도로 항상 당당했다.

화인의 입이 천천히 열렸다.

"맞아."

짤막한 긍정의 말.

한새는 자신도 모르게 피식하고 다시 한 번 웃음을 터뜨릴 수밖에 없었다.

"나한테 협박해서라도 얻어내고 싶은 게 대체 뭔데?"

자신에게 잘 보일 마음도 없다면서 대체 뭘 원하는 건지 궁금해질 수밖에 없었다.

하지만 그의 질문에 화인의 얼굴이 미미하게 찡그려졌다.

이 남자는 사람 말을 흘려듣는 건지, 몇 번을 말했는데도 알아듣지 못하는 습성이 있었다.

"같은 말 여러 번 반복하게 하는 취미가 있네. 정말 몰라서 물어?"

"그럼 아는데 물어보겠어?"

뻔뻔하게 되받아쳐 오는 한새의 얼굴을 들여다보며, 화인이 입을 열어 한 글자 한 글자 또박또박 말했다.

"네 몸."

"……?"

어지간해서는 놀라지 않는 한새였지만, 지금만큼은 그도 당황스러운 기색을 감추지 못했다.

여전히 이해가 안 간다는 듯이 의아한 표정으로 그녀를 쳐다보고 있자 화인의 입이 다시 열렸다.

"네 곁에 있고 싶다고 몇 번이나 말했잖아. 내가 원하는 건 바로…….”

그녀의 검지가 정확히 그를 가리켰다.

“네 몸이야.”

어딘가 비장해 보이기까지 한 화인의 말에 한새는 어처구니없다는 표정으로 그녀를 쳐다봤다.

이런 선전포고는 난생처음이었다.

마음도 아니고, 몸을 노린다는 여자.

그것도 자신을 협박하고 갈취해서라도 가져가겠다고 경고를 당해 보기는, 당연한 말이지만 난생처음이었다.

그런데 문제는……

한새는 이 황당하기 짝이 없는 상황에 웃음이 터질 것 같다는 사실이다.

정신병도 전염이 되는 건지, 어디로 튈지 모르는 그녀가 한새는 왜인지 재밌었다.

그가 간신히 웃음을 삼키며, 나지막한 목소리로 말했다.

“잘해 봐.”

그의 몸을 노린다는데도 마치 남의 일인 것처럼 말하는 한새의 태도가 마음에 들지 않았다.

하지만 그녀에겐 더 이상 말할 기회가 주어지지 않았다.

슥슥.

한새가 거침없이 자신의 화보집에 사인을 남기고는 다시 그녀에게 건네주며 말했다.

"다음."

얼떨결에 그가 내미는 화보집을 받아 들자, 다음번 순서인 여자가 어떻게 알았는지 재빠르게 이곳으로 다가왔다.

화인이 아쉽다는 표정으로 그를 잠시 바라봤지만, 이내 몸을 돌릴 수밖에 없었다.

그렇게 한순간이나마 주변 사람들의 이목을 모두 집중시킨 두 사람이었지만, 화인이 나가고 다음 순서로 돌아가자 금세 아무 일도 없던 것처럼 지나갔다.

뚜벅뚜벅.

그곳을 걸어 나오며 화인은 자신도 모르게 그가 사인해 준 화보집을 세게 쥐었다.

누군가에게 애교를 부리고 웃으면서 자신이 원하는 바를 손에 넣어본 적은 없다.

자신은 다른 누구도 아닌, 대악마 벨로나였으니까.

원하는 것이 있으면 협박하고 갈취해서라도 얻어 내고야 말았던 게 바로 그녀다.

그러므로 이번에도 예외는 없었다. 애원하고 구걸하는 건 그녀의 적성에 맞지 않았다.

화인은 뒤를 돌아 어느새 멀어진 한새의 얼굴을 힐끔 쳐다봤다.

어떻게든 저 남자의 곁에 있어야 했다.

그가 원하든, 원하지 않든 간에…….

*　　*　　*

"수고했어."

사인회가 끝나자 매니저인 찬우가 한새에게로 다가와 말을 건넸다.

한새는 지친 얼굴로 의자에 길게 늘어져 앉아 있었는데, 그런 자세 또한 모델이라 그런지 어딘가 멋스러워 보였다.

그가 앉은 채로 눈동자만 찬우를 향해 굴리며 나직하게 말했다.

"이번이 마지막이야. 분명히 말하지만, 다음은 없어."

단호한 한새의 말에 찬우가 마지못해 고개를 끄덕이며 대답했다.

"알았어, 인마."

찬우는 손목시계로 시간을 확인하고 다시 입을 열었다.

"이제 좀 쉬어야지. 어디로 모셔다 줄까?"

"집으로 갈게."

대답과 동시에 한새가 의자에 앉아 있던 기다란 장신을 일으켜 세웠다. 그러고는 자신들이 타고 왔던 벤이 있는 곳을 향해 걸어갔다.

그의 사인을 받기 위해 모인 팬들은 대부분 빠져나가고 관계자들만 남은 시간.

하지만 한새가 걸어가자 마치 바다가 갈라지는 것처럼 사람들이 길을 비켜섰다.

런웨이를 워킹하는 것도 아닌데, 모두의 시선이 그에게로 홀리듯이 모여들었다.

우아한 표범처럼 늘씬하게 잘빠진 한새의 뒷모습을 바라보며, 찬우는 이제 이런 상황에 익숙해졌다 여겼지만 새삼 감탄스러운 마음이 들었다.

도대체 한새의 어떤 점이 이토록 빛이 나는 걸까.

분명한 건, 진흙 속에 가려진다 해도 진주처럼 빛날 남자라는 사실이다.

그는 타고난 스타였다.

달칵.

한새가 커다란 벤에 올라타 몸을 눕히려 했다.

하도 사인을 많이 했더니 팔이 시큰거렸고, 몇 시간 동안이나 사람들을 만나 인사를 나눴더니 진이 다 빠진 상태였기 때문이다.

애초에 사람들 앞에 설 때는 패션쇼 런웨이일 뿐인 모델이다.

연예인도 아니고 이렇게 많은 사람들 앞에 노출이 될 때면 굉장히 피곤했다.

한새가 막 눈을 붙이려는 그때였다.

무심코 창가 쪽으로 고개를 돌린 그의 눈에 무언가 거슬리는 게 보였다.

"……?"

바로 그 여자였다.

화인이 막 택시를 잡아타는 모습을 본 한새는 이상하게 불길한 기분이 들었다.

부웅.

때마침 찬우가 시동을 걸며 나지막이 말했다.

"집에 도착하기 전까지 한숨 자 둬."

"……알았어."

뭔가 찜찜한 마음이 들었지만, 한새는 그게 정확히 무언지 모른 채 의자에 고개를 묻었다.

그리고……

한새는 그날의 그 찜찜함이 무엇이었는지 얼마 가지 않아 알아차릴 수 있었다.

바로 그녀가 자신을 쫓아올 수도 있다는 사실이다.

예상대로 화인은 그날 택시로 한새가 타고 있던 벤을 쫓았고, 그가 사는 집을 알아냈다.

그 사실들을 한새 또한 어렵지 않게 알아차릴 수 있었다.

저 정신 나간 여자가 하루 이틀도 아닌, 장장 열흘을 자신의 집 앞에서 매복하고 있었기 때문이다. 간간히 외출을 할 때마다 그의 뒤를 졸졸 쫓아다니면서.

한숨도 자지 않은 채 한새의 뒤를 쫓는 열정.

퀭한 두 눈이 쫓는 건 오로지 한새, 단 하나뿐.

한새를 쫓아다니는 극성맞은 팬들 사이에서도 혜성처럼 등장한 화인은 단숨에 유명해졌다.

정상이 아니라는 건 알고 있었지만, 정말 상상 이상이었다.

"……저러다 얼어 죽지."

한새는 한 손에 따뜻한 커피가 들어 있는 머그잔을 쥔 채 베란다에 서서 자신의 집 앞에 쪼그리고 앉아 있는 화인을 바라봤다.

말을 하려고 입만 열어도 입김이 나오는 날씨다.

뉴스에서도 연일 다른 년도에 비해 추위가 빨리 찾아왔다는 내용을 방송하고 있었다.

이런 날씨에 노숙이라니.

이렇게까지 쫓아다니는 그녀가 이해가 안 됐지만, 납득이 안 되는 건 또 하나 있었다.

지금까지 자신을 쫓아다닌 극성팬이 그녀 한 명만 있었던 것도 아닌데, 이상하게 눈에 거슬린다는 것이다.

'인상이 너무 강렬해서 그런가?'

스스로도 정확한 이유를 찾지는 못했지만, 확실히 뇌리에 박힌 장면은 있었다.

바로 그녀가 자신을 똑바로 쳐다볼 때의 불꽃처럼 타오르는 것 같았던 눈동자.

그 눈동자에 깃들어 있는 절박함이 왜인지 쉽게 잊어지지 않았다.

하지만 그렇다고 해서 뭔가를 해 주고 싶은 마음은 없었다.

왜인지 신경이 쓰이고 자꾸 눈에 거슬린다는 것.

그게 끝이었다.

달라지는 것은 없었다.

끼이익.

해가 지기 시작할 무렵, 한새가 사는 초호화 단독주택의 대문이 열렸다.

추운 날씨라 집 앞에서 그를 기다리고 있는 팬들의 숫자는 많이 없었지만, 몇 안 되는 극성팬들의 시선이 모두 그리로 향했다.

그리고 개중에는 열흘이나 이곳에서 잠복해 있었던 화인도 포함되어 있었다.

"꺄아아! 한새 오빠다!"

누군가의 비명 소리가 한새의 등장을 알렸다.

열린 대문 사이로 그의 자동차가 유유히 빠져나오고 있었다.

자동차 유리창이 전부 까맣게 선탠이 되어 있어서 한새의 모습은 보이지 않았지만, 그것을 본 화인의 눈이 번뜩 빛났다.

그녀는 그대로 한새가 타고 있을 운전석을 향해 황소처럼 돌진했다.

그리고 달리기 속도로 따라잡을 수 있을 때까지 자동차와 함께 뛰었다.

그렇게 죽을 만큼 달리는 이유는, 조금이라도 한새의 곁에 있기 위함이었다.

"하아, 하아."

한참이나 차를 따라붙던 화인은 끝내 거친 숨을 내쉬면서 달리기를 멈췄다.

열흘 동안 반복된 이 패턴은 이제 특별할 것이 없는 일상이었다.

점점 멀어지는 그녀의 모습을 한새가 백미러를 통해 쳐다봤다.

열흘 동안이나 추운 곳에서 노숙했으니 기력이 빠질 법도 한데, 오늘도 이렇게 달리는 모습을 보고 있자니 저 여자는 아직도 버틸 만한 모양이다.

그가 자신도 모르는 사이 화인에게 시선을 빼앗기고 있을 때였다.

지이잉, 지이잉.

진동으로 해놨던 휴대폰이 울리기 시작했다.

그가 긴 손가락으로 이어폰을 귀에 끼며 전화를 받자, 커다란 음악 소리와 함께 왁자지껄한 사람들의 웅성거림이 들려왔다.

그러다 이내 또렷이 들려오는 목소리가 하나 있었다.

—온다더니 대체 어디야? 여기 지금 너 기다리는 애들이 얼마나 많은데.

"지금 출발했어. 곧 도착해."

—야, 이번에도 도망치면 각오해.

"알았으니까, 끊어."

짧은 대꾸와 함께 한새가 일방적으로 전화를 끊었다.

얼마 전부터 오늘 열리는 파티에 꼭 참석하라고 여러 차례 초대를 받았었다.

몇 번이나 이런 모임에 불참했기 때문에 이번에도 빠지면 꽤나 잔소리를 들을 것 같아, 안 그래도 귀찮지만 집에서 나오는 길이었다.

한새가 한쪽 팔을 창가에 기대며 턱을 괼 때였다.

지이잉, 지이잉.

다시금 휴대폰이 울리기 시작했다.

그가 귀찮다는 표정으로 통화 버튼을 누르고 나지막이 말했다.

"지금 가고……."

—이한새 씨, 전화 맞나요?

이어폰을 통해 귓가로 들려온 목소리는 자신이 익히 아는 목소리가 아니었다.

사무적인 여자의 목소리에 한새가 의아한 표정으로 다시 말했다.

"맞습니다. 어디시죠?"

—여기는 한림요양원인데요.

한림요양원이라는 단어에 한새의 표정이 딱딱하게 굳어졌다.

사무적인 여자의 목소리가 계속 이어졌지만, 한새는 아무런 대답조차 하지 않은 채 가만히 듣고 있었다.

다만, 그녀의 말이 끝나 갈 때 즈음 한 마디를 덧붙일 뿐이었다.

"지금 바로 가겠습니다."

전화를 끊은 한새는 곧바로 핸들을 크게 돌렸다.

끼이이익—!

그의 차가 순식간에 중앙선을 침범하며 가던 방향을 완전히 바꾸었다. 그러고는 동시에 어마어마한 속도로 어딘가를 향해 달리기 시작했다.

*　　*　　*

한새는 스스로도 무슨 정신으로 여기까지 온 것인지 알지 못했다.

어느새 보니 자신이 차를 주차하고 있었고, 멀지 않은 곳에는 한림요양원이라는 간판이 보일 뿐이었다.

언제나 여유로웠던 그답지 않게 한새는 지금 얼굴이 창백하게 질려 있었다.

그의 머릿속에는 방금 전 통화했던 여자의 목소리만이 맴돌 뿐이었다.

벌컥.

한새는 정신이 없는 얼굴로 차문을 열고 내렸다.

그러고는 한림요양원이라고 적혀져 있는 간판을 향해 빠른 걸음으로 걷기 시작했다.

그때였다.

오로지 앞을 보고 걷던 그의 귓가에 커다란 경적 소리가 들려왔다.

빠아아아앙!

자동차 한 대가 당장이라도 한새를 칠 것처럼 다가오고 있었다.

찰나의 순간.

한새가 자신에게 다가오는 자동차를 멍하니 바라보고 있을 때였다.

휘익!

무언가의 강한 힘이 그를 뒤로 잡아끌었다.

그 덕분에 한새의 몸이 균형을 잃고 뒤로 넘어졌다.

콰당탕탕!

한새의 몸이 바닥을 굴렀다.

그가 바닥에 주저앉아 있자, 그를 칠 것만 같이 다가오던 차가 아슬아슬하게 눈앞에서 쌩하고 지나쳐 가는 모습이 보였다.

순식간에 벌어진 일이었다.

한새가 여전히 멍한 상태로 주저앉아 있을 때였다.

그를 칠 뻔했던 차가 다급하게 차를 세우더니 한새를 향해 소리쳤다.

"야! 이 미친 새끼야! 죽고 싶지 않으면 앞 좀 보고 다녀!"

잔뜩 화가 난 듯한 중년의 남성이 한새에게 거칠게 욕을 하곤 다시 차를 몰고 가 버렸다.

한새가 정신을 차리고 주변을 둘러보니 자신이 횡단보도 앞에 앉아 있다는 사실을 알아차릴 수 있었다.

신호가 빨간불인 걸 보아하니, 무단횡단을 하려 했던 모양이었다.

그럼 자신을 뒤로 잡아끈 것은……

한새의 시선이 천천히 자신의 뒤로 향했다.

그러자 전혀 예상도 못 했던 사람이 뒤에 앉아 있는 모습이 보였다.

지금까지 자신을 줄기차게 쫓아다녔던 정신 나간 여자.

바로 화인이었다.

그녀는 온 힘을 다해 그를 잡아당긴 탓에 둘이 같이 넘어진 상태였다.

이곳으로 얼마나 다급하게 뛰어온 것인지 그녀가 거칠게 숨을 내쉬며 말했다.

"사람이 부르는 소리도 못 듣고 대체 뭐하는 거야?"

화인이 의심이 가득한 눈길로 그를 살피더니 다시 말을 이었다.

"설마 자살하려던 건 아니지? 지금은 안 돼. 그건 내가 허락

못 해."

한새는 마치 자신을 소유물인 것처럼 말하는 화인을 잠시 바라봤다.

어떻게 여기까지 쫓아온 것인지, 언제부터 따라온 건지 묻고 싶은 말이 머릿속에 떠올랐다.

하지만 그의 눈에 들어오는 다른 것이 있었다.

한새가 다급하게 그녀의 손을 움켜쥐며 말했다.

"너, 피가……!"

손에서 시뻘건 피가 뚝뚝 떨어지는 모습을 보고 있자니, 정신이 확하고 돌아왔다.

심각하게 굳어진 한새의 얼굴을 들여다보며 화인이 머쓱하게 말했다.

"뭐, 좀 따갑긴 한데 괜찮아. 금방 나으니까."

"이게 잘도 낫겠다."

상처는 화인의 말처럼 가볍지 않았다.

물론 죽을 만큼 큰 상처는 아니었지만, 붉은 피가 주르륵 하고 흐를 만큼 깊게 긁힌 것 같았다.

더구나 자신 때문에 생긴 상처다.

한새는 그녀의 상처를 손으로 눌러 지혈하며 낮은 목소리로 말했다.

"잔말 말고, 병원부터 가자."

한새가 다급하게 몸을 일으키려 할 때였다.

그 순간이었다.

그가 보는 눈앞에서 화인의 상처가 순식간에 아물기 시작했다.

옷까지 흥건하게 젖게 만들었던 피는 거짓말처럼 수그러들었고, 상처가 낫는 과정이 선명히 눈에 보일 정도였다.

아주 짧은 시간이 지나자, 거짓말처럼 화인의 상처가 말끔히 치료되어 있었다.

눈으로 보고도 믿을 수 없는 상황에 한새의 입이 벌어졌다.

깜짝 놀라하는 한새를 향해 화인이 대수롭지 않다는 듯이 말했다.

“내가 말했잖아, 금방 낫는다고.”

아무렇지 않게 말하는 화인의 말처럼 이 상황은 평범한 것이 아니었다.

옷에 묻은 피가 무색할 만큼 순식간에 나아 버린 상처.

한새가 진정하기 위해 긴 손가락으로 얼굴을 한 차례 쓸어내렸다.

솔직히 믿을 수가 없었다.

눈으로 직접 보지 않았다면 절대로 불가능하다 생각했을 일이다.

“그러니까 너는…… 이 상처가 이렇게 빨리 나을지 알고 있었다는 거야?”

“당연하지.”

“……어떻게?”

한새의 질문에 오히려 화인이 답답하다는 듯이 짧은 한숨을 내쉬었다.

그러곤 나지막이 말했다.

“나는 악마니까.”

그녀의 입에서 들은 두 번째 대답이었다.

하지만 이번만큼은 한새도 웃지 않았다.

자신의 눈앞에서 벌어진 비현실적인 일이 논리적으로 설명될 수는 없었다.

한새는 지금 처음으로 그녀가 정말 악마일지도 모른다는 생각이 들었다.

“악마라…….”

분명 이성적으로 생각하기엔 말도 안 되는 일이었다.

눈앞의 여자를 악마라고 믿는다는 건, 자신 또한 마녀라는 사실을 인정하는 것이나 다름없었다.

스스로가 마녀든 아니든 아무런 상관없다고 했지만, 그것은 자신이 마녀라고 확실히 믿는 것과는 어마어마한 차이가 있었다.

하지만 이젠 마냥 부정하기에도 어려웠다.

눈앞에서 상처가 순식간에 낫는 걸 봤을 뿐 아니라, 사실 처음 만났을 때부터 그녀가 최면을 거는 모습도 봤다.

정신 나간 여자라고 치부했지만, 마음 한편에는 아직도 그날의 궁금증이 남아 있었다.

과연 어떻게 최면을 건 것일까.

그때 자신을 붙잡았던 그 남자는 정말로 이성이 남아 있지 않은 상태였다. 시간이 지나자 스스로가 무슨 행동을 했는지도 기억하지 못할 정도로.

시간이 지나도 풀리지 않는 수수께끼처럼, 그날의 일이 궁금했기에 그녀를 다시 만났을 때 스스럼없이 자신의 차에 태운 것이었다.

그리고 지금……

말도 안 되는 일이라 생각하면서도 그녀가 악마라면 지금까지 납득이 되지 않았던 모든 일들이 맞아떨어졌다.

한새는 새삼스럽게 눈앞에 화인을 쳐다봤다.

오랫동안 노숙을 해서인지 정돈되지 않은 꾀죄죄한 옷차림에 피곤함이 가득한 얼굴.

짙은 다크서클에도 가려지지 않은 맑은 눈동자.

한새가 아무런 말도 없이 그녀를 쳐다보고 있자, 그 모습이 마치 자신을 절대 못 믿겠다는 것처럼 보여서 화인이 답답하다는 듯이 입을 열었다.

"속고만 살았어? 사람 말을 왜 이렇게 못 믿어."

"……믿어."

"뭐?"

"일단은 믿어 볼게."

한새가 눈짓으로 그녀를 힐끗 가리키며 다시 말을 이었다.

"네가 악마라는 거."

그의 대답에 순간 화인의 표정이 밝아졌다.

아무리 말을 해도 듣는 시늉조차 안하던 그가 이렇게 자신의 정체를 믿어 주겠다니 그동안 답답했던 마음이 뻥 뚫린 기분이었다.

"뭐야, 이렇게 쉬울 줄 알았으면 진작 상처 낫는 거 보여 줄 걸 그랬네."

하지만 밝은 그녀의 표정과 달리 한새의 얼굴은 점점 무미건조하게 변해 갔다.

사실 그녀가 악마든 아니든, 그게 한새에게 중요한 것은 아니었다.

마찬가지로 한새가 그 사실을 믿든, 안 믿든 간에 두 사람 사이에 변하는 것은 아무것도 없었다.

지금 중요한 것은……

사람들이 필요할 때 신을 찾는 것처럼, 한새에게는 이 순간 그녀가 진정 악마이기를 바랄 정도로 간절한 상황이라는 점이다.

한새의 입이 천천히 열렸다.

"네 상처가 순식간에 나아 버린 것처럼, 다른 사람의 병도 낫게 할 수 있어?"

"다른 사람?"

한새의 표정과 말투가 워낙 진지했기에 화인은 자신도 모르게 다시 한 번 되묻고 말았다.

그러자 그가 말없이 다른 곳으로 시선을 옮겼다.

화인도 그가 바라보는 곳을 따라 눈동자를 움직였다.

그렇게 두 사람의 시선이 닿은 곳에는 한림요양원이라고 적혀 있는 건물이 있었다.

잠시 한림요양원을 바라보던 한새의 입이 무겁게 다시 열렸다.

"내 동생."

* * *

화인은 한새를 따라 한림요양원 안으로 들어갔다.

긴 복도를 지나 도착한 병실에는 핏기가 없는 인형 같은 얼굴로 누워 있는 한 여자가 있었다.

마치 태어날 때부터 햇빛이라곤 본 적 없는 사람처럼 새하얀 피부에 마른 몸, 늘씬한 다리.

지나치게 마르다는 게 흠이라면 흠이었지만, 한 마디로 마네킹같이 완벽한 여자였다.

그리고 이 여자는 한눈에 봐도 알 수 있을 만큼 한새와 닮아 있었다.

"이 사람이 네 여동생이야?"

"그래."

마치 잠자는 숲 속의 공주처럼 미약한 숨을 내쉬며 누워 있는 여자.

사실 화인은 굳이 한새의 대답을 듣지 않더라도 이 여자가 그의 여동생이란 사실을 알아차릴 수 있었다.

가까워질수록 느껴지던 엄청난 마력의 기운.

바로 그 때문이다.

남자인 한새조차도 이런 힘을 지녔는데, 여자인 동생 쪽은 정말 엄청나다는 말밖에 표현할 수가 없었다.

한새와는 전혀 다른 느낌의 힘이었지만, 척 보아도 여동생 쪽의 힘이 더 막강했다.

당연한 일이다.

마녀의 힘은 원래 여자에게만 전해지는 것이었으니까.

'설마…….'

여동생을 내려다보던 화인의 머릿속에 불현듯 한 가지 생각이 스치고 지나갔다.

그래서 그녀는 재빨리 자신의 어깨에 옷을 내려 문신처럼 새겨진 낙인을 확인했다.

이런 행동을 하는 이유는 한 가지의 가능성 때문이었다.

한새와 가까이에 있으면 형벌의 시간이 줄어든다.

그렇다는 건, 여동생도 같은 힘을 가지고 있을지도 모른다는 뜻이었다. 아니면 또 다른 반응이 있다든가.

하지만 기대완 달리 어깨에 새겨진 날짜는 딱히 변화가 없었다.

사람마다 가진 기운이 다르니 더 지켜봐야 정확히 알겠지만 당장엔 아무것도 달라지지 않았다.

그녀의 기괴해 보일 수 있는 행동을 한새는 말없이 물끄러미 바라보다가 이내 입을 열었다.

"날 만났을 때도 그러더니, 어깨를 확인하는 게 무슨 의미가 있는 행동인 거야?"

그 말에 화인의 시선이 다시 한새를 향했다.

지금까지는 그가 악마라는 것 자체를 믿지 않았기 때문에 이런 대화를 나눠 본 적이 없었다.

그녀 또한 인간에게 이런 말을 한다는 게 생소했지만, 이제 와서 감출 문제는 아니었기에 입을 열었다.

"내 어깨엔 죄인의 낙인이 찍혀 있어. 우습게도 죄를 짊어지고 살라는 뜻이지."

화인은 거리낌 없이 자신의 어깨에 새겨진 낙인을 한새에게 잘 보이도록 보여 주었다.

가녀린 어깨에는 괴상하고 기이한 문양과 숫자가 또렷이 새겨져 있었다.

"여기에 적혀 있는 날짜가 보이지? 이게 내가 인간으로서 살면서 받아야 할 형벌의 시간이야."

한새의 눈에도 숫자가 똑똑히 보였다.

20963일.

그녀의 말대로라면 한 인간으로서 평생을 살아야 한다는 의미였다.

"악마라면서. 그런데 넌 거기다 죄까지 지은 악마라는 거야?"

그렇게 들으니 뭔가 우스웠다.

사악한 악마인 주제에 죄까지 지었다.

마치 비유하자면 범죄자 중에서도 최고로 악질인 셈이었다.

화인이 자신도 모르게 입꼬리를 늘려 웃으며 말했다.

"듣고 보니 그러네."

왠지 그 모습이 정말로 악마 같았다.

지금까지 그녀를 보면서 그런 생각을 한 적이 없었는데 막상 악마라는 정체를 믿기로 해서일까.

설핏 웃는 모습이 이상하게도 잘 어울렸다.

잠시 그녀를 쳐다보던 한새가 자신의 동생 쪽으로 다시 시선을 돌렸다.

그러곤 무표정한 얼굴로 나지막이 말했다.

"그럼 서론은 이쯤하고……."

지금 중요한 것은 창백한 피부에 생기를 돌게 만들 수 있느냐.

바로 그것이었다.

"내 동생, 병 고칠 수 있어?"

진지한 한새의 질문에 화인이 궁금하다는 듯이 입을 열었다.

"하나만 물어도 돼?"

"빨리 말해."

"네 동생은 왜 이렇게 누워 있는 거야?"

그의 여동생은 매우 힘이 강한 마녀였다.

물론 마녀라곤 해도 인간이었기에 정해진 수명과 한계가 존재했지만, 병에 걸려 쉽게 죽는 일은 없다시피 했다.

그런데 이렇게 누워 있다는 사실이 쉬이 납득이 되질 않았다.

그녀의 질문에 한새의 눈빛이 어둡게 변했다.

"병명이 뭔지는 몰라. 온갖 검사를 다 해도 원인을 찾지 못했어."

동생은 어느 날부터 깨어나지 못하더니 식물인간 판정을 받고 말았다.

원인 불명의 병.

그것은 한새의 속을 시꺼멓게 태워 놓았다.

지금의 그는 여태까지처럼 자신만만하고 싸가지 없던 모습이 아니었다.

진지하고 어두운 한새의 얼굴을 들여다보며 화인이 중얼거리듯이 말했다.

"겉보기와 다르게 동생을 끔찍이 아끼네."

자신의 말에 그가 뭐가 다르냐고 따질 줄 알았다.

하지만 한새의 입에서 나온 대답은 전혀 예상치 못한 것이었다.

"……하나밖에 남지 않은 가족이니까."

그리고, 오늘 세상에서 하나밖에 남지 않은 그 가족이 더 이상

가망이 없다는 얘기를 들었다.

전화로 그 말을 들었을 때, 한새는 피가 거꾸로 솟는 것만 같았다.

그가 잔뜩 낮아진 목소리로 다시 말을 이었다.

"그러니까 대답해 봐. 네가 내 동생 병을 고칠 수 있는지."

물에 빠진 사람은 지푸라기라도 잡는다는 말이 있다.

지금 한새가 물에 빠진 사람이었다면, 화인은 그의 손에 잡힌 지푸라기였다.

그가 악마라는 허무맹랑한 존재에게 의지하고 싶어질 만큼, 지금 동생에게 가망성은 없었다.

화인의 입이 느릿하게 열렸다.

"결론부터 말하자면, 난 못 고쳐 줘."

"뭐?"

예상과 전혀 다른 대답에 순간 한새의 눈동자가 커졌다가 이내 잔뜩 얼굴이 찌푸려졌다.

무척이나 화가 난 표정으로 그가 입을 열었다.

"지금 나랑 장난치……!"

"내 말 끝까지 들어."

화인이 차가운 눈빛으로 그의 말을 자르며, 다시 말을 이어 나갔다.

"인간으로서의 나는 그런 힘이 없어. 그러니까 당장은 못 고쳐 줘. 하지만 본래의 힘을 되찾게 되면 불가능한 일은 아니야."

다행히 그의 동생은 죽은 상태가 아니었다.

최악의 상황은 모면한 것이다.

설령 대악마라 하여도 죽은 자를 다시 인간 세상으로 불러오는 일은 할 수가 없었으니까.

하지만 생존 가망성이 희박한 마녀는 해볼 만했다.

아니, 다시 대악마로 돌아가게만 해 준다면 어떻게 해서든 살려낼 자신이 있었다.

화인이 의지를 불태우며, 한새를 똑바로 쳐다봤다.

"그러니까, 내 손을 잡아."

한새에게만 그녀가 지푸라기인 것은 아니었다.

화인에게도 그는 형벌의 시간을 끝내고, 인간 세상을 떠날 수 있게 만드는 유일한 동아줄이었다.

"……나도 네 손이 너무 간절해."

또다.

마치 화인의 눈동자에서 불꽃이 이는 것 같았다.

그리고 그 눈동자에 깃든 간절함이 이상하게 한새의 뇌리에 박혀왔다.

그가 동생과 화인을 번갈아 쳐다보다가 이내 나지막한 목소리로 말했다.

"내가 네 손을 잡겠다고 하면, 어떻게 되는 건데?"

"인간의 말만으로는 믿을 수 없으니. 나와 거래를 하자."

악마와의 거래라…….

판타지 소설에서나 나올 법한 단어였다.
한새가 짧게 대꾸했다.
"대가는?"
모든 거래에는 당연히 그만한 대가가 따른다.
당연한 이치였다.
"네가 내 동생을 고쳐 주면, 나는 네게 뭘 줘야 하지?"
"네 옆에 있게 해 줘."
지금까지 그녀에게서 늘 들어왔던 말이었다.
처음 만난 이후부터 자신의 뒤를 졸졸 쫓아다니며 스토킹을 해댔으니 말이다.
그저 자신을 좋아해서 그런 거라 여겼지만, 여기까지 대화를 하고 나니 뭔가 이상하다는 생각이 들었다.
단순히 좋아하는 감정만으로 움직였다 생각하기엔 그녀는 뭔가 달랐다.
"왜 그렇게 내 곁에 있고 싶은 건데?"
"어떤 힘이든 그에 따르는 파장이 있어. 그런데 네가 가진 마력은 내가 인간 세상에서 치러야 할 형벌의 시간을 줄이는 영향을 끼쳐."
"내 곁에 있으면 네 어깨에 적혀 있는 숫자가 자꾸 줄어든다는 말인가?"
"맞아. 지금 상황으로 따지자면 기브 앤 테이크지. 내가 힘을 빨리 되찾아야 네 동생도 고쳐 줄 수 있으니까."

사실 쉽게 믿을 수 없는 이야기였다.

지금 그녀와 나누는 대화 전부가.

한새가 잠시 생각에 잠기더니 이내 나지막한 목소리로 말했다.

"만약 지금 네가 하는 말이 전부 거짓이라면?"

"난 내가 한 말은 지켜. 항상 약속을 안 지키는 건 인간들이지."

"인간들이란 말로 나까지 한데 모아 무시하지 마."

한새가 짐짓 기분 나쁘다는 듯이 얼굴을 찡그리며 다시 말했다.

"난 지금까지 내가 내뱉은 말을 지키지 않은 적 없어."

인간은 거짓말을 일삼는다.

적어도 화인이 본 인간들은 전부 그랬다.

한새가 약속을 잘 지킨다면 물론 더 좋았다. 아니, 사실 거짓이라고 해도 상관없다.

그렇기 때문에 악마와의 거래를 하려는 것이었으니까.

"신경 안 써. 나와 거래를 하는 순간부터, 지금 네가 하는 말을 지키지 않으면 안 될 테니까."

"뭐가 그렇게 거창해."

"영화 안 봤어? 악마와 거래를 지키지 않을 시에 대가를 지불해야 하지."

화인의 말에 한새가 피식하고 웃었다.

그는 본연의 모습으로 돌아가 거만한 자세로 팔짱을 끼며 나직이 말했다.

"뭔가 착각하나 본데, 나는 지금 네가 하는 말을 전부 믿지 않아. 그러므로 거래를 한다 해도 우리가 동등한 입장이 아니라는 거지."

"무슨 말이야?"

"우선은 네 말대로 널 곁에 두겠어. 일단 계약 기간은 1년, 그 후에 새로 갱신하는 걸로 해."

어렸을 때부터 모델로서 수많은 계약서에 사인을 했던 한새다. 짧은 시간일지라도 지금 그의 머릿속에서는 재빠르게 계산이 되고 있었다.

화인이 화가 난 듯, 스산한 목소리로 말했다.

"그게 무슨 개소리야?"

"그럼 기한도 정하지 않은 채, 평생 널 곁에 둬야 한다면 그걸 나보고 따르란 소리야?"

분명 틀린 말은 아니었다.

화인은 자신의 형벌의 시간을 모두 소모하려면 얼마나 그의 곁에 있어야 하는지 가늠하지 못했다.

으득.

화인이 자신도 모르게 어금니를 깨물었다.

하지만 이렇게 악마와의 계약에서 인간에게 주도권을 빼앗겨 보기는 난생처음이었다.

"그건……!"

그녀가 반박하기 위해서 입을 열었지만, 한새가 더 빨랐다.

"내가 여기까지 널 믿어 주는 것만으로도 다행이라 생각해. 이 이상을 나와 거래하고 싶다면 적어도 내 동생이 나아지는 모습을 보여 줘야 할 거야."

한새의 눈동자에 서린 불신에 화인은 입을 다물 수밖에 없었다.

사실 아직 그에게 하지 못한 말도 많았다.

그리고 당장 증거로 내보일 만한 힘도 그녀에게 없었다.

불공정한 계약임이 분명했지만, 지금 칼자루를 쥔 건 분명 한새였다.

분하지만, 물러설 수밖에 없었다.

"……좋아."

화인이 어쩔 수 없이 고개를 끄덕이며 다시 말을 이었다.

"나는 네 동생을 고쳐 주고, 그 대가로 1년 동안 네 옆에 머물겠어."

"만약 약속을 지키지 않을 시에는?"

"너나 나나 영원히 지옥 불에 고통받을 것을 맹세하지."

한새가 동의한다는 듯이 고개를 끄덕였다.

그러자 화인이 다시 입을 열어 말했다.

"그럼 이제 거래를 시작하는 거야. 너는 내 말이 끝나면 마지막에 맹세한다는 말만 따라서 반복해."

그녀는 자신이 할 말만 한새에게 전하고는, 몸 안에 남아 있는 모든 마력을 끌어모았다.

인간의 몸에 남아 있는 마력은 희미했지만, 그래도 전부 끌어 올리니 순간 화인의 몸이 화염에 휩싸이는 것만 같은 현상이 벌어졌다.

"나, 대악마 벨로나와 마녀 이한새가 거래하노니."

말을 하기 위해 벌어진 그녀의 입에서도 언뜻 불기운이 뿜어져 나왔다.

생소한 광경에 한새조차 넋을 잃고 쳐다봤다.

"나 벨로나가 이한새의 여동생을 치료해 주는 대가로, 그는 오늘로부터 1년 동안 나를 곁에 둔다. 서로 이를 어길 시에는 지옥 불에 영원히 고통받을 것을 맹세한다."

그가 그저 물끄러미 화인을 쳐다보고 있자, 그녀가 눈짓을 보냈다.

그러자 한새가 마지못해 입을 열었다.

"맹세하지."

"언령으로 이루어진 우리의 계약의 징표는 각자의 몸에 새긴다."

뜬금없는 그녀의 마지막 말에 한새가 의아하게 쳐다보고 있을 때였다.

화염에 휩싸인 그녀가 순간 그에게로 다가왔다.

휘익!

그러곤 그의 목덜미를 잡아채더니, 한새가 이렇다 할 저항할 틈도 없이 입을 맞춰 왔다.

"……!"

마치 도장을 찍듯이 부드러운 화인의 입술이 한순간 그의 입술에 맞닿았다.

놀란 한새의 눈동자가 크게 뜨여졌다.

화르륵—

그와 동시에 한새의 손바닥에 불꽃이 타오르는 것처럼 일렁거리더니 이내 검은색의 문양이 새겨졌다.

마찬가지의 현상이 화인의 손바닥에도 일어나고 있었다.

그녀의 얼굴이 점점 자신에게서 멀어져 가는 것을 바라보며, 한새가 그제야 상황 파악이 됐는지 황당하단 표정으로 입을 열었다.

"이게 뭐야? 이런 말은 없었잖아."

"나도 오랜만이라 깜빡했어. 뭐 닳는 것도 아니니 상관없잖아. 손에 문신은 1년 뒤에 계약이 끝나면 알아서 사라질 테니 걱정 마."

남의 입술을 허락도 없이 뺏어놓고 이렇게 당당한 여자는 난생처음이었다.

"하—."

한새가 기가 막힌다는 듯이 그녀를 쳐다봤다.

이상하게 아직까지도 남아 있는 입술의 부드러운 감촉에 그가 손을 들어 닦으려 할 때였다.

그러자 손바닥에 새겨진 문양이 선명하게 눈에 보여 왔다.

조금 전의 입맞춤은 애써 기억에서 지우며, 그가 화인을 향해 못마땅하다는 듯이 말했다.

"너, 내 직업이 모델이라는 건 알고 있는 거야?"

그는 몸에 함부로 문신 같은 걸 새길 수 없었다.

하지만 흘러가는 분위기를 보아하니, 이미 만들어진 것을 도로 없앨 수도 없는 것 같았다.

한새가 짧게 한숨을 내쉬곤, 다시 그녀를 쳐다봤다.

어찌 됐든 이렇게 계약을 마치고 나니, 우습게도 눈앞에서 벌어진 현상에 더욱 신빙성이 갔다.

그녀는 정말 악마인지도 모른다.

그리고 죽은 듯이 침대에 누워 있는 자신의 동생도 조만간 자리에서 일어날지도…….

갑작스럽게 생겨버린 문신이 썩 마음에 들지는 않았지만, 이런 부분에서 믿음이 생긴다는 건 오히려 좋았다.

한새가 물끄러미 그녀를 쳐다보다가 이내 나지막이 물었다.

"그런데 이름이 뭐야?"

"뭐야. 아직까지 내 이름도 몰랐어?"

"당연하지. 물어본 적도 없고, 들은 적도 없는데 내가 어떻게 알겠어."

화인은 새롭게 알게 된 사실에 기가 막혔다.

하지만 곧이어 그를 똑바로 쳐다보며 또박또박 말했다.

"잘 들어. 난 대악마 벨로나이자 인간의 이름으로는 박화인이라고 해."

그녀의 말이 끝나자마자 한새가 손을 뻗어 그녀의 손을 잡아챘다.

덥석.

그러자 얼떨결에 두 사람은 계약의 증표가 새겨진 손바닥을 맞댄 채 악수하듯이 손을 잡게 되었다.

한새가 짤막하게 말했다.

"난 이한새다."

마치 앞으로 잘 부탁한다는 말만 뺀 것 같은 자기소개에 화인이 일순 황당하다는 듯 그를 쳐다봤다.

이로써 두 사람의 계약 기간이 시작되었다.

대악마인 주제에 인간의 몸에 갇혀 있는 여자와 인간인 주제에 마력의 힘을 갖고 있는 남자와의 공생 관계가.

3
난 내가 한 말은 지켜

"……장!"

희미한 목소리가 들렸다.

알아들을 수 없는 그 목소리에 집중하니 점차 또렷하게 들려오기 시작했다.

"대장, 벨로나 대장!"

번쩍.

그게 자신을 부르는 목소리라는 걸 알아차린 화인이 다급히 감고 있던 눈을 떴다.

그러자 눈앞에는 익숙한 얼굴들이 옹기종기 모여서 그녀를 쳐다보고 있었다.

그들이 어리둥절한 표정으로 나무 기둥에 기대어 누워 있는 그녀를 내려다보며 말했다.

"대장답지 않게 웬 낮잠이래요? 어제 전투가 치열해서 피곤했어요?"

아무렇지 않게 말을 거는 이들.

화인은 순간 아무런 말도 잇지 못한 채, 눈앞에 있는 그들의 얼굴을 하나하나 찬찬히 살폈다.

모두 자신의 휘하에 있던 악마들이었다.

"너희들……."

누구보다 자신을 따랐던 수하들.

그녀의 말 한마디라면 그곳이 설령 불구덩이 속이라고 해도 뛰어들던 자들이다.

그립던 얼굴들을 바라보다 화인은 자신도 모르는 새에 환하게 웃고 있었다.

이 순간을 얼마나 기다렸던가.

"내가 여기서."

그동안 얼마나.

"자고 있었던 거야?"

네 녀석들이 보고 싶었는지 아냐.

낯간지러운 말이 목구멍까지 차올랐지만 화인은 그것을 간신히 삼켜냈다.

이런 간지러운 말을 들으면, 분명 질색을 하면서 놀릴 게 뻔했다.

"저희야말로 묻고 싶다고요. 언제부터 여기서 농땡이 피고 있었던 겁니까?"

"하늘 같은 대장한테 농땡이가 뭐냐, 농땡이가."

큰 소리로 웃어젖히는 수하들의 얼굴 너머로 커다란 마계의 성이 보였다.

핏빛처럼 붉게 물든 하늘.

두 개의 태양.

바로 여기가 자신이 있어야 할 자리였다.

이렇게 원래의 자리를 되찾으니 인간 세상에서 겪었던 좋지 못한 일들이 마치 꿈결같이 느껴졌다.

자신을 저주하며 울부짖던 목소리.

원망에 가득 찬 그 눈빛들.

대악마 벨로나로 되돌아온 이상 다시는 겪지 않을 일이었다. 그렇게 무기력한 자신을 마주하는 일은.

화인은 마치 그동안의 일을 훌훌 털어 버리듯이 불꽃처럼 타오르는 붉은 머리카락을 뒤로 쓸어 넘겼다. 그러곤 자리에서 벌떡 일어나며 말했다.

"돌아가자, 성으로."

그녀가 내딛는 한 걸음, 한 걸음이 힘찼다.

인간일 때와는 달리 온몸에서 마력이 흘러넘치는 게 느껴졌다.

기분 좋은 미소를 입가에 짓고 있을 때였다.

문득 뒤쫓아 오던 발걸음 소리가 점점 멀어져 가는 게 느껴졌다.

의아함에 뒤를 돌아보니, 어느새 수하들의 모습이 한 명도 보이지 않았다.

가슴이 덜컥 내려앉았다.

다시 주변을 둘러보니 익숙한 마계의 모습도 전부 사라져 갔다.

어둠.

어느새 자신은 그 까마득한 공간에 혼자 덩그러니 남겨져 있었다.

*　　*　　*

"……으으."

화인의 잇새로 미약한 신음 소리가 흘러나왔다.

그녀가 잠든 모습을 바라보고 있던 한새가 나지막이 한숨을 내쉬곤, 화인을 잡아 흔들었다.

"이봐. 이제 다 왔으니까 일어나."

그 덕분에 잔뜩 찌푸려져 있던 화인의 눈이 슬며시 뜨여졌다.

주변을 한번 돌아보자 여기가 그의 차 안이라는 사실을 알아차릴 수 있었다.

방금 전 보았던 수하들의 얼굴이 너무나 생생해 화인은 잠시 몽롱한 눈빛으로 앉아 있었다.

그들을 꿈에서라도 보는 것은 실로 오랜만이었다.

너무도 반가워 차마 알아차리지 못했다.

자신이 마계에 돌아갈 수 있을 리도, 그들이 인간세계에 나타날 리도 없다는 것을.

아직 잠에서 완전히 깨지 않은 것 같아 보이는 그녀를 향해 한새가 입을 열었다.

"너는 차만 타면 졸려?"

이번이 처음이 아니었다.

공항에서 다시 만나던 날도, 그녀가 차에서 잠이 들었기에 한새는 차를 두고 온 경험이 있었다.

화인의 고개가 그를 향해 느릿하게 움직였다.

흐릿한 눈동자가 그의 모습을 눈에 담더니 이내 반짝하고 빛이 어렸다.

"그럴 리가. 그냥 네 옆이라 안심이 되는 거야."

그렇다.

지금 바로 자신의 눈앞에 형벌의 시간을 앞당겨 줄 존재가 있었다.

꿈이라 해도 수하들을 다시 마주하는 순간은 정말 기쁘기 그지없었다.

그런데 이 남자의 옆이라면 그 순간이 조만간 현실로 변할 것이었다.

그 사실에 잠시나마 우울했던 기분이 가시기 시작했다.

한새는 갑자기 자신을 보더니 바보 같은 표정을 짓는 화인을 떨떠름한 얼굴로 쳐다보았다.

그는 원래 파티에 참석하기 위해 집을 나선 것이었지만, 지금은 그런 곳에 가서 어울릴 기분이 아니었다.

동생의 건강 상태. 그리고 악마와의 계약.

머리가 복잡한 건 당연했다.

그래서 한새는 차를 타고 다시 자신의 집으로 돌아온 상태였다.

물론 복잡하고 미묘한 그의 심정과는 정반대로 화인은 차를 타자마자 아주 단잠에 빠졌지만 말이다.

한새는 못마땅하다는 눈빛으로 잠시 그녀의 안색을 살피며 다시 입을 열었다.

"정말 안 바래다줘도 되겠어?"

어쩌다 보니 꽤나 늦어진 시간.

동생이 있는 요양원을 나서면서 그녀가 사는 곳까지 태워 주겠다고 제안했지만, 화인이 그의 말을 단번에 거절했다.

멀쩡한 성인이 제집을 못 찾아갈까 봐 걱정이 되는 것은 아니었지만, 그냥 지나치기에는 그녀의 안색이 너무도 좋지 않았다.

하얗게 질리다 못해 파리한 안색은 아마 며칠간 계속된 노숙으로 꽤나 지친 듯 보였다.

하지만 그의 배려를 모르는 듯, 화인은 매우 시큰둥한 표정으로 대꾸했다.

"괜찮다고 했잖아."

"그래, 그럼."

그녀의 대답에 한새도 더는 미련이 없다는 듯이 차에서 내렸다.

그러자 반대편 조수석의 문이 열리며, 그녀도 차에서 내리는 모습이 보였다.

한새가 무심한 얼굴로 말했다.

"잘 가라."

그가 긴 다리로 휘적휘적 자신의 집 안으로 들어가려 할 때였다.

뒤편에서 들려온 그녀의 목소리가 그의 발목을 잡았다.

"우리 집이 좀 좁거든. 그래서 네가 같이 지내려면 불편할 거야."

"……뭐?"

한새가 걸음을 멈춘 채, 무슨 말이냐는 듯이 고개를 돌렸다.

그러자 어느새 가까이 다가온 것인지, 그녀가 바로 뒤편에 서서 밝은 표정으로 말했다.

"네가 불편할까 봐 배려해 주는 거란 말이야. 뭐해? 어서 들어가지 않고."

너무나도 천진난만한 그녀의 표정을 보자 한새는 뒤늦게 이게 무슨 상황인지 납득이 되었다.

그가 골치가 아프다는 듯이 한 손으로 이마를 짚으며 나지막이 말했다.

"너 설마, 지금 우리 집으로 들어오겠다는 거야?"

"당연하지. 날 곁에 두기로 계약했잖아. 난 일분일초도 네 옆에서 떨어질 생각이 없어."

"하."

한새가 기가 차다는 듯이 웃었지만, 화인은 그것을 무시한 채 먼저 앞장서서 걸었다.

"저기가 현관이지?"

다시 한 번 가벼운 발걸음을 내디딜 때였다.

휘익!

한새가 그녀의 뒷목을 잡아채며, 앞으로 향하는 발걸음을 멈춰 세웠다.

그러자 화인이 얼굴을 찡그리며 말했다.

"이게 뭐하는 짓이야?"

"너야말로 지금 뭐하자는 거야?"

조금 전 계약 내용과 달라진 한새의 태도에 화인의 눈가가 딱딱하게 굳었다.

역시 인간들은 믿을 게 못 되었다.

그리 긴 시간이 지난 게 아니었음에도 이렇듯이 태도를 바꾸는 걸 보면.

"자기가 한 말은 지킨다는 그 말, 너도 역시 거짓이었구나?"

잔뜩 낮아진 화인의 목소리에도 한새는 여전히 아무런 표정의 변화가 없었다.

그가 나지막이 말했다.

"난 내가 한 말은 지켜. 널 곁에 두기로 했으니 당연히 그럴 생각이야. 하지만 한 집에서 살아야 한다는 내용은 없었잖아?"

"뭐?"

"이해가 안 되면 똑똑히 잘 들어. 널 곁에 두기로만 했지, 하루에 몇 시간 이상 꼭 붙어 있어야 된다는 조항은 없었잖아."

"……!"

새삼스럽게 깨달은 사실에 화인의 눈동자가 크게 떠졌다.

그건 틀림없는 사실이었다. 인간의 몸으로 악마의 계약을 맺은 것이 처음이라 거기까지는 미처 생각하지 못했다.

사실 몸에 지니고 있는 마력의 양이 너무나도 작았기에 긴 계약 내용을 전부 읊을 수가 없었다.

또한 악마였을 때는 자기가 원하는 대로 계약이 이루어졌기에 이런 식으로 뒤통수를 맞을 거라고 정말 예상하지 못했었다.

"그, 그건 이런 사항까지 모두 포함된 계약이었어!"

뒤늦게 화인이 붉어진 얼굴로 우겨 보았지만, 한새에게 그것이 통할 리가 없었다.

"이미 도장까지 다 찍고 이런 말 하면 곤란하지."

한새는 자신의 손바닥에 생긴 낙인을 그녀의 눈앞에서 흔들거렸다.

화인이 마땅히 반박할 말을 떠올리지 못해 꿀 먹은 벙어리가 되어 있을 때였다.

한새가 멈춰 서 있는 그녀를 지나치며 나지막이 말했다.

"나도 오늘은 이래저래 머리가 복잡하니까. 나중에 보자."

저벅저벅.

그렇게 조금의 망설임도 없이 걸어가는 그의 뒷모습을 바라보고 있자니 화인의 마음이 조급해졌다.

악마의 계약을 맺게 되었으니, 당연히 이제부터는 편하게 그의 곁에 머무를 수 있을 거라 생각했다.

하지만 그건 착각이었다.

목마른 사람이 우물을 판다는 말이 있다.

두 사람의 관계를 갑과 을로 표현하자면, 화인은 언제나 그에게 슈퍼 을이 될 수밖에 없었다.

언제 어느 때건 그보다 더욱 간절한 건 화인일 테니까.

"자, 잠깐만!"

화인의 목소리에 현관문을 반쯤 연 상태로 한새가 뒤를 돌아보았다.

그러자 그녀가 누가 봐도 어색한 표정을 지으며 조심스레 말했다.

"물 한 잔만…… 얻어 마시고 가면 안 될까?"

하지만 문제는 한새가 절대 호락호락한 사람이 아니라는 것이었다.

그가 얼굴색 하나 변하지 않은 상태로 나지막이 말했다.

"집에 가서 마셔."

한새가 거침없이 집 안으로 들어가 현관문을 닫으려 할 때였다.

화인이 그를 향해 다급히 소리쳤다.

"내가 교통사고 날 뻔한 것도 구해 줬잖아. 은인한테 물 한 모금도 못 줘?"

머릿속에 생각나는 대로 아무거나 내지른 말이었다.

그런데 생각 외로 그녀의 외침에 닫혀 가던 현관문이 멈춰졌다.

설마 하는 기대감에 현관문의 틈을 바라보고 있자니 나지막한 한새의 목소리가 들려왔다.

"……잠깐만이야."

그 말을 들은 화인의 표정이 순간 밝게 변했다.

*　　*　　*

한새는 부엌에 서서 물을 마시고 있는 화인을 쏘아보았다.

살면서 단 한 번도 본인이 남들보다 착하다는 생각을 해 본적은 없었다.

자주 들었던 말도, 인정머리 없다는 것이었다.

그런데 왜.

의도가 뻔히 보이는데도 집안에 들이고 만 것일까.

나름대로 진지하게 고민을 해 보니, 정답은 생각보다 쉽게 눈에 보여 왔다.

바로 당장이라도 쓰러질 것만 같은 그녀의 파리한 안색이 매몰차게 거절하는 것을 방해한 것이다.

몰랐으면 모르는 채 있었겠지만 그녀가 추운 날씨에도 불구하고 며칠 동안이나 자신의 집 앞에서 노숙을 했다는 사실을 알고 있었다.

또한, 그녀가 소리쳐 말한 것처럼……

교통사고를 당할 뻔한 자신을 구해 줬다는 사실이다.

이유가 어찌 됐든 그건 변함없는 일이었다.

화인은 그가 자신을 빤히 쳐다보고 있는 시선을 느끼며, 재빠르게 머리를 굴리고 있었다.

이러는 이유는 당연했다.

어떻게든 그의 곁에 조금이라도 더 머무르기 위해서였다.

그녀가 물을 다 마신 컵을 내려놓으며, 한새를 향해 입을 열었다.

"한 잔 더 마셔도 되지?"

그녀의 목적이 정말 순수하게 물을 마시고 싶다는 것은 아니었으나 목이 마른 건 사실이었다.

그동안 한새를 찾기 위해 길거리를 헤맸을 뿐만 아니라, 그를 찾은 후에도 노숙을 감행했던 그녀다.

하루라도 집에 들어가서 두 다리 편하게 뻗고 잠을 자고 싶은 마음은 굴뚝같았지만, 조바심이 나서 스스로를 그렇게 편하게 놔두지 못했다.

힘들지 않았다면 그건 거짓이었다.

화인이 일단 한 잔 더 마시면서 어떻게 해야 하나 조금 더 궁리를 해 보려고 할 때였다.

그녀를 뚫어져라 쳐다보고 있던 한새가 드디어 입을 열어 말했다.

"아까는 한 모금만 달라면서. 그만 마시고 가."

단칼같이 자르는 한새의 말에 화인이 어처구니가 없다는 듯이 대꾸했다.

"치사하게. 물이 얼마나 대단한 거라고 한 잔도 더 못 준다는 거야?"

"네가 그 물을 마시면서 쓸데없는 생각을 하고 있을 게 뻔하니까 그렇지."

"내가 무슨 생각을 한다고 그래?"

"어떻게 하면 내 옆에 조금 더 붙어 있을까 하는 생각, 아니야?"

눈치 빠른 놈.

정곡이 찔린 화인이 순간 움찔했지만, 이내 아무렇지 않다는 듯이 말을 했다.

"나도 그렇게 조급하진 않아."

"그럼 그동안은 여유로워서 날 스토커처럼 쫓아다녔던 거야?"

사정을 알면 조금 달라질까 했더니, 이 남자는 도리어 더욱 빈

틈을 주지 않는다.

조금 더 곁에 있고 싶다는 욕심이 나는 건 사실이었지만, 아무래도 오늘은 이만 물러가는 수밖에 없는 듯 보였다.

화인이 하는 수 없이 체념하고는 나지막한 목소리로 말했다.

"진짜로 물 한 잔만 더 하고 갈게."

그녀가 물이 담겨 있는 물병을 빈 컵에 따르려고 할 때였다.

휘익!

어느새 다가온 한새가 그녀가 따르려는 물병을 가로챘다.

그리고 이 과정에서 물병에 달려 있는 뚜껑이 완전히 날아가 버린 건, 두 사람 모두 예상한 바가 아니었다.

촤아악!

순식간에 물병에 담겨 있던 물이 화인을 향해 쏟아져 내렸고, 그 물을 뒤집어쓴 그녀는 눈 깜짝할 새에 축축하게 젖어 버렸다.

예기치 못한 사태에 한새가 놀란 눈으로 그녀를 쳐다보았다.

화인 또한 마찬가지로 갑작스러운 물세례에 깜짝 놀랄 수밖에 없었다.

하지만 이내 머릿속에 한 가지의 생각이 스치고 지나갔다.

곧이어 화인의 입가에 묘한 미소가 지어지며, 나지막한 목소리가 흘러나왔다.

"이런, 젖어 버렸네."

그 말이 어떤 의미를 가지고 있는지 한새 또한 모를 리 없었다. 그래서 놀라서 크게 뜨여졌던 그의 눈이 이내 찡그려졌다.

그녀에게 뭐라고 말을 하기 위해 입을 열었지만, 이내 다시 입술을 다물었다.

추운 날씨에 이렇게 젖은 채로 밖에 내보낼 수는 없었다.

그것도 자신의 잘못으로 벌어진 일 때문에.

한새가 마음에 들지 않는다는 듯이 홀딱 젖어 버린 화인을 바라보고 있을 때였다.

화인이 먼저 입을 열었다.

"양심이 있다면 날 이대로 내쫓지는 않겠지?"

"……기다려. 갈아입을 옷 줄 테니까."

한새가 나지막이 말하고는 자신의 방을 향해 몸을 돌릴 때였다.

그 뒷모습에다 대고 화인이 다시 말했다.

"화장실이 어디야?"

"나가서 왼쪽."

의외로 순순히 대답하는 한새를 그녀가 뜻밖이라는 듯이 한 번 쳐다보고는 다시 말을 이었다.

"찝찝해서 샤워 좀 할게."

우뚝.

그녀의 말에 한새의 걸음이 멈췄다.

그가 느릿하게 고개를 돌려 다시 그녀를 쳐다봤다. 조금 전보다 더욱 찌푸려진 그의 얼굴은 지금 상황이 얼마나 마음에 들지 않는지 대변해 주는 것 같았다.

"넌 무슨 여자가 이렇게 겁이 없어?"

"내가 겁내야 될 상황이야? 왜? 설마 나한테 또 물이라도 뿌리려고?"

화인이 피해자는 맞았지만, 지금 그녀의 표정은 전혀 피해를 입은 사람 같아 보이지 않았다.

뻔뻔한 얼굴로 서 있는 그녀를 향해 한새가 황당하다는 듯이 말했다.

"……이런 경우는 또 처음이네."

"무슨 경우?"

화인이 영문을 모르겠다는 표정을 짓자, 그가 그녀를 향해 한 걸음 더 가까이 다가갔다.

모델답게 커다란 키.

한 발자국 더 다가왔을 뿐인데 이상하게 위압감이 느껴졌다.

하지만 무서워서 느껴지는 그런 감정이 아니었다.

남자에게서 느껴지는 섹시함이 물씬 풍겨 그녀도 모르게 한 순간 숨을 들이마셔야 했다.

새삼스럽지만 조각 같은 얼굴, 완벽한 몸매에서 뿜어져 나오는 후광은 대단했다.

잠시 그에게 시선을 빼앗기고 있을 때였다.

한새의 입에서 듣기 좋은 허스키한 목소리가 흘러나왔다.

"나를 남자로 보지 않는 경우를 말하는 거야. 뭐 이렇게 경계심이 없어."

그 순간 진지한 한새의 경고와 어울리지 않는 소리가 들려왔다.

"……풉."

화인이 참지 못하겠다는 듯이 웃음을 터뜨린 것이다.

덕분에 한새의 한쪽 눈썹이 미미하게 꿈틀거렸다.

그녀가 어처구니가 없다는 표정으로 한새를 바라보며 말했다.

"그러는 너는 날 여자로 본다는 거야?"

"내가 미치지 않은 이상, 그럴 리가 있어?"

그의 말에 화인이 예상했다는 듯이 어깨를 한 번 으쓱해 보였다.

"그럴 줄 알았어. 그런데 내가 왜 경계심을 가져야 돼?"

"내가 아무리 널 여자로 안 본다고 해도, 여기는 남자 혼자 사는 집……."

"잔소리는 그만해."

그녀가 귀찮다는 듯이 한 손을 휘휘 저으며 다시 말을 이었다.

"내 정조는 알아서 지킬 테니까 걱정 마."

그녀의 태도에 한새는 순간 기가 막혀왔다.

이토록 자신을 남자로 보지 않는 여자도 처음이었지만, 대체 지금 누가 누구를 걱정한단 말인가.

"지금 남자 혼자 사는 집에서 여자가 샤워를 한다는 게 얼마나 위험한 행동인지 지적을 하는 거지, 누가 널 건드리기라도 한대?"

"그래 맞아. 상대가 너니까, 내가 걱정해야 될 문제는 전혀 없는 거잖아."

"물론 나는 네 털끝하나 건드리지 않을 자신이 있어. 하지만 문제는 그것뿐이 아니잖아."

"그럼 뭔데?"

화인의 시큰둥한 반응에 도리어 한새가 황당하다는 듯이 말했다.

"네가 샤워를 하고 내 집을 돌아다니면서 언제 불손한 의도를 가질지 모르니까."

"뭐?"

"당연히 내가 널 건드릴 확률보다, 네가 날 덮칠 가능성이 더 크잖아."

그의 말에 화인이 정말 어처구니가 없다는 듯이 웃어 보였다.

그러곤 그녀가 이내 그의 어깨를 다독이듯이 툭툭 치며, 나지막한 목소리로 대꾸했다.

"그럼 나뿐만 아니라 네 정조도 같이 지켜줄 테니까 걱정 마. 됐지?"

마치 아저씨 같은 그녀의 천연덕스러운 반응에 한새는 할 말을 잃고 말았다.

천하의 이한새가 이런 취급을 당한 적은 단연코 처음이었다.

지금까지 그의 주변의 여자들은 어떻게든 그의 눈길을 끌고 싶어서 안달이었다.

그런데 너무나도 결백하다는 듯이 구는 화인을 보자, 한새는 이상하게 자존심이 상했다.

그가 알 수 없는 패배감에 미간을 찌푸리고 있을 때였다.

화인이 여유로운 걸음걸이로 그를 지나치며, 나지막한 목소리로 말했다.

"그럼 나 씻으러 간다."

금세 화장실 안으로 쏙 들어 가버리는 그녀의 뒷모습이 보였다.

곧이어 자연스럽게 들려오는 샤워기의 물소리.

"하—."

한새는 이 모든 상황이 기가 막혀 웃음을 토해 낼 수밖에 없었다.

*　*　*

수증기가 가득한 거울.

뽀드득.

손바닥으로 쓸어내린 젖은 거울에 화인의 모습이 비쳐졌다.

물기가 방울방울 맺힌 촉촉한 모습은 조금 전 새파랗게 질린 안색과는 사뭇 달랐다.

한결 좋아진 얼굴색처럼 그녀 스스로도 오랜만에 뜨거운 물로 샤워를 하니 몸이 노곤한 게 기분이 좋다고 느끼는 중이었다.

샤워를 끝마친 그녀가 몸에 묻어 있는 물기를 대충 닦아 내고,

자연스럽게 한쪽에 벗어둔 자신의 젖은 옷가지들을 쳐다봤다.

이렇게 깨끗하게 씻은 상태에서 다시 젖은 옷을 입을 수는 없었다.

어떻게 해야 하나 고민이 들 때였다.

그때 불현듯이 한새가 갈아입을 옷을 가져다주겠다고 한 말이 떠올랐다.

물론 그 말은 화인이 샤워를 하겠다고 말하기 전이지만, 혹시나 하는 기대감에 그녀가 화장실 문 근처로 다가갔다.

끼익.

문을 조금만 연 상태로 손으로 바닥을 짚어보았다.

그러자 정말로 그녀의 손 안에 들어오는 것이 있었다.

휘익!

그녀가 문밖에 놓여 있는 것을 얼른 집어보니, 그것은 커다란 셔츠였다.

사이즈가 큰 걸 보니 한새가 입는 셔츠인 것 같았다.

혹시 갈아입을 옷을 가져다 놓지 않았을까 하는 생각이 들었는데, 그게 맞아떨어지자 그녀는 자신도 모르게 만족스러운 미소를 지었다.

"자식, 생각보다 센스 있네."

살금살금.

한새의 셔츠를 입은 화인이 발소리를 죽이며 화장실 바깥으로 나왔다.

이렇게 느닷없이 샤워를 하게 된 것도, 어떻게든 그의 옆에 있기 위해 꼼수를 부린 것이었다.

그런데 이제 샤워까지 끝마쳤으니, 그가 언제 자신을 내보내도 할 말이 없었다.

그래서 최대한 눈에 띄지 않는 곳에 숨죽이면서 있으려고 조심스럽게 움직이는 것이었다.

하지만 그녀의 바람과 달리 화장실에서 모습을 드러내자마자, 기다렸다는 듯이 한새의 목소리가 들려왔다.

"소원대로 우리 집에서 샤워하니까 시원해?"

갑작스럽게 들려온 그의 목소리에 화인은 서둘러 들고 있던 발꿈치를 바닥에 내려놓았다. 그러곤 아무렇지도 않다는 듯이 헛기침을 했다.

"흠흠. 멋대로 남의 소원을 정하지 마."

대답과 동시에 목소리가 들려온 방향으로 고개를 돌리자, 어느새 편안한 옷차림으로 갈아입은 한새가 보였다.

그런데 그 모습이 흐트러져 보이기는커녕 도리어 멋스러움이 느껴졌다.

모델이라서 그런 걸까.

언제 어느 때든 조금의 굴욕도 없는 그의 모습을 신기하게 바라보고 있을 때였다.

한새도 마찬가지로 자신의 셔츠를 입고 있는 그녀를 보다가 다시 입을 열었다.

"네가 입고 있던 옷, 이리 가지고 와."

"그건 왜?"

"건조기에 넣고 말리게."

딱히 반항할 말은 아니었기에 화인이 순순히 화장실에 벗어 놓았던 젖은 옷들을 챙겨서 그에게 가져다주었다.

그것을 못마땅하다는 얼굴로 받아 든 한새가 그녀를 바라보며 다시 말했다.

"이거 다 마를 때까지만 봐주는 거니까, 그렇게 알아 둬."

그러면 그렇지.

칼같이 자르는 그의 태도가 어제 오늘 일이 아니었기에 이젠 익숙해지는 것 같기도 했다.

어떻게 보면 사실 나오자마자 내쫓김을 당할 줄 알았는데, 그의 잘못 때문에 벌어진 일이라 그런지 생각보다 봐준 것 같기도 했다.

하지만 화인은 그의 말에 대답하지 않았다.

가능하다면 여기서 더 빌붙을 생각이었으니까.

그녀가 젖은 옷을 가지고 가는 그의 뒷모습에다 대고 태연하게 말을 꺼냈다.

"기다리는 동안 따뜻한 차 한 잔만 줘."

그녀의 말에 한새가 황당하다는 표정으로 뒤를 돌아봤다.

그러자 그녀가 스스로를 손가락으로 가리키며 다시 말을 이었다.

"어찌 됐든 나 손님인 거잖아."

"집주인이 인정 안하는 손님도 있어?"

"칫. 이미 계약한 사이끼리 깐깐하게 구네. 내가 이렇게 옆에 있어야 결과적으로 네 동생도 빨리 나을 수 있다는 거 몰라?"

"방금 전의 일을 벌써 까먹을 만큼 바보는 아니야."

"그런데 왜 이렇게 내쫓지 못해서 안달인 건데?"

화인이 전혀 납득하지 못하겠다는 표정으로 물어보자, 한새가 나직하게 한숨을 내쉬었다.

그러곤 그녀를 똑바로 직시하며 다시 입을 열었다.

"네가 정말 악마고, 우리의 계약이 백퍼센트 사실이라고 해도 너랑 내가 24시간 붙어 있는 게 상식적으로 말이 된다고 생각해?"

한새도 가능한 그녀를 옆에 둘 생각이다.

하지만 누군가와 한시도 떨어지지 않고 붙어 있다는 게 사실 말처럼 쉬운 일이 아니었다.

더군다나 두 사람은 남자와 여자였다.

같이 잠을 잘 수도 없을뿐더러 그가 모델 일을 할 때마다 그녀를 옆에 둘 수 있을지도 미지수다.

그렇다고 당장 직업이고 뭐고 다 내팽개치고, 그녀만을 옆에 끼고 살 수는 없는 노릇 아닌가.

한새는 이런저런 현실적인 문제 때문에 잠시 생각을 정리할 시간이 필요한 것이었는데, 화인은 그조차도 허락하지 않은 것이다.

그 사실을 본인이 아는지 모르겠지만.

다시 생각해 보니 더욱 괘씸해서 한새가 그녀를 못마땅하다는 눈빛으로 쳐다볼 때였다.

화인이 그를 향해 말했다.

"상식적으로 그게 왜 불가능하다는 거야?"

"당연하잖아, 부부라고 해도 24시간 붙어 있진 않아. 더구나 너랑 내가 같은 침대에서 잘 수 있는 사이도 아니고……."

"자면 되지. 그게 왜 안 돼?"

거침없는 그녀의 대답에 도리어 한새가 말문이 막혀버렸다.

화인은 방금 전 그가 한 말이 떠올라 다시 입을 열었다.

"설마 내가 너 덮칠까 봐 그래? 아까도 말했잖아, 절대 너 안 건드릴 거라고. 손가락 걸고 약속이라도 해 줘?"

"하."

그녀와 대화를 하고 있자니 한새는 머리가 더욱 지끈거려왔다.

그가 답답하다는 듯이 손사래를 치며 말했다.

"됐다. 내가 너랑 대화하느니 벽을 보고 말하지."

"뭐라는 거야? 혹시…… 아직도 내가 악마라는 거 믿지 못하는 거야?"

그 말에 한새가 미미하게 미간을 찡그렸다.

화인이 악마라는 사실을 부정하는 것은 아니었다.

애초에 조금도 믿지 않았다면 자신의 집에 들이는 일 따위 절대 하지 않았을 테니까.

"지금 이 대화에서 네가 악마이고 아니고가 중요한 게 아니야."

"그럼 뭔데?"

"네가 상식이 안 통하는 여자라는 거."

화인도 한새가 하는 말이 무슨 뜻인지 이해를 못하는 건 아니었다.

하지만 그도 그녀를 안 건드릴 자신이 있고, 그녀 역시도 그를 안 덮칠 자신이 있는데 뭐가 문제란 말인가.

한시가 급한 상황에 찬물 더운물 가릴 처지가 아니었다.

화인은 하루라도 더 빨리 악마로 돌아가고 싶었다.

"생긴 거랑 다르게 되게 고지식하네."

화인의 투덜거림에도 한새는 얼굴색 하나 변하지 않은 채 나지막이 대답했다.

"안 된다면 안 되는 줄 알아. 분명히 경고하는데, 나랑 밤까지 같이 보낼 생각은 꿈에도 하지 마."

한새는 그 말을 내뱉고는 다시 몸을 돌렸다.

젖은 옷을 든 채로 어딘가로 걸어가는 그의 뒷모습을 화인이 못마땅하다는 듯이 쳐다봤다.

하지만 그가 이렇게도 거부하는데 그녀라고 뾰족한 수가 있는 건 아니었다.

그렇게 한새가 건조기를 돌리고 다시 거실로 돌아왔을 때, 화인은 소파에 앉아 있었다.

그녀의 얼굴에 불만이 역력했기에 한새는 소파 옆자리에 앉기보다는 뒤편에 있는 다른 의자에 몸을 기댔다.

그 상태로 두 사람 사이에 잠시 적막이 흘렀다.

먼저 침묵을 깬 건, 한새였다.

"피곤하지 않아?"

서로 얼굴을 마주 보고 있지는 않았지만, 그가 뒤편에 앉아 있다는 걸 화인도 알고 있었기에 다른 곳을 바라보며 대답했다.

"잠자는 거, 별로 안 좋아해."

"왜?"

순수하게 궁금해서 물어본 질문이었다.

열흘이라는 시간을 이 집 밖에서 노숙을 했는데, 피곤하지 않을 수 없기 때문이다.

나른한 목소리로 그녀가 대답했다.

"……좋은 꿈이든 나쁜 꿈이든, 마지막엔 항상 혼자더라고."

그녀의 입에서 나온 전혀 뜻밖의 대답에 한새가 조금 놀란 표정으로 그녀가 있는 곳을 바라봤다.

어떻게 보면, 어린아이같이 유치하기도 한 그런 말이었다.

사실대로 말한 것이지만 그녀조차도 한새가 비웃을지도 모른다고 생각했다.

하지만 예상과 달리 그는 웃지 않았다.

그저 특유의 냉소적인 말투로 되물을 뿐이었다.

"악마도 혼자인 건 싫은가보지?"

생각지도 못한 질문에 도리어 화인이 픽하고 웃고 말았다.
그녀가 짤막하게 대꾸했다.
"혼자는 쓸쓸하잖아."
한새는 다른 누구도 아닌 그녀의 입에서 이런 감상적인 말이 튀어나온 게 조금 생소하게 느껴졌다.
지금까지 그의 눈에 비친 그녀는 마치 독불장군처럼 자기가 원하는 건 어떻게 해서든 이뤄내고야 말 것 같은 이미지였기 때문이다.
처음엔 정신 나간 여자라고 그녀를 무시했지만, 결국에는 이렇게 자신의 집까지 들이게 된 것처럼 말이다.
그래서일까.
한새는 처음으로 이 상식적이지도 않고, 제멋대로인 여자에게 호기심이 생겼다.
"그러고 보니까, 너 나한테 자꾸 반말하는데 몇 살이야?"
그의 질문에 찔리는 구석이 있는지 그녀가 아무런 대답도 하지 않았다.
어쩐지 어려 보인다더니.
한새가 기가 막힌다는 듯이 픽 웃고는 다시 말을 이어 나갔다.
"네 옷 금방 마를 테니까 그거 입고 빨리 집으로 돌아가. 그렇게 무리하다가는 얼마 안 가 쓰러지고 말 거다."
그가 재차 말을 꺼내도 그녀는 여전히 침묵했다.
두 사람 사이에 다시 한 번 정적이 흘렀다.

그제야 무언가 이상함을 느낀 한새가 슬그머니 자리에서 일어나 그녀가 앉아 있는 소파로 향했다.

그러자 어느새 머리를 뒤로 기댄 채로 곤히 잠들어 있는 그녀의 모습이 보였다.

"하."

이 여자를 만나고 대체 몇 번이나 이렇게 웃는지 이제는 셀 수조차 없을 지경이다.

어쩐지 조금 전 그녀의 말투가 몹시 나른했다는 걸 떠올리며, 한새는 그녀를 깨우기 위해 손을 뻗었다.

그때였다.

"으음."

화인이 잠자리가 불편한지 자그맣게 뒤척거렸다.

그 순간 한새는 자신도 모르게 그녀를 향해 뻗던 손길을 멈추고 말았다.

정말 어처구니없게도 그녀가 깰지도 모른다는 생각이 들었기 때문이다.

"……지금 뭐한 거야, 나."

스스로의 행동에 황당함을 느끼면서 한새가 다시 자고 있는 그녀를 바라봤다.

그러자 문득 방금 전에 그녀가 했던 말이 떠올랐다.

좋은 꿈이든, 나쁜 꿈이든 결국 마지막엔 혼자 남겨진다는 그 말이……

순간 마음이 약해질 수밖에 없었다.

"이거 일부러 노린 거 아니야?"

나지막하게 혼잣말을 중얼거리면서, 그가 결국엔 마음에 안 든다는 표정으로 그녀를 깨우기 위해 뻗었던 자신의 손을 거둬들였다.

사실 지금 시간이 늦어서 이미 버스나 지하철은 모두 끊긴 상태였다.

그녀가 어디에 사는지는 모르겠지만 돌아가기가 쉽지만은 않을 거라는 건 자명한 사실이었다.

그가 자신의 결정이 영 내키지 않는다는 듯이 뒷머리를 긁적거리다가, 스스로에게 변명하듯이 나직이 중얼거렸다.

"마지막으로 한번만 더 봐주는 거야."

결코 자신의 마음이 흔들려서가 아니었다.

"……내가 사고가 날 뻔한 걸 구해 줬으니까."

* * *

화인이 잠결에 눈이 부셔서 손으로 얼굴을 가렸다.

그러곤 잠에서 깨지 않기 위해 몸을 반대편으로 돌렸는데, 문득 자신이 살고 있는 반 지하 단칸방에 이렇게 햇빛이 잘 들어온 적이 있었나 의문이 들었다.

머릿속에 점차 생각이란 게 돌아오며 그녀의 두 눈이 번쩍하고 뜨여졌다.

바로 어젯밤의 일이 떠올랐기 때문이다.

'여기는…….'

한새의 집이었다.

어젯밤 그와 시시콜콜한 이야기를 나누다가 기억이 끊긴 걸로 봐서는 아마 그대로 잠이 든 모양이었다.

하지만 왜?

어째서 자신이 이 상태로 자고 있는지 이해가 되질 않았다.

한새는 그녀가 잠들었다는 이유로 그냥 내버려 둘 정도로 호락호락한 남자가 아니었다.

'……별일도 다 있네.'

그가 어떤 마음으로 이런 호의를 베풀었는지 알 수 없었지만, 결론적으로 그녀가 원하던 대로 이루어진 것이나 다름없었다.

애초부터 그녀가 원한 것은 이 집에 머무르는 것.

오히려 예상치도 못한 말로 한새가 선을 긋는 바람에 다시 집으로 돌아가야 되는 처지에 놓인 상태였다.

"칫."

그가 24시간 함께 있을 수 없다고 했던 말이 떠올라 화인은 자신도 모르게 삐딱한 표정을 지어 보였다.

그렇게 잠에서 완전히 깬 그녀는 고개를 돌려 집안을 살펴보았지만 그 어디에서도 한새의 모습은 보이지 않았다.

아무 곳에서도 인기척이 느껴지지 않자, 문득 그는 아직도 자고 있을지도 모른다는 생각이 들었다.

거기까지 생각이 미친 화인은 조심스럽게 소파에서 몸을 일으켰다.

애초에 이 집에 붙고 있고 싶은 이유는 단 하나.

바로 한새의 곁에 머물며 형벌의 시간을 줄이는 것이었다.

그 목적을 잠시라도 잊어버릴 수는 없었다.

살금살금.

화인이 발소리를 죽이고 가장 먼저 보이는 방문을 향해 다가갔다.

문득 머릿속에 어젯밤 그가 했던 경고가 떠올랐다.

자신과 밤까지 같이 보낼 생각은 꿈에도 하지 말라고 했지만……

지금은 햇살이 비추는 아침이었다.

그렇기에 그의 말을 거역하는 것은 아니었다.

화인이 입가에 사악한 미소를 지으며, 막 문고리를 잡고 돌리려고 할 때였다.

"거기서 뭐하는 거야?"

귀에 착 감겨오는 허스키한 목소리.

갑작스럽게 들려온 그 목소리에 화인의 심장이 순간 쿵하고 떨어졌다.

깜짝 놀라서 다급하게 뒤를 돌아보니, 운동을 하고 온 것인지 땀에 젖은 모습으로 서 있는 한새가 보였다.

예상치 못한 그의 등장에 화인이 놀란 표정으로 그를 쳐다보자, 눈치 빠른 한새가 곧이어 의심스러운 눈초리로 그녀를 바라보며 말했다.

"설마 내 방 찾고 있었던 거야?"

정신을 퍼뜩 차린 그녀가 시치미를 뚝 떼며 대답했다.

"아닌데? 화장실 찾고 있었어."

"어젯밤에 샤워까지 했으면서 화장실이 어딘지 모른다는 말을 나보고 믿으라는 거야?"

"아, 아직 잠결이라 헷갈렸어. 하암."

화인이 어색하게 하품하는 시늉을 하며, 한편으로는 그의 눈치를 살폈다.

날도 밝았겠다, 젖은 옷도 이미 말랐겠다.

사실 한새가 지금 당장 이 집에서 내쫓는다 해도 더 이상 반박할 말이 없었다.

그녀가 이렇게 마음을 졸이고 있는 걸 아는지, 한새는 마음에 안 든다는 눈빛으로 그녀를 바라보다가 이내 천천히 입을 열었다.

"거실에서 잠깐 기다려. 금방 씻고 나올 테니까."

전혀 예상치 못한 그의 말에 화인이 자신도 모르게 재차 물었다.

"뭐? 나보고 여기서 기다리라고?"

그러자 한새가 무뚝뚝한 목소리로 대꾸했다.

"바쁜 일 있으면 가도 돼."

"아냐, 아냐."

그제야 상황을 파악한 화인이 다급하게 손사래를 치며 강하게 부정했다.

"나는 남아도는 게 시간이야, 천천히 씻고 나와. 여기서 얌전히 기다리고 있을 테니까."

그녀의 말에 한새는 딱히 어떤 대꾸도 하지 않은 채 지나쳐 걸어갔다.

그가 1층에 있는 여러 개의 방 중에 가장 안쪽에 위치해 있는 방문을 열었다.

아마 지금 문을 연 곳이 한새가 쓰는 방인 것 같았다.

샤워를 한다며 자신의 방으로 들어가는 걸 보면, 방 안에 씻을 수 있는 화장실이 또 딸려 있는 듯 했다. 그것을 신기한 눈으로 쳐다보고 있을 때였다.

휙—!

화인이 유심히 지켜보고 있는 걸 어찌 알았는지, 한새가 방으로 들어서기 전에 뒤를 돌아봤다.

두 사람의 시선이 허공에서 정확하게 딱 마주쳤다.

한새가 그녀를 향해 나지막이 말했다.

"멋대로 들어오면 용서 안 해."

그렇게 자기 할 말만 남긴 채 그가 방문을 닫았다.

굳게 닫힌 문을 바라보던 화인이 황당한 표정을 지었다.

"이게 지금 날 변태로 아나?"

자신을 덮치지 말라는 둥, 샤워하는데 들어오지 말라는 둥. 이건 입장이 바뀌어도 단단히 바뀐 상태였다.

보통 저런 대사는 여자의 입에서 나와야 하는 것이었다.

자신이 해야 할 말을 남자인 그가 하고 있다는 생각에 기가 막혀왔다.

달칵.

화인이 치밀어 오르는 억울함을 가라앉히며 다시 소파에 앉아서 기다리고 있자, 얼마 지나지 않아서 한새의 방문이 다시 열렸다.

물기가 촉촉한 상태로 나온 그의 모습은 어딘가 묘했다.

색기가 철철 넘친다고 해야 하나.

이상하게 자꾸만 시선이 가서 화인이 눈살을 찌푸렸다.

수많은 악마들을 만나 봤지만, 한새의 외모는 정말 압도적이었다.

생김새 하나만으로도 이렇게 시선을 끄는 남자는 처음이다.

부정할 수 없을 만큼 잘난 외모에 화인의 얼굴이 더욱 구겨졌다.

묘한 패배감이 들었기 때문이다.

그녀가 빤히 쳐다보고 있는 사이, 한새는 맞은편 소파에 긴 다리를 꼬며 앉았다.

"본론부터 말할게."

"말해."

그가 어떤 말을 할지 기다리고 있는 상태였기에 화인의 대답은 거침없었다.

한새도 이미 하고 싶었던 말이 있었던 듯, 망설임 없이 입을 열었다.

"너에 대해 좀 더 알고 싶어."

"뭐?"

"네 이름이 박화인이라는 것도 어제 알았는데, 이제부터 같이 지내려면 신상 정보가 더 필요하다는 말이야."

그가 무슨 말을 하는지 화인은 단박에 알아차릴 수 있었다.

그녀가 나지막이 말했다.

"뭐가 궁금한데?"

"내 생각으론 우리가 오랜 시간을 같이 지내기 위해 가장 좋은 방법은 같은 직종에서 일을 하는 거야."

"지금 나더러 모델을 하란 말이야?"

화인이 말도 안 된다는 듯이 그를 쳐다보자, 한새도 당연하다는 어투로 대답했다.

"내가 네 외모를 아는데 그럴 리 있겠어?"

되려 한새가 더 강경하게 말하자 화인은 뭔가 속에서 울컥하고 치밀어 올랐다.

하지만 그녀가 뭐라고 입을 열기 전에, 한새가 다시 말을 이어

나갔다.

"네가 우리 에이전시 직원으로 취직하면 어떨까 생각이 들었어. 내가 모델 일을 하면서도 같이 다닐 수 있는 방법이 그리 많진 않으니까."

한새의 태도가 마음에 들진 않았지만, 그래도 이런 생각을 했다는 게 기특했다.

화인이 나름 만족스러운 표정으로 대답했다.

"뭐, 좋아. 지금 아르바이트하고 있던 게 하나 있는데, 그건 사장한테 말해서 그만두면 되니까."

이 방법은 그녀가 다른 일을 하고 있으면 써먹을 수가 없는 일이었는데, 쉽게 그만둘 수 있는 아르바이트생이라니 다행이었다.

한시름을 덜은 한새가 편안한 얼굴로 물었다.

"그럼 가지고 있는 자격증이 뭐야?"

난데없는 스펙검사에 순간 화인이 눈동자가 동그랗게 떠졌다.

"갑자기 웬 자격증?"

"어떤 자격증이 있는지 알아야 그에 관련한 일을 할 거 아니야."

"그런 거 없는데."

당당한 얼굴로 대답하는 화인을 향해 한새가 믿을 수 없다는 듯이 다시 물었다.

"설마 자격증이…… 하나도 없단 말이야?"

"당연하지. 인간세상에서 벌을 받고 있는 악마가 그런 걸 따 놓겠어?"

인간들이 가치를 갖는 돈이나 명예 같은 건 사실 화인에게 전혀 필요치 않았다.

그렇기에 지금까지 단 한 번도 인간으로서 잘 살기 위해 노력한 적 없었다.

오로지 그녀가 바랐던 건, 다시 악마로 돌아가는 그날이었다.

"후……."

한새가 머리가 아프다는 듯이 한 손으로 이마를 짚었다.

애초부터 거창한 자격증을 바란 것은 아니었지만, 최소한 컴퓨터에 관련한 기본적인 자격증은 있을 거라 여겼다.

'이를 어쩐다.'

아무것도 이력서에 적을 게 없는 초보를 에이전시에 취직시킬 수는 없었다.

나름 여러 가지 고민을 해서 생각해낸 방법이었는데 이것조차 무용지물이 되니 어떻게 해야 할지 앞길이 막막했다.

한새의 입장에서도 여동생을 빨리 낫게 하기 위해선 화인을 다시 악마로 되돌리는 방법밖에 없었다. 그러기 위해선 그녀를 곁에 둬야 했고.

유명한 모델인 자신과 아무런 연관이 없는 그녀가 계속 함께 다니는 모습을 보인다면 얼마 안 가서 큰 이슈를 끌지 모르는 일이었다.

한새가 곰곰이 고민을 하고 있을 때였다.

"아 맞다! 자격증이 딱 하나 있어."

그녀의 외침에 그닥지 않게 고개를 번쩍 들었다.

기대하는 표정으로 쳐다보고 있자니 화인이 빙긋이 웃으며 말했다.

"운전면허증, 혹시 몰라서 따놨었거든."

"……."

한새의 얼굴이 급격하게 어두워졌다.

잠시 아무런 말이 없던 그가 이내 중얼거리듯이 말을 꺼냈다.

"그래, 어쩔 수 없지."

"응?"

알 수 없는 그의 중얼거림에 화인이 의문을 가질 때였다.

한새가 그녀를 똑바로 직시하며, 또박또박 말을 했다.

"너, 내 운전기사 해라."

"운……전기사?"

화인이 고개를 갸웃했다.

순간 그게 어떤 일인지 머릿속에 바로 떠오르지 않았기 때문이다.

하지만 한새는 그녀의 고민을 기다리지 않았다.

"할 줄 아는 것도 없다면서, 잔말 말고 운전기사나 해. 너한테 거부할 권리 없어."

그가 다른 생각할 겨를도 없다는 듯이 단호하게 말했지만, 사실 화인조차도 그의 곁에 있을 수만 있다면 물불을 가릴 처지가 아니었다.

그녀가 입을 열었다.

“월급은 주는 거지?”

최소한의 생활비만 챙겨 준다면 그녀가 못할 일은 없었다.

한새는 당연하다는 듯이 고개를 끄덕거렸다.

그러자 그녀가 재차 물었다.

“얼마 줄 건데?”

거침없는 그녀의 질문에 한새가 잠시 고민하다가 이내 대답했다.

“180만원이면 되겠어?”

급여를 들은 화인의 눈동자가 커졌다.

상상이상이었기 때문이다.

속으로 ‘역시 돈을 많이 버는 모델은 다르네.’라는 생각을 하면서 그녀가 웃을 때였다.

한새가 무심한 얼굴로 다시 입을 열었다.

“그리고 거기서 매달 100만원씩 차감이야.”

“왜!”

납득이 안 간다는 듯한 그녀의 말에 한새가 기가 차다는 듯이 말했다.

“내 자동차 수리비 값이야.”

“뭐? 그걸 아직도 기억하고 있었어?”

"내가 치매야? 그걸 벌써 잊게."

"치사하게."

"정당한 돈인데 뭐가 치사하다는 거야?"

"있는 놈들이 더 하다더니, 벼룩의 간을 떼먹어라."

"원래 있는 사람들이 돈을 허투루 안 쓰는 법이거든."

한 마디도 지지 않는 한새가 너무 얄미워서 화인이 분하다는 표정을 지어 보였다.

한새는 그녀를 운전기사로 고용하기론 했지만 여전히 골치가 아파왔다.

어쩐지 그녀와의 앞날이 그리 순탄치만은 않을 것 같다는 예감이 들어서였다.

그리고……

그 예감이 틀리지 않았다는 사실을 얼마 지나지 않아 깨달을 수 있었다.

"무슨 여자가 운전이 이렇게 거칠어!"

조수석에 앉은 한새가 두려운 표정으로 다급하게 안전벨트를 맸다.

하지만 그런 그의 표정과는 정반대로 화인은 아무렇지도 않다는 듯이 말했다.

"남자가 간이 콩알만 하네."

"누굴 죽일 작정이야? 솔직히 말해 봐. 너 운전 마지막으로 한

게 언제야?"

"한 달 전에도 했지."

그런데 운전 실력이 이 모양이라고?

한새가 믿을 수 없다는 듯이 그녀를 쳐다봤다.

그러자 화인이 나지막한 목소리로 뒷말을 이어 나갔다.

"내가 카트라이더 좋아하거든."

"뭐? 카, 카트라이더?"

그것은 키보드로 운전을 하는 온라인 게임이었다.

당당히 레이싱 게임을 좋아한다는 말에 기가 막혀왔다.

한새가 방금 전보다 더욱 다급한 목소리로 말했다.

"그럼 실제로 자동차는 언제 몰아봤는데?"

"내가 운전해볼 기회가 있었겠어? 5년 전에 면허증 딸 때 말고는 당연히 처음이지."

생명의 위협을 느낀 한새가 양손으로 안전벨트를 꽉 쥐며 말했다.

"당장 차 세워."

그런 그의 반응에도 화인은 그저 픽하고 웃을 뿐이었다.

"뭘 그렇게 겁먹고 그래, 아무것도 염려할 거 없어. 나 운전 잘하니까 걱정 마."

"온라인하고 현실을 착각하지 마."

그 말에 화인이 기분 나쁘다는 듯이 한새를 향해 고개를 돌렸다.

기우뚱.

그러자 그녀가 보는 방향을 따라 차가 차선을 넘어갔다.

"조심해!"

다급한 한새의 외침에 화인의 시선이 다시 정면을 향했다.

쌔앵!

다행히 원래의 차선으로 다시 돌아온 덕분에 옆에 차와 충돌하는 불상사는 피할 수 있었다.

하마터면 사고가 날 뻔한 상황에 한새는 놀란 가슴을 쓸어내릴 수밖에 없었다.

도대체 이 여자는 자신의 자동차와 무슨 악연이 있는 건지, 처음 만났을 때부터 범퍼를 긁더니 이제는 완전히 차를 폐차로 만들 기세였다.

짧은 시간 동안 얼굴이 수척하게 변한 한새가 단호한 목소리로 다시 한 번 말했다.

"좋은 말로 할 때, 차 세워."

* * *

하얀 피부에 깔끔하고 단정한 이미지의 남자.

한 눈에 보아도 잘생겼다는 말이 떠오를 정도로 뛰어난 외모를 지닌 그는 어딘가 조금 앳되어 보이는 느낌이 특히 매력적이었다.

훤칠하게 큰 키와 군더더기 없이 잘빠진 몸매가 남자 냄새를 물씬 풍기고 있었지만, 묘하게 귀여운 느낌이 어우러져 더욱 눈길이 가는 타입이랄까.

그런 남자가 자신과 전혀 어울리지 않을 것 같은 반 지하 단칸방의 현관문 앞을 서성거리고 있었다.

한참을 망설이던 그가 이내 결심을 했는지 자그맣게 목소리를 가다듬었다.

"흠흠."

그러곤 불투명한 유리문으로 되어 있는 허름한 현관문을 두들겼다.

쿵쿵.

힘을 많지 주지 않았는데도 울리는 소리가 컸다.

곧이어 그가 속으로 수십 번을 반복하며 연습했던 그 말을 입 밖으로 꺼내었다.

"누나. 나야 해준이."

이 한 마디 말을 하기가 얼마나 힘들었는지.

말을 마친 해준은 두 눈을 꽉 감은 채 안에서 들려올 대답을 기다렸다.

하지만 들려오는 대답은 없었다.

마치 안에 아무도 없는 것처럼.

물론 집안에 사람이 없는 것일 지도 모른다.

그러나 그가 찾아온 사람은 자신이 왔다는 사실을 알아도 문을 열어 주기는커녕 대꾸조차 하지 않을 사람이었다.

충분히 그러고도 남을 성격이었기에 해준은 그녀가 집에 있는 건지 아닌지 도무지 알아차릴 수가 없었다.

"……화인 누나."

그래서 그가 그녀의 이름을 소리 내서 부를 때였다.

타박타박.

때마침 누군가가 다가오는 발소리가 들려왔다.

설마 하는 생각에 고개를 돌려보니, 자신의 뒤편으로 다가오는 그림자가 보였다.

꼬불꼬불한 파마머리가 인상적인 아줌마였다.

"학생은 누구요? 여기 사는 아가씨 찾아온 건가?"

"아, 네."

"집에 아무도 없을 텐데."

무언가 알고 있는 듯한 말투에 해준이 다급히 입을 열어 말했다.

"혹시 무슨 일 있나요?"

"응? 그런 것까지는 나도 모르지. 그냥 요새 거기 사는 아가씨가 며칠 집을 비운 것 같아서, 학생이 추운 날씨에 고생할까 봐 말해 주는 거야."

"누나가 집에 안 들어온 지 며칠이나 됐다고요?"

해준의 얼굴이 딱딱하게 굳었다.

그가 아는 화인은 사교성이 좋은 편이 아니었다.

그렇기에 친구 집에서 며칠 머문다거나 어딘가로 여행을 떠났을 리도 없었다.

단번에 걱정스러운 표정으로 바뀐 해준의 얼굴을 바라보다가 아줌마가 무심코 입을 열어 물었다.

"혹시 여기 사는 아가씨 남동생이야?"

너무나도 훤칠한 외모라서 도무지 여기 사는 여자의 남자 친구일 거란 생각이 들지 않았다. 그래서 나온 질문이었다.

하지만 그 말에 해준의 표정이 조금 전과는 전혀 다른 의미로 딱딱하게 굳어졌다.

싸늘하게 느껴질 정도로 가라앉은 얼굴.

순간 아줌마는 자신도 모르게 움찔하고야 말았다.

"어딜 봐서…… 제가 남동생 같은가요?"

"아, 아니면 말고."

묘하게 귀여운 이미지와 정반대로 싸늘하게 굳은 표정은 말조차 함부로 걸기 힘들 만큼 위압감이 느껴졌다.

분위기가 이상하게 흐르자 아줌마는 괜스레 눈치를 보면서 자신의 집으로 다시 발길을 돌렸다.

아줌마가 완전히 사라지고 난 뒤에도 딱딱하게 굳은 그의 표정은 좀처럼 풀어질 줄 몰랐다.

"……대체 어디가."

이해할 수가 없었다.

"그렇게 보이는 거지?"

화인과 자신이 닮았다는 생각은 단 한 번도 해본 적 없다.

당연했다.

그녀와는 피 한 방울조차 섞이지 않았으니까.

그런데도 티가 나는 걸까.

법적인 남동생.

그 허울뿐인 자리가.

"후후."

마치 한숨과도 같은 웃음소리가 그의 입에서 새어 나왔다.

그가 매우 씁쓸한 얼굴로 화인의 집 앞을 벗어나며, 어딘가로 전화를 걸었다.

통화가 연결되자 그가 나지막한 목소리로 말했다.

"실장님, 저예요."

좁은 골목길로 나오던 그가 마지막으로 다시 한 번 그녀가 살고 있던 집을 바라보며 말을 이었다.

"화인 누나가 지금 어디 있는지 좀 알아봐 주세요."

4
하늘이 무너지지 않는 한

지금 찬우의 표정은 사진으로 찍어서 간직해야 되는 게 아닌가 생각이 들 만큼 가관이었다.

"네 운전기사라고?"

믿기지 않는다는 듯이 말하는 그와는 달리 한새는 가볍게 고개를 끄덕였다.

"몇 번을 말해. 내 운전기사라니까."

천연덕스러운 그의 대답에 마침내 찬우가 참지 못하고 소리를 질렀다.

"너, 미쳤어?"

한새가 귀가 아프다는 듯이 미간을 찡그리며 대답했다.

"나 귀 안 먹었어, 형."

"네가 제정신으로 이런 일을 할 리가 없잖아. 도대체 무슨 일인데?"

"왜 멀쩡한 사람을 정신병자 취급이야."

"거치적거리는 게 싫다고 매니저인 나도 내팽개치고 다니는 놈이 운전기사를 고용했다고? 그것도 여자를? 여자라면 끔찍해하는 이한새가? 지금 나보고 이 소리를 다 믿으라는 거야?"

"잘 이해했네. 전부 다 사실이야."

"솔직히 말해. 저 여자한테 무슨 약점 잡혔어?"

오랜 시간을 함께해서인지 역시 찬우는 그를 잘 알았다.

약점 잡힌 거 맞다.

한새는 '사실 저 여자가 악마인데, 여동생을 구하려면 옆에 두는 방법밖에 없대. 그래서 이미 악마와 계약까지 마친 상태야.'라고 말하고 싶은 걸 꾹 참았다.

사실대로 털어놨다간 정신병자 취급이 아니라 정말 정신병원에 갇힐 것 같았기 때문이다.

"내가 필요해서 이미 고용한 사람이야. 그냥 그렇게 알아둬."

"정말 운전기사가 필요하다고 치자. 그런데 왜 하필 여자냐고. 네 직업이 뭔지 잊어버린 거야?"

"그러니까 이렇게 미리 보고하는 거잖아."

"죄짓기 전에 미리 자백한다고 무죄가 되는 줄 알아? 그냥 내가 운전해 줄게. 정말 잘할 자신 있으니까 맡겨줘."

"싫어."

찬우는 자신의 구구절절하게 옳은 소리를 단 한 마디의 말로 잘라 버리는 한새를 정말 어처구니없다는 듯이 쳐다봤다.

오랜 시간을 함께 일해 왔지만 이럴 때는 진짜 머리를 한 대 쥐어박고 싶을 만큼 얄미웠다.

하지만 그만큼 오래 함께 했기 때문에 잘 알았다.

한새가 자신의 결정을 절대 번복하지 않는다는 사실을.

"요즘 잘 나간다고 네가 아주 복에 겨웠지."

"입은 삐뚤어져도 말은 바로 해야지. 내가 언제 요새만 잘 나갔어? 처음부터 잘 나갔지."

"허."

생각해 보니 틀린 말이 아니었기에, 순간 찬우는 할 말을 잃고 말았다.

도대체 여자들은 이렇게 제멋대로에 자기 주관적인 남자가 뭐가 그리 좋다고 따르는 걸까.

외모지상주의가 틀림없다.

그렇지 않다면 한새가 이토록 인기가 많을 리 없었다.

침통한 표정을 짓는 찬우를 향해 한새가 나지막한 목소리로 다시 말을 이었다.

"형이 뭘 걱정하는지 모르는 건 아닌데……."

찬우가 냉큼 그의 말을 자르며 말했다.

"아는 놈이 이런 짓을 해? 스캔들이라도 나면 어쩌려고 그래. 아니, 설령 스캔들이 난다고 해도 너랑 저 여자는 아니잖아."

찬우는 커다란 유리창 바깥으로 보이는 화인을 힐끔 쳐다봤다.

급이 다르다.

그 말은 이런 상황에 쓰는 것이었다.

최소한 그와 스캔들이 나려면 갖춰야 되는 조건이란 게 있다.

그런데 저렇게 평범한 여자와 스캔들이 나서 사람들의 입에 함께 이름이 오르내리게 되면 자칫 한새의 이미지마저도 추락할 수 있었다.

세상이 그가 어떤 여자를 만나 연애를 하는지 궁금해하기 때문이다.

한새의 스캔들 상대로는, 그와 같은 톱클래스의 여자 연예인이 최적이었다. 그럼 수많은 사람들이 동경하는 커플이 될 테니까.

요즘 시대에 신데렐라는 구설수에만 휩싸일 뿐이다.

"지금까지 너랑 일부러 스캔들 내서 이름 좀 알려보려는 여자 연예인들이 얼마나 많았는지 알아?"

한새라고 지금 찬우가 하는 말들을 모르는 게 아니었다.

오히려 더욱 잘 알고 있었다.

그리고 모든 걸 알고도 내린 결정이었다.

"난 저 여자여야만 돼."

"뭐, 뭣?"

"내가 필요하다고, 저 여자."

한새의 눈동자가 느릿하게 창밖의 화인을 향해 갔다.

어젯밤 자신의 집 소파에서 숙면을 취한 건지 평소보다 다크 써클이 많이 사라진 그녀의 모습이 눈에 들어왔다.

그런 그의 모습에 찬우의 입이 떡하니 벌어졌다.

"너……."

한새는 그의 반응에 조금도 개의치 않은 채, 자신이 하고 싶은 말을 계속 이어 나갔다.

"그러니까 더 이상 잔소리하지 말고, 내가 저 여자랑 같이 다녀도 최대한 사람들의 입에 안 오르내리도록 형이 막아봐."

"너, 너, 너 설마…… 아니지?"

"뭐가?"

무덤덤하게 대꾸하는 모습을 보니 찬우는 자신이 착각한 것이란 생각이 들었다.

하지만 아무리 생각해도 뭔가 이상했다.

천하의 이한새가 집착을 하고 있었다.

그것도 여자에게.

이유가 뭐가 됐든 찬우는 이런 한새의 모습을 지금껏 본 적이 없었다.

"에이, 말도 안 돼."

찬우는 머릿속에 든 생각을 무심코 입 밖으로 꺼내려다가, 스스로 생각해도 납득이 안 됐기에 다시 삼켰다.

하지만 그냥 그러려니 하고 지나치기엔 아무리 생각해도 수

상했다.

그래서 그는 방금 전보다도 더욱 믿을 수 없다는 눈동자로 한새를 향해 다시 입을 열었다.

"설마 저 여자랑 연애해?"

"풉! 콜록 콜록."

마침 테이블 위에 놓여 있던 음료수를 마시던 한새가 사레가 들렸는지 갑작스럽게 기침을 해 댔다.

하마터면 입 안에 있는 걸 그대로 뿜을 뻔했던 한새가 간신히 기침을 진정시키고 버럭 소리를 질렀다.

"지금 그걸 나한테 말이라고 하는 거야?"

"그렇지? 아니지?"

질문을 한 그가 도리어 천만다행이라는 표정을 짓고 있었다.

그 모습에 한새는 기가 막혀왔다.

"대체 뭘 보고 그런 상상을 한 거야?"

"너 지난번에 요새 가장 핫하다는 여자 아이돌 고백도 뻥 차버렸잖아."

"그런데?"

"보통 남자라면 그럴 리가 없으니까."

"뭐라고?"

한새가 방금 전과 달리 황당하다는 표정을 지었다.

"아니, 내 말은 네 취향이 독특한 것 같아서……."

"하."

아이돌의 고백을 거절했다는 이유만으로 이런 말을 듣게 될 줄은 정말 몰랐다.

한새는 어처구니가 없다는 듯이 물었다.

"형은 언제부터 아이돌을 좋아한 거야?"

"딱히 팬은 아니고……."

"어쩐지 걔가 찾아온 날, 형이 혼자 술 마시러 가는 게 이상하더라니."

"흠흠."

찬우는 괜스레 민망한 마음에 헛기침을 해 댔다.

그러곤 나직이 말을 이었다.

"나만 그런 생각 하는 줄 아냐? 네가 하도 여자들한테 눈길을 안 주니까 인터넷에는 게이라는 소문도……."

점점 사나워지는 한새의 눈빛에 찬우가 끝까지 말을 잇지 못한 채 조심스럽게 입을 다물었다.

벌떡.

한새가 자리에서 일어났다.

그러자 찬우가 다급하게 다시 입을 열었다.

"어디 가?"

"할 말 전했으니까 간다."

얄짤없이 뒤돌아서서 가는 한새의 뒷모습에다 찬우가 서둘러 말했다.

"인마, 이렇게 가면 어떻게 해."

한새는 걸음을 멈추지 않은 채 나직하게 대꾸했다.

"어차피 오늘은 운전기사 고용했다고 통보하러 온 거야. 그리고……."

저벅 저벅.

우뚝.

망설임 없이 걷던 한새의 발걸음이 멈췄다.

그러곤 그가 살짝 고개만 돌린 채 말을 이었다.

"하늘이 무너지지 않는 한, 내가 저 여자랑 연애할 일은 없을 테니까. 염려 붙들어 매."

그렇게 자신이 할 말만 남긴 채, 한새는 바깥으로 나가 버렸다.

그가 사라진 자리를 바라보며 찬우가 답답하다는 듯이 자신의 머리를 헝클어트렸다.

"괜히 그런 말이 나와 가지고."

사실 가장 유력한 소문은 이것이었다.

한새가 여자 보는 눈이 너무 높아 쉽사리 연애를 하지 못한다는 것이다.

가만히 있어도 여자들이 알아서 달라붙는 타입이니 자신도 지금까지 그런 거라 생각했다.

그런데 왜 갑자기 그런 생각이 든 것인지 자신도 알 수가 없었다.

저렇게 평범한 여자와……

그냥 그 순간 여자를 바라보는 한새의 눈빛이 평소와 조금 다르게 느껴졌다.

"에이, 모르겠다."

찬우는 지금 한새가 여자 운전기사를 고용했다는 사실만으로도 머리가 아파왔다.

그래서 화인을 바라보던 그의 눈동자가 찰나 흔들렸다는 사실 따위는 쉽게 기억에서 지울 수 있었다.

*　　*　　*

딩—

짤막한 소리가 엘리베이터가 1층에 도착했다는 사실을 알려주었다.

한새는 문이 열리자마자 거침없이 바깥으로 걸어 나왔다.

무표정인 그가 어떤 감정인지 겉으로 드러나지는 않았으나 속으로는 꽤나 심사가 뒤틀린 상태였다.

'누가 누구랑 연애를 한다는 거야?'

화인이라면 어젯밤만 해도 자신의 집에서 나가지 않으려 발버둥 치던 모습이 눈에 선했다.

그렇게 악착같이 자신을 쫓아다니는 여자와 자신이 연애를 한다?

말도 안 되는 일이다.

연애란 자고로 밀당이란 게 있어야 되는데, 이건 처음부터 너무 일방적이었다.

그러니 더더욱 자신의 마음이 움직일 리는 없었다.

두 사람은 완벽한 비즈니스 관계.

그 이상도 이하도 아니었다.

빠른 걸음으로 걷던 한새가 어느새 차를 세워 놓은 주차장에 다다랐다.

그런데 방금 전까지 사무실 창가에서 보였던 그녀의 모습은 온데간데없이 사라져 있었다.

"그새 어딜 간 거야?"

한새가 무심코 고개를 돌려 주변을 한 번 살폈지만, 그 어디에도 그녀의 모습은 보이지 않았다.

곧 돌아오겠지 라고 막연한 생각을 하며, 자동차 손잡이에 손을 올릴 때였다.

문득 뭔가 이상하단 느낌이 들었다.

방금 전 찬우를 만나러 사무실에 올라갈 때만 해도 자신을 따라오겠다며 고집을 부리는 그녀를 억지로 떼어 놓고 간 것이다.

그런 그녀가 자신이 돌아올지도 모르는 자리를 비워놓고 있었다.

지금까지 그를 끈질기게 쫓아다닌 화인의 행동과는 전혀 맞지 않았다.

"……이 여자가 정말."

한새가 차문을 열려던 손을 다시 올려, 머리가 아프다는 듯이 이마를 짚었다.

운전도 더럽게 못하는 운전기사를 그저 같이 있기 위해 고용했다.

그런데 그냥 가만히 있지도 못하는 모양이었다.

물론 잠시 화장실에 갔다거나 별일 아닌 일로 자리를 비웠을 확률이 크다.

하지만 왠지 모르게 자꾸 신경이 쓰여서 한새는 그녀를 찾기 위해 발길을 돌릴 수밖에 없었다.

마음이 가는 건 아니었지만, 자꾸 신경을 쓰이게 한다는 사실만은 인정해야 했다.

그렇게 한새가 주차장 근처를 둘러보고 있을 때였다.

인적이 드문 어두운 골목에서 사람들의 말소리가 들려왔다.

그리고 그중에는 화인의 목소리도 있었다.

"할 말이 뭔데, 바쁜 사람을 부르고 난리야?"

짜증이 가득 담겨 있는 말투.

그건 분명 화인이었다.

"하, 이 언니 웃기네. 내가 누군지 기억 안 나요?"

"내가 알아야 돼?"

거리가 가까워질수록 들려오는 여자들의 웅성거리는 목소리에 한새의 발걸음이 빨라졌다.

그리고 마침내 골목 앞에 다다르자 눈앞에 펼쳐진 상황을 확인할 수 있었다.

여러 명의 여자들 사이에 둘러싸인 한 사람.

마치 학교폭력을 연상시키는 흉흉한 장면이었다.

문제는 여자들에게 둘러싸인 사람이 바로 화인이라는 것과 한새의 눈에도 낯이 익은 얼굴들이 많이 모여 있다는 사실이었다.

'이게 대체…….'

전혀 예상치 못한 상황에 한새는 놀랄 수밖에 없었다.

여자들끼리 이렇게 험악하게 모여 있는 모습은 처음 보는 듯했다.

그렇게 한새가 미처 상황을 파악하기도 전, 여자들의 목소리는 끊이지 않고 들려왔다.

"한새 오빠 집 앞에서 만나면 내가 이런저런 정보 잔뜩 가르쳐 줬잖아요. 정말 기억이 안 나는 거예요, 아니면 모르는 척하는 거예요?"

자기를 기억하지 못하느냐고 묻던 여자가 화인을 향해 다시 한 번 말했다.

그러자 화인도 방금 전과 달리 어렴풋이 기억이 떠오르는 것 같았다.

"듣고 보니까 그런 것 같기도 하고…… 그런데 그게 뭐? 다시 보니까 반가워서 날 여기로 불렀다는 거야?"

"아니, 내 말은 그런 언니가 어떻게 한새 오빠 차를 같이 타고 오냐고요!"

"내가 오늘부터 이한새 운전기사로 취직했거든."

"뭐라고요? 말도 안 돼."

불신이 가득 담긴 눈빛으로 쳐다보는 그녀를 보며, 화인이야말로 납득이 가질 않았다.

아니, 대체 뭐가 말이 안 되는 건데?

하지만 화인이 뭐라고 대꾸하기도 전에 그녀가 다시 말을 이었다.

"이건 반칙이잖아요. 대체 무슨 수작을 부려서 하루아침에 우리 한새 오빠 운전기사로 취직한 거예요?"

"내가 어떻게 운전기사가 됐든, 그게 뭐가 중요한데?"

"얼마 전까지만 해도 같은 팬 입장이었는데, 언니만 이렇게 한새 오빠한테 접근한다는 게 말이 돼요? 오빠한테 흑심을 품고 다가갔을 게 뻔한데 우리가 그걸 가만히 두고 볼 줄 알았냐고요."

"흐, 흑심?"

화인은 기가 막혔다.

하지만 그런 그녀의 감정과는 별개로 분위기는 점점 더 살벌하게 변해 갔다.

이 사태를 지켜보던 한새도 지금 이게 어떻게 된 상황인지 대화를 듣고 대충 알아차릴 수 있었다.

짧은 시간이지만 누구보다 열성적으로 자신을 쫓아다녔던 화인이다.

그녀의 얼굴을 아는 사람이 팬들 사이에 있을 거라는 건 어찌 보면 당연한 일이었다.

그리고 유치하기 짝이 없지만, 기존의 팬들 입장에서는 화인이 그의 운전기사가 되어 근처에서 머무는 게 용납이 안 되는 모양이었다.

'골치 아프게 됐군.'

상황을 금세 파악한 한새는 혹시라도 자신의 모습이 들키지 않도록 재빠르게 골목 안쪽으로 몸을 숨겼다.

자신이 이 자리에 모습을 드러내봤자 상황만 더 악화시킬 뿐이라는 판단이 들었기 때문이다.

그리고 그는 주머니에서 휴대폰을 꺼내 서둘러 찬우에게 전화를 걸었다.

그냥 내버려 두기에는 어떤 일이 벌어질지 모르는 상황이었으니 중재를 시켜줄만한 사람을 불러야 했다.

뚜루루루—

통화가 연결되기 전 신호음을 듣고 있을 때였다.

골목 안에서는 목소리가 그치지 않고 계속 흘러나왔다.

"뭔가 오해하는 것 같은데, 난 이한새를 한 트럭 갖다 준다 해도 싫은 사람이야."

들려오는 화인의 목소리에 한새는 순간 어처구니가 없었다.

방금 전까지만 해도 어떻게든 자신의 곁에 붙어 있기 위해 안간힘을 쓰던 그녀다. 그런데 이렇게 순식간에 태세변환을 하다니.

물론 두 사람이 완벽한 비즈니스 관계라고 여기는 건 그 또한 마찬가지였지만, 이런 명백한 거절을 듣게 되니 기분이 묘했다.

"하. 어디서 사기를 쳐요?"

"마음에 안 든다는 사람이 한새 오빠 집 앞에서 하루 종일 기다린다는 게 말이 돼요?"

"거짓말을 할 거면 좀 그럴듯하게 하든가."

화인의 한 마디에 그녀를 둘러싸고 있던 여자들이 기가 차다는 듯이 말을 쏟아 냈다.

그러자 화인이 손을 들어 진정하라는 듯이 동작을 취하곤 다시 나지막이 말했다.

"내 말을 믿건 안 믿건 그건 너희들 자유지만, 난 정말 이한새한테는 조금도 관심이 없으니 걱정할 필요가 없다는 게 사실이란 말이지."

"아, 진짜!"

화인이 뻔뻔하게 거짓말을 하고 있다고 생각한 여자애 한 명이 더 이상 참지 못하겠다는 듯이 한 걸음 앞으로 나섰다.

그리고 그런 심정은 그녀 혼자만 느낀 것이 아니었다.

"그러니까 우리더러 그 말을 믿고 물러나라 이거예요?"

"그래준다면 서로 좋겠지."

점점 더 험악해지는 분위기를 모르는 건지 화인은 조금도 주눅 들지 않았다.

고개를 빳빳이 든 채로 처음부터 지금까지 자신이 할 말을 거침없이 내뱉고 있었다. 어떻게 보면 조금은 무모하다 싶을 정도로 자신 있게 말이다.

"더 이상 말로는 안 통하겠네."

삐딱하게 선 자세로 뒤편에서 지켜보던 여자 한 명이 바닥에 침을 뱉으면서 앞으로 나섰다.

마치 마지막 통보처럼 느껴지는 말이었다.

—고객이 전화를 받을 수 없어 소리샘으로 연결…….

더구나 한새는 지금 찬우와 전화연결조차 되지 않는 상황이다.

가뜩이나 좋지 못했던 분위기가 순식간에 어떻게 손써볼 도리가 없을 정도로 막다른 길로 치닫고 있다는 게 느껴졌다.

'저 여자, 제정신인가?'

한새는 답답할 수밖에 없었다.

화인이 하는 말이 다 사실이라 해도, 듣는 사람 입장에선 도발로밖에 들리지 않는 말이다.

분위기가 점점 안 좋아지는데 언제까지 몸을 숨기고 있을 수만은 없는 노릇.

폭력사태가 일어나는 최악의 상황이 벌어지기 전에 말려야만 했다.

스윽.

마음의 결심을 한 한새가 화인이 있는 골목으로 모습을 드러내려고 할 때였다.

그의 결심과 마찬가지로 그녀를 둘러싸고 있던 팬들 또한 마음을 굳힌 상태였다.

말이 통하지 않으니 행동으로 보여 주기로 말이다.

휘익!

높게 올라간 손이 화인의 뺨을 향해 직선으로 떨어져 내렸다.

때마침 그것을 눈으로 확인하게 된 한새조차도 놀라서 입이 벌어졌다.

그 순간이었다.

타악.

허공에서 떨어져 내리는 손을 믿기지 않게도 화인이 잡아챘다.

한새의 눈에만 그렇게 보이는지 모르겠지만 그녀의 눈동자에 불꽃이 일렁거리는 듯했다.

압도적인 분위기.

말로 형언할 수가 없었다.

한순간 화인이 내뿜는 기세에 그녀를 둘러싸고 있던 모두가 숨을 죽이고 말았다.

그녀가 느릿하게 입을 열었다.

"힘쓰는 건 나도 자신 있거든."

화인이 잡아챈 손을 거칠게 놓아주며 다시 나지막이 말을 이었다.

"시간 아까우니까 덤빌 거면 한꺼번에 덤벼. 아 맞다, 한 대는 먼저 맞아줄게. 나는 정당방위로 처리돼야 하니깐."

"뭐, 뭐 이런 게 다 있어?"

화인의 뺨을 치려고 했던 여자가 기가 막힌다는 듯이 그녀를 쳐다봤다.

한새는 자신도 모르게 터져 나오려는 웃음을 꾹 눌러 참을 수 밖에 없었다.

왜 그렇게 생각했는지 모르겠지만, 당연히 화인이 당할 거라 여겼다. 인원수가 밀리기도 했고, 여자였으니까.

그런데 전혀 굴하지 않는 화인의 표정을 보고 있자니 문득 그녀가 누구인지 새삼스레 깨달을 수밖에 없었다.

그녀는 인간이 아니었다.

바로 악마다.

이런 상황에서 눈물을 흘린다거나 움츠러드는 그런 나약한 존재가 아니란 소리다.

"한 대 먼저 맞아 주겠다니까, 뭐하고 있어?"

이제는 도리어 화인이 그녀들을 향해 도발을 하고 있었다.

"하, 웃겨 정말."

아무렇지 않은 척 서 있었지만, 이 자리에 모인 모두가 폭력을 찬성하는 건 아니었다.

다혈질인 여자들 몇 명 정도나 손이 먼저 나가는 것이지, 나머지 팬들은 그 정도까지 원한 것은 아니었다.

그렇게 상황은 모두의 예상과 달리 흘러갔다.

두려워할 거라 여겼던 화인은 기세등등했고, 이곳에 모인 열성팬들은 어떻게 해야 할지 갈피를 잡지 못하고 있었다.

바로 그때였다.

휘이이이익!

호루라기 소리가 들렸다.

건물 근처를 순찰하던 경비가 수상한 낌새를 눈치채고 다가오는 모양이었다.

그 소리에 번뜩 정신을 차린 한새도 서둘러 다시 골목 안으로 몸을 숨겼다.

화인을 둘러싸고 있던 여자들은 하는 수 없이 자리에서 흩어져야만 했다.

"이걸로 끝이라고 생각하지 마."

표독스러운 눈빛으로 던지는 마지막 경고에, 화인은 픽하고 웃었다.

"나중에 보자는 사람치고 무서운 사람 없다지."

화인의 여유로운 표정이 정말 마음에 들지 않는다는 듯이 그녀는 마지막까지 째려보고는 자리를 떠났다.

그렇게 모두가 사라진 골목을 화인이 유유하게 걸어 나왔다.

뒤늦게 경비들이 다가와서 그녀에게 무슨 일 없었냐고 묻는 목소리가 어렴풋이 들려왔다.

한새는 여전히 어두운 골목 안에 몸을 숨긴 채, 방금 전 화인의 모습을 떠올리고 있었다.

이렇게 연약함이 느껴지지 않는 여자는 난생처음이었다.

그리고 그 색다른 모습이.

"……좀 멋있네."

인상 깊었다.

한새가 다시 차를 주차해 놓은 곳으로 돌아오자 그때는 화인이 기다리고 있는 모습이 보였다.

그녀가 그를 향해 마음에 들지 않는다는 듯이 투덜거렸다.

"금방 온다더니 왜 이렇게 늦어?"

"왜, 내가 보고 싶기라도 했어?"

"당연한 거 아니야?"

한 치의 망설임도 없이 흘러나오는 그녀의 대답에 한새가 어처구니없다는 듯이 쳐다봤다.

방금 전 그녀가 자신을 한 트럭으로 갖다 줘도 싫다고 한 말이 떠오르기 때문이었다.

"그럼 내가 얼마나 보고 싶었는데?"

유치하게 느껴질 수도 있는 그의 질문에 화인은 잠시 고민하더니 거침없이 대답했다.

"간절해질 만큼."

낯부끄러울 정도로 직접적인 말에 괜히 한새의 얼굴이 뜨거워지는 것 같았다.

"뭘 그 정도씩이나."

"너랑 같이 있어서 형벌의 시간이 얼마나 빨리 줄어드는지 몰라. 그걸 확인하는 게 요즘 내 삶의 낙이야."

행복하다는 듯이 웃는 그녀의 모습에 왜인지 모르게 한새의 표정이 딱딱하게 굳어져갔다.

이젠 그녀의 말뜻이 무엇인지 알기 때문이다.

화인은 정말 자신의 몸만 노리고 있었다.

조금의 사심도 없이.

"뭐해, 안 타?"

화인이 먼저 차에 올라탄 채로 바깥에 멀뚱히 서 있는 한새를 향해 물었다.

그는 자신도 모르게 살짝 미간을 찌푸린 채 나지막이 대꾸했다.

"탈 거야."

* * *

한새는 스스로도 무엇이 기분 나쁜지 도통 이해할 수 없었다. 하지만 중요한 것은, 어찌 됐던 간에 기분이 안 좋다는 사실이다.

"……괘씸해."

무엇이 그리 못마땅하게 느껴지는지 모르겠다.

어쩌면 한시라도 떨어져 있기 싫다면서 정작 자신에게는 조금도 눈길을 주지 않는 화인의 모습에 이질감을 느끼는 것인지도 모르겠다.

분명 어떤 면만 보자면 그녀는 자신에게 푹 빠진 것이나 다름없어 보였다. 물론 속내를 들여다보면 그게 남자로서가 아니라 필요에 의한 관계였지만.

완벽한 비즈니스 관계.

누구보다 자신이 원하던 것이었다.

그런데 뭐가 이렇게 마음에 들지 않는 것일까.

설마 정말 지금까지 자신을 좋아하지 않은 여자는 처음이었다는 황당한 전개는 아니겠지.

"하."

그는 자조적인 미소를 지으며 의자 뒤로 고개를 젖혔다.

얼마나 심술을 부리고 싶었으면 방금 전 화인을 집으로 돌려보내고 오는 길이었다.

이렇게 빨리 보내는 게 어디 있냐며 소리 지르던 그녀의 목소리가 아직까지도 귓가에 맴도는 듯했다.

매몰차게 보내놓고는 뒤늦게야 스스로가 왜 그런 행동을 했을까 자괴감에 빠져 있는 꼴이었다.

화인은 분명 자신에게도 필요한 존재였다.

언젠가부터 잠에서 깨지 않는 여동생, 한울이를 위해서 말이다.

그래서 무리를 하면서라도 옆에 두고 싶은 것뿐이다.

그래, 오직 그뿐이어야만 했다.

"그런데 뭐가 이렇게 억울한 거야, 대체."

스스로가 이해되질 않았다.

처음에는 화인이 자신을 좋아서 쫓아다니는 열성팬이라고 생각했지만, 이내 그녀가 악마라는 사실을 믿고 난 이후에는 필요에 의해서 쫓아다닌 거라는 걸 알았다.

그런데 그게 왜 지금에서야 기분이 나쁜 건지.

벌떡—

한새가 답답하다는 듯이 갑자기 상체를 일으켜 세웠다.

그러자 무심코 거울에 비춰진 자신의 얼굴이 보였다.

가만히 들여다보고 있자니, 문득 어렸을 때 친구의 애인이 고백을 해 왔던 기억이 떠올랐다.

하도 황당해서 단호하게 거절했더니, 그녀가 자신을 향해 울먹이는 목소리로 이렇게 말했었다.

"나한테 마음도 없었으면서 왜 잘해 준 거야? 너 같은 남자가 다정하게 대해 주는데 안 넘어가는 여자가 어디 있어. 내가 착각했다고? 그럼 그건 네 탓이야. 나한테 태도를 확실하게 했어야지."

당시에는 그저 친구의 연인이기에 매너를 갖춰 대했을 뿐이었다.

하지만 그 일로 인해 친구와의 관계도 완전히 틀어졌었지.

그때부터였을까.

여자를 대할 땐 자신의 의사를 확실하게 밝히는 버릇이 생겼다.

덕분에 싸가지 없다는 소리도 많이 듣긴 했지만, 자기를 좋아한다고 오해하는 여자도 더 이상 없었다.

그래서 은연중에 착각했던 것일까.

다정하게 대해 주면 여자들이 자신을 좋아할 거라고.

확실한 건, 지금까지 만난 여자들에겐 통했을지 몰라도 화인에게는 아니었다.

설마 내가 자존심이 상한 건가.

한새가 다시 한 번 픽하고 자조적인 웃음을 지었다.

부정할 수 없는 건……

오기가 생긴다는 사실이었다.

*　　*　　*

깜빡깜빡.

화인이 눈을 몇 번 감았다 떴다.

눈앞에 보이는 것은 익숙한 자신의 자취방 천장이었다.

누런 벽지에 덩그러니 달려 있는 형광등.

'……언제부터 잠이 든거지?'

한새에게 쫓겨나고 집에 도착해 보니, 자신이 아주 오랜만에 집으로 돌아왔다는 사실을 깨달았다.

그래서인지 갑작스레 피곤함이 몰려들어 아주 잠시 머리를 기댔었다.

고작 눈을 한 번 감았다 뜬 시간이 흐른 것 같은데, 어느새 해가 지고 어둠이 깔려 있는 밤이 되어 있었다.

그녀가 허탈한 표정으로 불조차 켜지 않은 어두운 방을 한 번 둘러보았다.

한새와 일찍 헤어지고 집에 도착할 때까지만 해도 분명 분노에 차있던 상태였다.

그런데 집에 도착하자마자 이렇게 정신없이 잠에 빠져든 걸 보면, 자신이 생각했던 것보다 훨씬 더 계속되던 노숙과 추위에 몸이 지쳐 있었던 모양이다.

"하긴 며칠 사이에 많은 일이 있었으니까."

한새가 처음 자신을 칭했던 말은 '정신 나간 여자'였다.

그런데 그 짧은 새에 악마와의 계약을 마쳤을 뿐만 아니라, 그의 운전기사로까지 고용되었다.

그녀에게는 정말 파란만장했다고 해도 과언이 아니었다.

대악마 벨로나로서의 존재를 완전히 인정받은 것은 아니었지만, 한낱 정신 나간 여자에서 그의 운전기사로 등급이 올라간 것만으로도 충분히 만족스러웠다.

화인은 갑자기 떠오른 생각에 다급히 몸을 일으켜 어두운 방 안의 불을 켰다.

서둘러 입고 있던 옷의 목 부분을 늘려 어깨를 확인하니, 선명하게 새겨진 낙인의 숫자가 보였다.

20930일.

한새와 하루를 붙어 있었을 뿐인데 정확히 32일이란 시간이 줄었다.

"……하하."

화인은 그녀답지 않게 너털웃음을 터뜨릴 수밖에 없었다.

어찌 기쁘지 않을 수 있을까.

이 속도라면 생각보다 훨씬 빠른 속도로 대악마로 돌아갈 수 있었다.

예전에 자신이 악마였을 때, 별 시답지도 않은 소원을 이루기 위해서 영혼까지 바치는 인간들을 보며 참으로 멍청하다 생각했었다.

하지만 이제는 안다.

그들이 얼마나 축복받았었는지를.

모든 힘을 잃은 채 인간으로 살아보니 아무리 발버둥 치고 노력해도 무엇 하나 바꿀 수 없는 게 현실이란 것을 깨달았다.

비록 대가가 비싸기는 했지만 인간은 악마와의 계약으로 자신이 원하는 바를 이뤘다.

곧 수명이 다하는 부모님을 살린다거나 죽도록 짝사랑하는 상대의 마음을 얻기도 하고, 평생 얻어 보지 못할 정도의 부를 축척하기도 했다.

그것은 엄청난 행운이었다.

누군가는 아무리 원한다 해도 이룰 수 없는 것이었기에.

화인 역시도 마찬가지였다.

인간이 되고 수천 번, 아니 수만 번을 하늘에 빌었다.

어떤 대가를 치른다 해도 좋으니 다시 대악마로 돌아가게 해

달라고 말이다.

하지만 달라지는 건 하나도 없었다.

그런데 이한새란 남자가 거짓말처럼 그녀의 앞에 나타난 것이다.

간절해지지 않을 수 없었다.

악착같이 매달리지 않을 수 없었다.

그라는 존재 자체가 화인에게는 기적이었으니까.

만약 아직도 한새가 그녀를 받아주지 않았다면……

화인은 지금도 그의 집 앞에서 노숙을 하고 있었을 것이다.

당연했다.

결코 포기할 수 없으니까.

그렇기에 화인은 지금 펼쳐진 이 모든 상황이 천만다행으로 느껴졌다.

한새에게도 악마라는 존재가 필요하다는 사실이.

그리고 자신의 정체를 믿어준 그가.

인간으로 살아오면서 처음으로 행복하다는 감정을 느끼고 있는 중이었다.

조금만, 아주 조금만 더 버티면……

돌아갈 수 있다.

그러니까 다른 건 어떤 것이든 참아낼 수 있었다.

화인이 만족스러운 표정으로 방에 다시 불을 끄고, 조금 전 불편하게 잠을 청했을 때와 달리 이불에 편안하게 몸을 눕혔다.

일찍 일어나서 다시 한새를 보러 가야한다.

아직도 피곤이 완전히 가시지 않은 상태였기에 그를 만나기 전에 조금 더 푹 자둘 생각이었다.

그렇게 그녀답지 않게 희미하게 미소를 띤 얼굴로 다시 잠을 청할 때였다.

휘익!

갑자기 그녀가 덮고 있던 이불이 아래로 당겨졌다.

그녀 혼자만 있는 방이 분명한데, 마치 누군가가 아래로 잡아 당긴 것처럼 말이다.

불현듯이 머릿속에 잠시 동안 잊고 있었던 존재가 떠올랐다.

바로 하급 악마다.

—깔깔깔.

화인의 예상대로 뭐가 그리 재밌는지 참을 수 없다는 듯이 웃고 있는 그들의 모습이 발치에서 보였다.

마력이 강한 한새의 근처로는 다가오지 못하는 이들이라 한동안 눈에 보이지 않아 잊고 있었다.

인간세상으로 온 이후 이들 때문에 제대로 잠 한 번 이루기도 힘들었다는 사실을 말이다.

화인이 언제 웃었냐는 듯이 얼굴을 찌푸렸다.

그러곤 냉기가 뚝뚝 떨어지는 목소리로 말했다.

“그만하고 가라.”

—네가 가라면 우리가 가야해? 착각하지 마. 넌 지금 아

무런 힘도 없는 인간일 뿐이야.

"나중에 땅을 치고 후회할 짓 하지 말고, 그냥 가는 게 신상에 좋을 거야."

―웃기시네!

하급 악마들은 그녀의 말에 더욱 분하다는 듯 소리쳤다.

요새 화인이 그들을 대하는 태도가 이상해서 한 번 물러선 적도 있었지만, 사실 대악마인 그녀에게 한 행동들은 용서받을 수 있는 수준이 아니었다.

만에 하나 최악의 경우로 그녀가 힘을 되찾게 된다면 어차피 모두 죽은 목숨이었기 때문에 더욱 거칠 것이 없다는 말이다.

찌이이이익!

그들은 화인이 덮고 있던 이불을 반으로 갈라 찢어 버렸다.

이불 안에 들어 있던 솜들이 전부 빠져나와 방 안을 엉망진창으로 만들었다.

"이것들이 진짜."

화인의 분노한 표정에 순간 오금이 저렸지만, 한편으론 이런 부분이 하급 악마들에게 더 짜릿하게 다가왔다.

사실 그녀가 벌을 받지만 않았다면 감히 쳐다 볼 수도 없는 존재였으니까.

―밤새 신나게 놀아 보자고!

방 안을 정신없이 날아다니며 물건을 집어던지는 그들의 모습에 화인이 어금니를 깨물었다.

하급 악마들의 생각이 틀린 것은 아니었다.

이제 와서 물러선다고 해도 화인은 그들을 용서할 생각이 눈곱만큼도 없었다.

퍼억!

그들이 던진 물건에 맞아 화인의 뺨이 부풀어 올랐다.

통증이 생생히 느껴졌지만, 그녀는 조금도 꿈쩍하지 않았다.

어차피 상처는 금세 치유가 되어 사라져 버릴 테니까.

지금까지 하급 악마들로 인해 셀 수도 없이 다쳤다.

하지만 이 저주받은 치유력으로 인해 누군가에게 들킨 적은 단 한 번도 없었다.

어떻게 보면 이 몸은 괴롭힘을 당하기에 최적의 조건을 갖추고 있었다.

상처가 남지 않아 아무에게도 아프다고 호소할 수 없었으니까.

—분해? 대악마인데 인간처럼 아프기는 한가보지?

비아냥거리는 그들의 말에 화인은 말없이 노려볼 뿐이었다.

힘이 없다는 건 이렇게나 무기력한 것이다.

분해도 아무것도 할 수 없으니까.

"……빌어먹을."

상처는 언제나 몸이 아닌, 마음에 남아 곪아갔다.

*　　*　　*

끼이이익—

커다란 대문이 열렸다.

초호화 단독주택에서 나와 모습을 드러낸 건 다름 아닌 한새였다.

밤새 화인에 대한 생각으로 잠을 설쳤다.

누군가가 이렇게 신경이 쓰인 적은 처음이었다.

이런 마음이 이해되지도 않고, 인정하고 싶지도 않았기에 머리가 복잡했다.

그래서 차가운 새벽공기나 맡을 겸, 오랜만에 조깅을 하러 나오는 길이었다.

다행히 점점 쌀쌀해지는 날씨에 그의 집 앞에서 기다리고 있는 팬들의 모습은 보이지 않았다.

아마 몇 명의 극성팬이 남아 있다 하더라도 근처 편의점이나 다른 곳에서 몸을 녹이고 있을 것이다.

이런 날씨에 노숙을 했다간 입 돌아가기 십상이었으니까.

가벼운 트레이닝복을 입은 한새는 무심한 표정으로 목에 걸고 있던 헤드셋을 귀에 꽂았다.

막 천천히 달리기를 시작하려 할 때였다.

무심코 그의 눈에 들어온 한 사람이 있었다.

무릎을 세운 채 쪼그리고 있는 모습이 이상하게도 작아 보였다.

'뭐야, 이런 시간에도 남아 있는 사람이…….'

한새의 생각은 더 이상 이어지지 않았다.

그 여자가 입고 있는 겉옷이 매우 눈에 익었기 때문이다.

무언가에 홀리듯 재빠른 걸음으로 다가간 한새는 그녀의 바로 앞에 섰다.

"여기서 뭐하는 거야?"

스스로도 놀랄 만큼 낮아진 목소리가 새어 나갔다.

그 말을 들었는지 여자는 부스스한 모습으로 고개를 들었다.

추위에 새파랗게 질려 있는 얼굴은 바로 화인이었다.

눈이 마주치자 이상하게 한새의 마음 한구석이 찌르르하고 울려왔다.

다친 곳은 한 군데도 없는데 마치 상처 입은 짐승을 바라보고 있는 듯한 기분이 들었다.

"어? 일어나 있었네."

아무렇지도 않다는 듯이 대답하는 화인의 모습에 한새는 기가 막혔다.

"지금 여기서 뭐하는 거냐고 묻잖아."

"뭐하긴, 너 기다렸지."

"그러니까 왜, 여기서 날 기다리느냐고."

"시간이 너무 일러서 네가 자는 줄 알고, 여기 있……."

"언제부터 그렇게 순순히 내 말을 들었다고 여기서 기다린 거야? 왔으면 벨을 눌러야지! 손이 없어?"

갑자기 버럭 소리치는 한새를 화인이 이해가 안 간다는 듯이 바라봤다.

“왜 화를 내고 그래?”

그녀의 물음에 한새의 입이 굳게 다물어졌다.

모르겠다.

왜 이렇게 화가 나는지.

한새는 신경질적으로 머리를 한 번 쓸어 올리곤, 이내 화인을 향해 손을 내밀었다.

“일어나.”

그녀는 그가 내민 손을 잠시 물끄러미 바라보다가 천천히 잡았다.

얼음장같이 차가운 손이 느껴져서 한새는 자신도 모르게 미간을 찌푸렸다.

도대체 언제부터 이렇게 기다리고 있었던 건지 짐작조차 되지 않았다.

툭툭—

자리에서 일어나 엉덩이를 털고 있는 그녀를 향해 한새가 나지막이 말했다.

“내가 안 나왔으면 어쩌려고 그랬어.”

“해만 뜨면 벨 누르려고 했지.”

사실 화인의 마음이야 당연히 그의 집에 들어가 곁에 있고 싶었다.

하지만 괜히 잠을 깨웠다가 매몰차게 쫓겨나기나 할 것 같아

참고 있었던 것이다.

딴에는 꾹 참고 배려란 걸 해 준 것인데, 이렇게 화를 내니 그녀로선 종잡을 수가 없었다.

"들어가자."

한새가 먼저 말을 건네며, 커다란 대문을 향해 앞장서서 걸었다.

그러자 화인의 얼굴이 밝아졌다.

"운동하러 나온 것 같은데, 안 해도 돼?"

"너무 추워서 다음에 할 거야."

한새의 말에 화인이 그를 놓치기라도 할까 봐 얼른 뒤로 따라붙었다.

그러자 그의 시선이 힐끔 그녀를 향했다.

허공에서 두 사람의 눈이 마주치자, 화인이 만족스럽다는 듯이 씨익하고 웃어 보였다.

그런데 그 모습이……

왜 이렇게 귀엽게 느껴지는 걸까.

화인이 알면 기겁을 하겠지만, 한새의 눈에는 지금 그녀가 꼬리를 살랑거리며 반갑다는 듯이 다가오는 동물같이 느껴졌다.

마치 누구의 손길도 원하지 않는 상처 입은 맹수가 자신만을 맹목적으로 따르는 기분이랄까.

문제는 귀찮아야 마땅한 이 상황이 이상하게도 싫지가 않다는 사실이다.

"날 왜 그렇게 봐?"

화인의 지적에 한새가 고개를 획하고 돌렸다.

"……못생겨서."

그 말만 남긴 채, 한새는 빠른 걸음으로 곧장 집을 향해 걸어갔다.

화인이 어처구니가 없다는 듯 입술을 삐죽거렸지만, 이내 곁에 있을 수 있다는 사실이 기뻐 부지런히 뒤를 쫓아갈 뿐이었다.

"거기 앉아 있어."

한새가 눈짓으로 가리키는 자리에 화인이 얌전히 가서 앉았다.

순순히 따르는 그녀의 모습을 한새가 의외라는 듯이 한 번 쳐다보곤 주방으로 걸어갔다.

그러곤 곧이어 그가 손에 들고 나온 것은 새하얀 김이 모락모락 피어오르는 따뜻한 차였다.

그 모습에 당황한 건 화인이었다.

"설마 나 주려고 가지고 온 거야?"

"그럼 내가 마시려고 가지고 온 것 같아?"

믿을 수 없다는 듯한 표정을 짓고 있는 화인을 향해 그가 뜨거운 차를 앞으로 밀어주었다.

"마셔."

"네가 웬일이야?"

"날 뭐라고 생각하는 거야. 추위에 떨고 있는 여자를 그냥 외면할 거라고 생각했어?"

한새의 말에 그녀가 정말 놀랍다는 듯이 바라봤다.

솔직히 지금까지 본 그의 모습은 누군가가 바로 눈앞에서 얼어 죽는다고 해도 눈 하나 꿈쩍하지 않을 것 같아 보였기 때문이다.

예상과 전혀 다른 모습에 그녀가 한새를 빤히 바라보고 있자, 그가 못마땅하다는 듯이 말을 이었다.

"먹기 싫으면 마."

"아냐, 아냐. 잘 먹을게."

그제야 화인이 뜨거운 차를 들어 차가워진 양손을 녹였다.

그 모습을 본 한새는 억지로 딱딱하게 지었던 표정을 슬그머니 풀었다.

사실 누가 추위에 떨든 관심 없다.

그녀의 짐작대로 그는 그렇게 인정이 많은 성격이 아니었으니까.

하지만 그런 그가 화인이 추위에 떨고 있던 건 마음에 걸렸다.

자꾸 신경이 쓰인다.

그 사실을 부정할 순 없었다.

이런 마음을 들키고 싶지 않아 대충 둘러댔지만, 아무에게나 베푸는 호의는 결코 아니었다.

"함부로 남의 집 앞에서 기다리지 마. 이런 날씨에 노숙을 하다니 누구 송장 치르게 할 일 있어?"

"난 안 죽어. 그러니까 걱정 마."

죽을 수만 있었다면 이 고생은 안 했겠지.

화인은 뒤이어 나오려던 말을 삼켰다.

한새는 모를 것이다.

이렇게 그와 함께 있는 이 순간이 얼마나 귀중한지를.

힘을 잃은 그녀를 비참하게 만드는 하급 악마들도 모습을 나타내지 못할 뿐 아니라, 인간으로 산 지 이십오 년이라는 시간 동안 처음으로 희망이란 걸 알게 해 줬다.

한새는 그녀의 말에 한순간에 상처를 낫게 했던 치유력을 떠올리며 다시 입을 열었다.

"그래도 다치면 고통은 느껴진다며. 추위도 똑같은 거 아냐? 겨울에 누가 죽을까 봐 따뜻하게 입고 다니는 줄 알아? 추운 게 싫어서 그런 거지."

"나한텐 뭐든 다 똑같아."

추위든 고통이든 그런 건 중요치 않았다.

화인은 쥐고 있던 따뜻한 잔을 테이블 위에 다시 올려두었다.

그러곤 한새와 두 눈을 똑바로 마주치며 말을 이었다.

"네 옆이냐, 아니냐. 나한테 중요한 건 그거야. 다른 건 뭐든 상관없어."

듣기에 따라선 절절한 사랑고백으로 들리는 그녀의 말에, 한새가 곤란하다는 듯이 한 손으로 이마를 짚었다.

애절하다고 느껴질 만큼…….

이렇게 정면으로 부딪쳐오는 고백은 지금까지 들어 본 적 없었다.

그런데 이 단도직입적인 고백이 사랑을 담고 있는 것이 아니라 온전히 그의 몸을 노린 거라는 걸 이제는 안다.

손으로 가려져 있는 그의 입술이 비틀려 올라갔다.

'……자꾸 자극하지 마.'

그는 천천히 이마를 짚은 손을 아래로 내리며, 자신을 똑바로 쳐다보는 화인과 눈을 마주쳤다.

불꽃이 타오르는 것처럼 이글거리는 눈동자.

저 시선을 나한테 빠져들게 만들면 어떨까.

저 고백이……

진정한 사랑고백으로 바뀐다면 과연 어떤 기분이 들까.

문득 궁금해졌다.

그래서 처음으로 누군가를 돌아보게 하고 싶다는 마음이 들었다.

"뭐, 어쨌든 이거 잘 마실게."

화인은 자신을 뚫어지게 쳐다보고 있는 그의 강렬한 시선을 먼저 피할 수밖에 없었다.

먼저 그를 바라본 건 자신이었지만, 이렇게 가만히 눈을 맞추고 있자니 뭔가 이상한 기분이 들었기 때문이다.

그녀가 잠시 내려놨던 따뜻한 차를 다시 마시기 위해 고개를 아래로 내렸다.

그때였다.

스읍—

어느샌가 다가온 한새의 기다란 손가락이 그녀의 턱을 감쌌다.

화인이 깜짝 놀라 그를 다시 쳐다보자, 방금 전보다 한새의 얼굴이 더욱 가까이 다가와 있었다.

누군가 심혈을 기울여 조각한 것 같은 완벽한 얼굴.

말로 표현할 수 없을 만큼 신비로운 새까만 눈동자.

그녀가 잠시 할 말을 잃은 채 한새의 얼굴을 바라보고 있을 때였다.

그의 입에서 허스키한 목소리가 유혹하듯이 흘러나왔다.

"나 좀 봐 봐."

페르몬이라고 해야 할까.

한 순간 한새에게서 뿜어져 나오는 수컷의 향기가 아찔할 지경이었다.

다른 여자라면 이 손길 하나로 마음을 송두리째 빼앗겼겠지만 상대는 다름 아닌 화인이었다.

그녀는 잠시 혼란스러운 표정을 지었을 뿐, 이내 무덤덤한 목소리로 말했다.

"봤어. 왜?"

그녀의 무심한 대답에 한새의 입가에 맺힌 미소가 더욱 짙어졌다.

"이렇게 보니까 얼굴이 많이 상했네."

"그래서 보약이라도 해 주려고?"

"아니."

"그럼 이거 좀 놓고……."

"나랑 같이 살래?"

"……뭐?"

화인이 너무 놀라 자신도 모르게 입을 벌렸다.

그런 그녀의 표정을 바라보며 한새는 짓궂게 웃을 뿐이었다.

"이 집에 운전기사가 머무는 별채가 있어. 당연한 말이지만 같이 살아야 언제 어느 때든 부를 수 있으니까. 원래 이렇게까지 할 생각은 아니었지만…… 지금 생각을 바꿨어."

화인의 표정이 환해졌다.

"정말?"

한새는 그녀의 질문에 가볍게 고개를 끄덕였다.

지금까지는 여자와 한 집에 살아 봐야 귀찮을 뿐이라고 생각했다.

그렇기에 가능하면 출퇴근을 시켜서 옆에 두려고 했지만, 말 그대로 마음을 바꿨다.

자신에겐 조금도 눈길을 주지 않는 이 여자를.

한번 꼬셔볼까.

5
처음이었다

화인의 이사는 일사천리로 진행이 되었다.

같이 살아도 된다는 한새의 허락이 떨어졌는데, 그녀가 망설일 이유는 없었다.

그녀는 당장 부동산에 전화해 자취집을 내놓고, 집주인에게 방을 빼겠다고 통보했다. 그러곤 간단한 짐을 챙기기 위해 집으로 돌아갔다.

그녀가 머물던 반지하 단칸방.

작은 크기만큼 챙겨야 할 짐들도 많지 않았다.

하지만 아직 완전히 방이 빠진 상태가 아니었기에 급한 대로 입을 옷 몇 개와 세면도구만 가방에 담았다.

나머지 짐들은 새로운 사람과 계약을 하고 난 뒤에 빼도 늦지 않았다.

지금 중요한 건, 한새의 곁에 조금 더 머무를 수 있다는 사실이었으니까.

그동안 정이 들었던 집을 한 번 슥 훑어보곤, 화인은 밝은 표정으로 등을 돌렸다.

끼익—

녹이 슨 대문을 닫으며 좁은 골목길을 걸어 나오자, 이 동네완 어울리지 않는 고가의 외제차가 우아한 자태로 그녀를 기다리고 있었다.

화인이 차로 다가가 조수석의 문을 열었다.

차 안에는 운전석에 앉아 그녀를 기다리고 있는 한새의 모습이 보였다.

자동차의 창문이 새까맣게 선탠이 되어 안이 보일 리는 없었지만, 그는 혹시라도 귀찮은 일이 생길까 봐 검은색 선글라스를 끼고 있는 상태였다.

그런데 그 모습이 왜 이렇게 어울리는지 모르겠다.

선글라스 아래 오뚝하게 솟아오른 콧날과 날카로운 턱이 마치 누군가가 그려놓은 것처럼 완벽했다.

정면을 보고 있던 한새의 시선이 자연스럽게 차를 타는 화인을 향했다.

"짐이 그게 다야?"

그는 그녀가 최소한 캐리어 하나는 끌고 올 거라고 예상했었다. 그런데 화인의 손에 들린 가방은 예상과 달리 너무나도 작았다.

"필요한 건 다 챙겼어."

"내가 2박 3일로 여행을 떠나도 그것보단 가방이 클 것 같은데."

"무슨 상관이야."

쓸데없는 참견하지 말라는 듯 말을 자르는 화인을 보며, 한새가 픽하고 한 번 웃고는 말했다.

"나랑 왜 상관이 없어. 내 운전기사면 당연히 내 위신과 체면을 세워줘야지."

"그건 또 무슨 소리야?"

그녀가 황당하다는 표정으로 그를 쳐다봤다.

한새는 검은색 선글라스 너머로 그녀가 무릎 위에 올려놓은 가방을 슬쩍 바라보며, 드디어 자신이 찾고 있던 계기를 발견했다고 직감했다.

"넌 내가 고용한 사람이고, 난 모델이야. 너무 행색이 초라하면 남들이 이상하게 생각한다고."

"누가 나를 신경 쓴다고 그래. 막말로 미니스커트 입고 운전할 수는 없잖아. 장담하는데 다시 집에 들어간다고 해도 네가 원하는 그런 옷은 없을걸."

알고 있다.

그녀의 대답은 한새의 예상 범위 안이었다.

화인이 지금까지 하고 다니는 모습을 보면 스스로의 외모에 크게 관심이 없다는 것쯤은 어렵지 않게 짐작할 수 있는 사실이었으니까.

한새가 여유로운 동작으로 차에 시동을 걸며 말했다.

"그럼, 지금 나랑 쇼핑하러 갈래?"

"뭐?"

화인의 입장에선 전혀 예상치 못한 말이었다.

놀란 표정을 짓는 그녀를 바라보며 한새는 속으로 짓궂은 미소를 지었다.

그가 아는 한, 세상에 쇼핑을 싫어하는 여자는 없다.

예쁜 옷을 사 주고 한껏 꾸민 다음, 분위기 좋은 레스토랑에서 저녁 식사를 한다면 그녀가 자신을 바라보는 시선이 조금은 달라질지도 모른다.

남녀 관계라는 게 그렇다.

언제나 분위기가 중요하기 마련이다.

지금까지는 두 사람 사이에 단 한 번도 부드러운 분위기가 흐른 적이 없었지만, 이제부터는 조금 변화를 줘 볼 생각이었다.

한새가 느릿하게 다시 말했다.

"네가 갖고 싶다는 거."

가격 얼마라도 상관없었다.

하나도 남김없이.

"전부 다 사 줄게."

선글라스로도 완벽하게 가려지지 않는 강렬한 시선.

그가 풍기는 여유로운 분위기와 나지막하게 울려 퍼지는 허스키한 목소리까지.

모든 것이 세상 어느 여자라도 흔들 만큼 유혹적이었다. 그것도 매우 치명적으로 말이다.

아무 말 없이 그를 관찰하던 화인이 딱딱하게 굳은 목소리로 말했다.

"……너."

잠시 말을 쉬곤, 조심스럽게 그의 안색을 살피며 그녀가 말을 이었다.

"미쳤어?"

전혀 예상치도 못한 대답에 누구보다 놀란 것은 바로 한새였다.

그가 믿기지 않는다는 듯 다시 한 번 물었다.

"그거 지금 나한테 하는 소리야?"

"여기에 너 말고 누가 있는데?"

"내가 너한테 옷 사 주는 게 미친 짓이야?"

"안하던 짓을 하니까 그렇지. 자동차 수리비도 꼬박꼬박 월급에서 제한다더니…… 갑자기 무섭게 왜 이래."

한새는 자신을 의심스럽다는 눈빛으로 바라보는 그녀를 보고 있자니, 갑자기 고구마를 먹은 것처럼 속이 답답해지기 시작했다.

이 여자는 대체 자신을 뭐라고 생각하는 건지……

갖고 싶은 걸 전부 다 사 주겠다는데도 이렇게 저를 미친놈 취급하며 거절하는 여자는 처음이었다.

어처구니가 없다고 느껴지는 것과 동시에 불만이 목구멍까지 차올랐지만, 그걸 있는 그대로 입 밖으로 꺼내어 말할 순 없었다.

한새가 자신도 모르게 미간을 살짝 찡그리며 말했다.

"내가 내 돈을 쓰겠다는데 그걸 어떻게 봐야 이상하게 느껴질 수가 있는 거지?"

"네가 나한테 돈을 쓰겠다는 건 어딜 어떻게 봐도 충분히 이상해. 우리 괜히 돈관계로 얽히지 말자. 공짜를 마다하는 성격은 아니지만 너랑 오래 붙어 있어야 하니까 그런 걸로 쓸데없이 일을 만들고 싶진 않아."

화인이라고 아무것도 가진 것 없는 인간의 몸으로 이십오 년을 허투루 살아온 것은 아니다.

세상에 공짜는 없다.

그 말처럼 대가가 없는 것을 덥석 받았다가 추후에 문제가 생길지도 모른다는 사실을 그녀는 누구보다 잘 알고 있다.

미리부터 그런 걸 세심하게 계산하는 성격은 아니었지만, 상대가 다른 누구도 아닌 이한새였으니까.

더욱더 지킬 건, 지킬 생각이었다.

"하아……."

한새는 자신도 모르게 나지막이 한숨을 내뱉었다.

이 여자 생각보다 만만치가 않다.

머릿속에는 지금까지 이름으로만 들어봤던 '철벽녀'라는 단어가 불현듯이 떠올랐다. 그와 동시에 왜인지 눈앞이 막막해지는 느낌이었다.

'내가 왜 여기까지 따라온 건지, 정말 모르는 건가.'

평소의 자신이라면 그녀가 짐을 챙기러 간다는데 따라 나설 리가 없었다.

집에 갔다 오겠다는 화인에게 흔쾌히 다녀오란 인사 대신 엉망진창인 그녀의 운전 실력을 들먹이며 말도 안 되는 핑계로 함께 외출을 나섰다.

천하의 이한새가.

그것도 자신이 직접 운전대를 잡고서 말이다.

마음이 움직이지 않았다면 절대로 하지 않았을 행동이다.

한새는 허탈한 표정으로 말없이 창가에 팔을 걸치며 턱을 기댔다.

분명한 건, 앞으로 갈 길이 멀다는 사실이다.

"……뭐 하나 쉬운 게 없네."

나지막하게 중얼거리는 한새의 목소리에 화인이 되물었다.

"뭐라고 했어?"

"됐어."

마치 무언가에 삐진 것처럼 행동하는 그의 태도에 화인은 고개를 갸우뚱거릴 뿐이었다.

그렇게 두 사람 사이에 오고가는 말이 없을 때였다.

툭툭—

화인이 말없이 운전하는 한새의 어깨를 가볍게 쳤다.

그녀의 행동에 한새가 슬쩍 고개를 돌리며 물었다.

"왜?"

"저기 잠깐 세워 줘."

화인이 손으로 가리키는 방향을 따라 시선을 돌리니, 그곳엔 편의점 하나가 보였다.

"저 편의점 말하는 거야?"

"응. 여기까지 온 김에 잠깐 들렀다 가려고."

"뭐 살 거 있어?"

"아니, 잠깐 볼일이 있어."

화인의 말에 순간 궁금증이 떠올랐지만, 한새는 굳이 더 묻지 않았다.

그녀의 요청대로 자동차가 편의점 바로 앞에 멈춰 서자 화인이 차문을 열며 나직이 말했다.

"금방 올게."

그러곤 편의점을 향해 걸어가는 그녀의 뒷모습을 한새는 물끄러미 지켜볼 뿐이었다.

딸랑—

편의점 문이 열리며 경쾌한 방울 소리가 들렸다.

불과 얼마 전까지 일했던 곳이라 그런 걸까. 화인은 지긋지긋하게 들었던 이 소리가 왜인지 정겨웠다.

"어? 누나."

화인의 얼굴을 보고 아는 체를 하는 남자는 바로 같이 아르바이트를 하던 진호였다.

"오랜만이네."

"그러게요. 사장님한테 누나 그만둔다고 들었어요."

"응, 그렇게 됐어."

"다른 알바 구할 때까지 일도 안 하고 바로 그만뒀다면서 사장이 엄청 씹었다고요."

"뭐, 그건 안 봐도 비디오네."

"그런데 여긴 어쩐 일이세요?"

"근처에 온 김에 두고 간 물건 좀 찾아가려고."

"아아, 네."

"나 잠깐 창고 좀 들어갈게."

진호와 짧은 대화를 나눈 화인은 곧장 창고로 향했다.

자신이 알바를 할 때 이곳에 두었던 물건들을 빠르게 챙긴 그녀가 다시 바깥으로 나왔다.

카운터에 서 있는 진호에게 눈짓으로 인사하며 화인이 나직이 말했다.

"그럼 나 간다. 수고해."

화인이 편의점 유리문을 열고 앞으로 한 걸음을 내딛는 순간이었다.

다시 한 번 딸랑거리는 소리와 함께 진호의 목소리가 들려왔다.

"저기, 누나!"

그의 목소리에 화인의 고개가 뒤로 돌아갔다.

어느새 그녀의 바로 뒤까지 쫓아온 진호가 화인의 어깨를 붙잡으려는 그때였다.

탁!

갑자기 나타난 커다란 손이 그녀를 잡으려던 진호의 손을 허공에서 가로막았다.

'……?'

뜻밖의 상황에 화인의 눈동자가 갑작스레 나타난 손의 주인을 향해 움직였다.

우월한 다리에 잘빠진 몸매.

훤칠한 키 덕분에 고개를 위로 올려야 검은색 선글라스를 낀 남자의 얼굴이 보였다.

바로 차 안에서 기다리고 있어야 할 한새였다.

언제 여기까지 걸어 나온 건지 의문이 들려는 찰나였다.

한새의 허스키한 목소리가 들려왔다.

"함부로 건드리지 마."

이 여자, 내가 침 발라 놨거든.

그의 불쾌하다는 기색에 다른 두 사람이 얼음처럼 얼어붙은 채 멀뚱히 서 있었다.

그리고 이 상황에 누구보다 가장 놀란 사람은 바로 진호였다.

그는 연예계의 소식에 둔감했던 화인이 아니다.

검은색 선글라스로 얼굴을 가리고는 있었지만, 자신의 앞에 선 남자가 누구인지 정도는 단박에 알아차릴 수 있었다.

진호는 바보처럼 입을 벌리고 자신의 앞에 서 있는 한새를 멍하니 바라봤다.

먼저 정신을 차린 화인이 입을 열었다.

"여기 왜 나와 있어?"

"금방 온다더니 안 오잖아."

"내가 들어간 지 얼마나 됐다고 유난이야."

기가 막힌다는 듯이 말하는 그녀를 향해 한새는 아직까지 정신을 못 차린 채 서 있는 진호를 가리키며 말했다.

"아는 사람이야?"

"나랑 같이 일하던 동생."

"그렇다고 함부로 만지려고 하면 안 되지."

한새의 말에 화인은 그게 너랑 무슨 상관이냐고 따지려다가 말았다.

놀란 얼굴로 바라보고 있는 진호를 보자니, 일단 자리를 피해야겠다는 생각이 들었기 때문이다.

휙—!

화인이 다급하게 한새의 손을 잡아채고, 자동차가 있는 쪽으로 잡아당겼다.

그러곤 여전히 굳어 있는 진호를 향해 한 마디 남겼다.

"그럼 갈게."

한새는 자신의 손을 거침없이 잡아끌고 가는 그녀를 바라보며 어처구니없다는 듯이 말했다.

"지금 어딜 잡는 거야."

"잔소리 말고 차에나 타. 너는 남들 시선 조심해야 되는 거 아니야?"

"운전기사랑 편의점에 들렀다고 스캔들이 터지진 않아."

"그럼 어떻게 해야 그 스캔들이란 게 터지는 건데?"

"글쎄, 굳이 따지자면…… 방금 전보다 지금 이 자세가 더 위험할지도."

확—!

한새의 말이 채 끝나기도 전에 화인이 그를 잡고 있던 손을 놓았다.

그런데 이 별것도 아닌 상황이 왜 이렇게 웃긴 건지 모르겠다.

한새는 자신도 모르게 키득키득 웃음을 터뜨렸다.

"이게 웃겨?"

"넌 무슨 바람이 불어서 이렇게 신경 쓰는 건데?"

"……너랑 같이 있고 싶으니까."

스캔들 같은 게 터져서 한새의 곁에서 조금이라도 떨어져야 하는 상황이 오는 게 싫을 뿐이었다.

화인의 진지한 눈빛에 한새도 방금 전까지 지었던 웃음을 얼굴에서 지웠다.

그녀의 말은 여전히 맹목적이다.

그런데 그게 스토킹처럼 끈질기고 불쾌한 느낌이 아니라, 초콜릿처럼 매우 달콤했다.

이상하게도 그랬다.

그렇게 느껴졌다.

한순간 서늘하게 표정을 굳혔던 한새가 픽하고 다시 입가에 슬며시 미소를 지었다.

"재밌네."

"이게 뭐가 재밌는지 난 도통 모르겠다."

조금도 납득이 안 간다는 화인을 바라보며 한새는 그저 묘한 웃음을 지을 뿐이었다.

더 갖고 싶어졌다.

그녀의 입에서 흘러나오는 달콤한 말들이.

이 맹목적인 감정이 온전히 자신을 향하면 어떨까 하는 욕심이 더욱 깊어졌다.

그 과정이 쉽지만은 않아 보였지만……

그래서 더 재밌었다.

* * *

차를 타고 멀어지는 두 사람을 바라보며 진호는 짤막하게 입을 열었다.

"대박."

지금까지 자신이 본 게 꿈이라고 해도 믿을 수 있었다.

연애하기 어려울 것 같다고 무시하던 화인 누나와 세계적인 모델 이한새라는 두 사람의 조합은 그만큼 현실성이 없었다.

하지만 방금 전 자신의 손을 막아서던 그의 태도는 진심이었다.

수컷이 자신의 영역을 표시하듯이, 마음에 드는 여자를 다른 남자가 건드는 게 싫은 것이다.

아무리 선글라스를 끼고 있다 해도 자신을 째려보는 한새의 시선을 분명히 느낄 수 있었다.

"……말도 안 돼."

이게 사실이라면 정말 엄청난 일이었다.

지금까지 화인에게 자신이 몰랐던 매력이 있었던 건 아닌지 기억을 되돌려 볼 수밖에 없었다.

그리고 우습게도 이한새가 관심을 갖는 여자라는 사실에 화인이 평소와 다르게 느껴졌다.

진한 다크서클에 애교라곤 전혀 찾아볼 수 없는 말투.

매일 잠을 못 이룬 것처럼 피곤해 보이던 모습.

"설마 내가 보석을 못 알아본 건 아니겠지?"

스스로에게 질문을 던져보았지만 그것에 답해 줄 사람은 아무도 없었다.

진호는 그저 머리를 긁적거릴 뿐이었다.

*　　*　　*

한새 스스로 이런 말을 하기엔 부끄럽지만, 자신의 외모에 호감을 갖지 않은 여자는 화인이 처음이었다.

그뿐인가.

그녀는 그가 소유한 재물에도 관심이 없다.

물론 평범한 여자가 아니라서 그런 것일지도 모른다.

지금 그가 마음을 얻고 싶은 여자는 다른 누구도 아닌 대악마라는 믿을 수 없는 존재였으니까.

그래서 문제였다.

도대체 어떻게 공략을 해야 하는지 난감하기 짝이 없었다.

지금까지 본인의 매력이라고 믿었던 모든 것들이 그녀의 앞에선 전부 무용지물이 되는 느낌이었다.

그렇기에 한새는 처음으로 누군가에게 조언을 구할 수밖에 없었다.

"형은 여자한테 어떻게 작업 걸어?"

그의 질문에 찬우의 기가 차다는 목소리가 휴대폰 너머로 쩌렁쩌렁하게 울려왔다.

―다른 사람도 아닌 네가 나한테 그런 걸 물어보는 거야?

갑작스럽게 들린 큰 목소리에, 한새가 잠시 귓가에서 휴대폰을 뗐다가 다시 붙이며 나지막이 말했다.

"궁금해서 그래. 다른 사람들은 어떻게 연애하는 건지."

—야, 그런 질문은 누가 봐도 내가 너한테 물어봐야 할 말이지.

"난 여자한테 작업 걸어본 적이 없어서 모르겠어."

—이 밤중에 나한테 염장 지르려고 전화한 거냐?

"……농담 아니야."

다른 사람이 듣기엔 장난스럽게 들릴지도 모르겠지만, 한새는 지금 누구보다 진지했다.

그의 시선이 커다란 창문 너머로 보이는 별채를 향했다.

지금 저곳에 화인이 있다.

아직 방에 불이 켜져 있는 걸 보니 그녀도 잠들지 않은 모양이었다.

가만히 바라보고 있자니 화인의 얼굴이 떠올랐다.

언뜻 보면 퀭해 보이기도 하지만 자세히 들여다보면 눈매가 고양이를 닮아 썩 나쁘지 않았다. 아니, 사실 꽤 마음에 들었다.

그 눈동자에 불꽃이 일듯이 강렬한 시선으로 자신을 쳐다볼 때면 이상하게도 마음이 술렁거렸다.

분명 밤이 깊어지자 별채를 안내해 주겠다며 그녀를 내쫓은 것은 자신인데……

우습게도 이렇게 애가 타는 것도 바로 그였다.

—갑자기 그런 건 왜 물어보는데? 너 정말 마음에 드는 여자라도 생긴 거야?

가뜩이나 화인을 운전기사로 고용한 것에 대해 의심을 품었던 찬우다.

그런데 얼마 지나지도 않아, 한새가 다시 이런 질문을 하고 있으니 더욱 수상하게 느껴질 수밖에 없었다.

한새도 그런 찬우의 속마음을 알아차리고 머릿속에 떠오른 그녀의 상상을 애써 지우며 대답했다.

"내 이야기 아니야. 누가 그런 문제로 고민하길래 그냥 생각나서 물어본 거야."

—누군데?

"있어, 같이 모델 하는 애."

—정말 네 이야기 아닌 거 맞아?

"내가 여자 때문에 고민하는 거 봤어?"

찬우의 추궁하는 듯한 질문에 한새는 습관처럼 자신 있는 목소리로 대답했지만, 곧이어 스스로가 내뱉은 말이 창피하게 느껴졌다.

그래, 처음이었다.

한 여자가 이렇게 머릿속을 온통 돌아다니며 자신을 괴롭힌 적은.

—……하긴 그건 그렇지.

하지만 그런 한새의 심경의 변화를 모르는 찬우는 생각보다 쉽게 수긍했다.

사실이 그랬다.

한새가 손짓만 해도 달려들 여자들이 차고도 넘쳤는데 그가 이런 고민을 하는 게 어울리지 않았다.

그의 지금 인기를 누구보다 잘 아는 매니저였기에, 또한 그의 무심한 성격을 누구보다 잘 알았기에 도리어 쉽게 납득할 수 있었다.

찬우가 다시 아무렇지 않은 목소리로 말했다.

—너랑 그런 얘기 나눌 정도면 분명 잘 나가는 모델일 텐데 그럼 잘 생겼을 거 아니야. 그 얼굴 보고도 싫다는 여자가 있어?

"응, 있다네."

—외모를 안 보는 여자면 남자의 능력을 보나 보지. 지갑을 좀 열어서 경제력을 어필하라고 해.

"안 그래도 그러려고 했는데, 그 여자가 딱히 물욕이 없대."

그의 대답을 들은 찬우가 믿기지 않는다는 듯이 큰소리로 말했다.

—세상에 그런 여자가 있어?

"있더라고, 그런 여자."

—이렇게 말로만 들어선 믿어지지가 않네.

그저 신기하다는 듯이 말하는 찬우를 향해 한새가 다시 진지한 목소리로 물었다.

"무슨 방법이 없을까?"

—잘생기고 돈 많은 애가 들이대도 안 넘어오는 여자를 나한테 물어보면 어떻게 하냐?

"그러니까 형한테 물어보는 거잖아."

—뭔 소리야?

"돈 없고 외모 안 되는 형도 연애를 하니까."

—너 이 자식, 역시 나한테 염장 지르려고 전화한 거 맞지? 할 일 없으면 발 닦고 잠이나 자!

버럭하고 화를 내는 찬우의 목소리에 한새가 가볍게 웃음을 흘렸다.

"왜 사람 말을 삐딱하게 듣고 그래. 형이 여자한테 어필하는 능력이 그만큼 뛰어나다는 소리잖아."

진심이었다.

돈 없고 외모가 안 된다는 말에 기분이 상할 수도 있겠지만, 그럼에도 불구하고 찬우는 항상 여자들에게 인기가 좋았다.

그렇기에 다른 누구도 아닌 그에게 이런 고민을 상담한 것이다.

물론 받아들이기에 따라 다르게 들릴 수 있는 말이었지만, 한새의 입장에선 백퍼센트 순수한 칭찬이었다.

—대체 어떻게 해석해야 그 말을 내가 칭찬으로 받아들일 수 있는 거냐?

찬우는 여전히 투덜거리듯이 말하고 있었지만, 조금 전보단 기분이 풀렸는지 목소리가 한껏 누그러져 있었다.

오랫동안 함께한 두 사람이었기에 굳이 길게 설명하지 않아도 서로의 속뜻을 어느 정도 알아챘기 때문이기도 했다.

—흠흠.

찬우가 쑥스럽다는 듯이 헛기침을 한 번 하곤 나지막이 말을 이었다.

—잘생긴 것도 싫다, 돈도 싫다. 그러면 그냥 여자가 남자를 싫어하는 거 아니야?

"……싫어할 리 없어. 아직 좋아하지 않을 뿐이잖아."

나지막한 목소리로 강하게 부정하는 한새의 말에 찬우는 기가 막힌다는 듯이 웃음을 토해 냈다.

그게 같은 뜻이었다.

남녀 관계에 좋다 싫다는 확실하다.

그 남자에 대해 아무런 생각이 없다면 그건 분명 싫다는 쪽에 가까웠다.

—내 생각엔 그냥 포기하는 게 나을 것 같은데…… 뭐 그게 힘들다면 남은 게 딱 하나 있네.

"뭔데?"

—뭐긴 뭐야, 몸이지.

"뭐라고?"

—모델이면 몸도 좋을 텐데 좀 벗어 보라고 해. 그 좋은 몸 이럴 때 써야지 언제 쓰겠어. 사진 촬영할 때만 쓰려고 만든 건 아닐 거 아냐.

그 말을 들은 한새가 황당하다는 목소리로 되물었다.

"형, 변태야? 벗긴 뭘 벗어?"

—너야말로 무슨 순진한 소리를 하고 있어. 요즘 세상에 섹시한 게 여자한테만 무기인 줄 알아?

"그래서 그 여자 앞에서 스트립쇼라도 하라는 거야?"

—야, 그렇게까지 오버하라는 말이 아니잖아. 이게 얼마나 좋은 방법…….

"아 됐어, 끊어."

뚝—

한새가 일방적으로 전화를 끊어 버렸다.

그러곤 그대로 휴대폰을 침대 위로 던져 버리곤, 짜증스럽다는 듯이 머리카락을 쓸어 넘겼다.

"……이 형한테 희망을 건 내가 바보지."

지금까지 화인을 겪어본 그는 누구보다 잘 알았다.

그녀가 잘생긴 외모나 재력으로 유혹할 수 있는 여자가 아니란 것을.

그래서 자연스럽게 그 두 가지를 빼고 생각하다 보니, 우습게도 딱히 내세울 만한 게 떠오르질 않았다.

막말로 자신은 성격이 그리 좋은 편도 아니었으니까.

그런데 이 시점에서 뜬금없이 몸을 이용하라는 조언을 들으니 점점 더 미궁 속으로 빠져드는 기분이었다.

다른 것도 아니고, 몸으로 유혹을 하라니.

찬우가 그저 누군가를 골탕 먹이기 위해 던진 말이라고 밖에는 생각되지 않았다.

'여자한테 작업 거는 게 이렇게 어려운 거였나?'

우스웠다.

지금까지 여자 마음 시시하다고 생각하고 살아온 자신이 이젠 누군가의 시선을 얻기 위해 안간힘 쓰는 꼴이.

그리고 동시에 갑갑했다.

한새가 휘적휘적 창가로 걸어가 문을 활짝 열었다.

그러자 시린 겨울바람이 방 안으로 휘몰아치듯이 흘러들어왔다. 지금만큼은 싸늘하다고 느껴지던 차가운 바람이 무척 시원했다.

"후우……."

그가 잠시 찬 공기를 들이마시며 숨을 고르고 있을 때였다.

무심코 돌린 시선에 어두운 형체가 사로잡혔다.

"……!"

깜짝 놀라서 자세히 그곳을 들여다보니, 그게 사람의 형상이라는 것을 깨달을 수 있었다.

깜깜한 밤.

불빛 하나 켜지 않은 채로 한새의 방 창가에 껌딱지처럼 붙어있는 사람.

그 주인공은 바로 한새를 이렇게 골머리 앓게 만든 원흉이었다.

"너…… 대체 거기서 뭐해?"

그의 딱딱한 목소리에 어둠 속에서 어색한 웃음소리가 흘러나왔다.

"하하, 들켰네."

어두운 형체가 고개를 빼꼼 들어 올리자 불빛에 그녀의 얼굴이 생생히 드러났다.

피곤함이 잔뜩 묻어 있는 화인의 얼굴을 보고 있자니 한새는 기가 막혔다.

"거기서 뭐하는 거냐고. 지금 나랑 로미오와 줄리엣이라도 찍자는 거야?"

영화에서는 방 안에 들어가 있는 게 줄리엣이고, 창밖을 서성이며 사랑 고백하는 게 로미오다.

정확히 따지자면 지금 두 사람의 위치가 뒤바뀌긴 했지만, 누가 봐도 한밤중에 몰래 찾아와 밀회를 즐길 것만 같은 장면이었다.

일전에 화인이 그의 집 앞에서 기다리자 한새가 화를 낸 적이 있었다.

그녀가 서둘러 변명하듯이 입을 열었다.

"네가 보고 싶은 걸 어떻게 해."

예고도 없이 치고 들어오는 그녀의 말에 한새는 순간 숨을 삼켜야 했다.

거침없는 말투에 장난기라곤 없는 진지한 눈동자.

그녀가 원하는 게 단순히 자신의 몸이라는 걸 안다.

그럼에도 이 순간이 설레어왔다.

"자꾸 생각나고 보고 싶은 걸 나더러 어떡하란 말야. 그냥 내가 여기 없다고 생각하면 안 돼? 얌전히 있을게, 그 방 안에 들어가겠다는 것도 아니잖아. 그저 네 옆에 조금만 더 가까이……."

"나도야."

뜬금없는 한새의 대답에 그녀가 되물었다.

"뭐?"

"나도 보고 싶었다고."

전혀 예상치 못한 그의 말에 화인의 입이 떡하고 벌어졌다.

뭔가 이상했다.

보고 싶다는 단어의 뜻은 같았으나 지금 두 사람이 서로에게 전하는 의미는 어딘가 달랐다.

그 미묘한 차이가 느껴져 화인은 고개를 갸웃거렸다.

"……너 뭐 잘못 먹었어?"

언제부턴가 한새가 조금 달라졌다.

무심한 눈동자와 시니컬한 표정은 여전히 변함없었지만 분명 어딘가 달랐다.

이따금 그가 내뱉는 말이 이상하게도 간질거렸다.

"너야말로 내가 무슨 말만 하면 왜 그런 반응이야?"

보고 싶었다는 말에 뜬금없이 맞장구를 치면서 사람을 당황시킨 건 바로 한새다.

그런데도 그는 태연하기 그지없었다.

이상하다는 시선을 보내는 화인을 향해 그가 창밖으로 상체를 숙여 더 가까이 다가왔다.

서로의 얼굴이 조금 더 가까워졌다.

그뿐이다.

그런데 이상하게도 위험한 분위기가 풍겼다.

그의 눈빛이, 나지막하게 흐르는 목소리가 그렇게 느끼게 하는지도 모르겠다.

"방 안으로 들어올래?"

"정말 그래도 돼?"

뭔가 미묘한 분위기가 흘렀지만, 지금 그가 내뱉은 말에 화인의 머릿속에 떠오른 생각은 순식간에 지워졌다.

입으로는 그래도 되냐고 다시 한 번 되묻고 있었지만, 당장이라도 현관문을 열고 방 안으로 들어올 것 같은 그녀를 향해 한새가 나직이 말을 이어 나갔다.

"내가 내 방에 들어오는 걸 허락한다는데 안 될 리가 없지."

방금 전까지만 해도 몸으로 유혹하라는 찬우의 조언을 우습게 여겼다.

그런데 이 짧은 순간 마음이 변했다.

이렇게 화인의 얼굴을 들여다보고 있자니 몸이 아니라 그 무엇이라고 해도……,

이 여자를 꼬시기 위해선 이용할 수 있을 것 같았다.

"단, 나와 같은 방에서 하룻밤을 보낸다는 게, 어떤 의미인지 안다면 말이야."

*　*　*

콰앙—!

얼마나 세게 쥐었는지 하얗게 변한 주먹이 커다란 책상을 내리쳤다.

그럼에도 분이 풀리지 않은 듯 몸을 가늘게 떨고 있는 남자는 바로 해준이었다.

"……지금 누구라고 했습니까?"

섬뜩하게 느껴질 만큼 낮게 가라앉은 목소리.

화를 억누르는 듯한 해준의 말에 그와 통화를 하고 있는 남자는 긴장할 수밖에 없었다.

—이한새라는 모델입니다. 요즘 인기가 아주 많아 웬만한 톱스타 못지않다고 합니다.

"고작 그런 놈이랑…… 우리 누나가 어울리고 있다고요?"

지금 해준이 내리친 책상 위에는 화인과 한새의 모습이 찍힌 사진들이 여러 장 널브러져 있었다.

믿기 어렵게도 그 사진 속에 화인은 웃고 있었다.

그동안 고생이 얼마나 심했는지 잔뜩 초췌해진 얼굴인데 표정만은 정반대로 행복해 보였다.

그는 지금까지 단 한 번도 본 적 없는 얼굴이었다.

"네가 오늘부터 내 동생이라고?"

해준은 아직도 그녀를 처음 만나던 날을 또렷이 기억한다.

자신을 내려다보며 설핏 웃는 모습을 영원히 잊을 수 없을 거라 생각했다.

누나가 자신을 보며 미소를 지어준 몇 안 되는 순간이었으니까.

그런데 그런 귀중한 화인의 웃는 얼굴과 달리 사진 속에 같이 찍혀 있는 한새는 귀찮아 죽겠다는 표정이다.

마치 일방적으로 그녀가 매달리는 듯한 분위기에 해준은 더욱 화가 치밀었다.

'감히…….'

잠시 아무런 말없이 분을 삭이고 있는 해준에게 전화 속의 목소리가 다시 말을 걸었다.

—어떻게 할까요?

"……이한새란 남자를 우리 회사 CF모델로 발탁하세요."

—네?

"그래서 당장 내일이라도 회사로 불러들이세요."

해준이 이를 악다문 목소리로 씹어뱉듯이 말을 계속 이었다.

"제가 직접 만나 봐야겠습니다."

당연한 말이지만 회사에는 이미 계약되어 있는 광고모델이 있다.

누구든지 일방적으로 계약을 해지하게 된다면 위약금을 물어야 하는데, 특히 이런 경우에는 계약금의 몇 배를 지불해야 하는 피해를 감수해야 했다.

하지만 전화 속의 남자는 그런 부분에 대해 단 한 마디도 하지 않았다.

이런 명령을 내린 사람이 다른 누구도 아닌 회장님의 유일한 외아들이자 후계자이기 때문이다.

—알겠습니다. 그럼 분부하신 대로 처리하겠습니다.

"최대한 빨리 약속 잡아서 다시 연락 주세요."

전화를 끊은 해준은 그대로 휴대폰을 책상 위로 내려치듯이 내려놓았다.

쾅—!

다시 한 번 커다란 소리가 울려 퍼졌지만, 그런 해준의 방에 들어오는 사람은 아무도 없었다.

집 안에 사람이 없어서가 아니라 아무도 그를 나무랄 수 없기 때문이다.

가죽의자에 거칠게 앉으며 해준은 머리가 아프다는 듯이 손으로 눈가를 가렸다.

"누나……."

화인을 다시 보기 위해 오 년을 참았다.

간신히 그녀의 앞에 나타날 수 있게 되었는데 이렇게 뜻밖의 상황이 펼쳐져 있을 줄 몰랐다.

지금까지는 그녀의 성격상 워낙 남자에게 관심이 없어서 누군가를 좋아하고 있을 거란 생각을 해본 적이 없었다.

아직 선불리 확정 짓기엔 이르지만, 그녀가 아무것도 아닌 남자와 이렇게 함께 있을 리 만무했다.

"나 또 늦은 거야?"

어려서 아무것도 해 줄 수 없었던 그때처럼 이번에도 늦은 건지 모른다.

하지만…….

해준이 다시 혼잣말을 중얼거렸다.

"그래도 더는 못 기다려."

포기할 수 있었다면 여기까지 오지도 않았다.

그리고 여기까지 온 이유는 더 이상 참지 않고 그녀를 갖기 위해서였다.

*　　*　　*

"들어갈 테니까 기다려."

남녀가 같은 방에서 하룻밤을 보낸다는 게 어떤 의미인지 모를 나이는 아니다.

하지만 그럼에도 불구하고 화인의 대답은 거침없었다.

일말의 고민도 없이 내뱉는 그녀의 말에 되려 한새가 조금 당황했다.

사실 두 사람이 사귀는 사이도 아니고, 서로의 마음을 확인한 것도 아니다. 막말로 다짜고짜 몸으로 들이댄 것이나 다름없었다.

그런데 오케이가 떨어진 것이다.

한새가 반신반의한 눈빛으로 그녀를 쳐다봤지만, 화인의 행동은 대답과 마찬가지로 망설임이 없었다.

그녀가 뚜벅뚜벅 걸음을 옮겨 방 안으로 들어오기까지 걸린 시간은 고작해야 몇 십 초 남짓이었다.

먼저 제안한 건 한새였지만, 그조차도 어리둥절하게 느껴질 정도로 총알 같은 속도였다.

하지만 이런 모습도 싫지 않았다.

가식적으로 내숭 떠는 것보단 이렇게 시원시원한 행동이 더 마음에 들었다.

그가 픽하고 웃으며 방 안으로 들어온 화인을 향해 나지막이 말했다.

"화끈한데?"

"내가 뺄 이유가 없지."

그녀가 내뱉는 달콤한 고백들을 진심으로 만들고 싶다는 감정에서 시작된 마음이다.

이렇게 빨리 진도가 나가게 될 거라고는 그도 예상하지 못한 일이었지만, 얼떨결에 전개된 상황이 그리 나쁘지만은 않았다.

"다시 한 번 묻지만, 이 방에 들어온 게 정확히 어떤 의미인지 아는 거야?"

"그럼 아니까 들어왔지, 모르는데 들어왔겠어?"

화인은 언제나처럼 당당했다.

수줍음 따위 느껴지지 않는 꼿꼿하게 핀 어깨가 색다른 매력으로 다가왔다.

한새가 턱짓으로 화장실을 가리키며 다시 말했다.

"먼저 샤워할래?"

"아니, 그건 귀찮아서 패스할게."

"그래도 괜찮겠어?"

"왜 무슨 문제 있어?"

뻔뻔한 얼굴로 물어 오는 화인의 말에 그가 되레 고개를 저으며 대답했다.

"너만 괜찮으면 나도 상관없어."

스윽—

말을 하는 것과 동시에 그가 입고 있던 셔츠의 단추를 두어 개 풀었다.

그 안으로 언뜻 보이는 탄탄한 가슴이 그림을 그려놓은 것처럼 완벽했다.

한새는 그런 남자였다.

전부 다 벗지 않아도 그 안에 있는 몸매가 얼마나 좋은지 짐작할 수 있게 만드는…….

그 상태 그대로 그가 느릿하게 걸어 화인을 향해 다가왔다.

마치 우아한 표범 같은 움직임.

별다른 동작을 취하지 않아도 그에게서 섹시함이 철철 넘쳐흘렀다.

그 모습을 빤히 쳐다보고 있던 화인이 더는 못 참겠다는 듯이 입을 열었다.

"뭐야, 지금 날 유혹이라도 하겠다는 거야?"

그녀의 질문에 한새가 깊이 가라앉은 목소리로 대답했다.

"……그 유혹에 이미 넘어왔다고 생각했는데?"

낮아진 그의 목소리가 마치 귓가에 속삭이는 것처럼 들려 아찔할 정도였다.

하지만 그 말을 들은 화인의 입가에는 어처구니없다는 듯이 작은 실소가 지어졌다.

"설마 아까 하룻밤에 대한 의미를 물어본 게 이런 뜻이었어?"

"이제 와서 몰랐다고 발뺌하는 거야?"

"당연히 몰랐지. 얼마 전까지만 해도 나한테 건드리지 말라고 경고하던 게 누군지 잊었어?"

화인의 말에 불현듯 그녀가 처음 이 집에 들어왔던 날이 떠올랐다.

실수로 물병이 쏟아져 옷이 젖는 바람에 그녀가 샤워를 하겠다고 우겨, 가벼운 말다툼을 하게 됐었다.

그 내용이 바로 자신이 그녀를 여자로 보지 않는다는 것과 만에 하나라도 덮칠 생각은 꿈에도 하지 말라는 내용이었다.

"하—."

한새의 입에서 기가 막힌다는 듯 실소가 터져 나왔다.

그는 거칠게 머리카락을 한 번 쓸어 넘기며 말을 이었다.

"그래서 네 말은…… 날 털끝 하나도 안 건드릴 자신이 있어서 여기에 들어온 거라는 말이야?"

"맞아."

말 그대로 너무나 당연하게 흘러나오는 그녀의 대답에 한새는 할 말을 잃고 말았다.

불과 얼마 전의 일이라 그도 또렷이 기억났다.

그런데 우습게도 얼마 전과 지금의 마음가짐이 정반대로 달라져 있었다.

그게 문제였다.

그래서 서로 완전히 다른 뜻으로 대화를 나누고 있던 것이다.

결론적으로 한새 스스로가 제 발등을 찍은 것이나 다름없었다.

한 마디로 쥐구멍이 있다면 딱 숨고 싶은 심정이다.

그런 그의 마음을 아는지 화인은 조금 전 그가 했던 말을 떠올리며 기가 막힌다는 듯 웃음을 터뜨렸다.

"그러니까 뭐야, 너도 결국 나한테 빠진 거야?"

마치 어쩔 수 없다는 듯이 자신감에 찬 그녀의 표정을 보고 있자니 억울함이 느껴질 정도다.

왜냐면 어느 누가 봐도 저 대사는 자신이 내뱉어야하는 것이기 때문이다.

그런데 더 큰 문제는 이런 그녀의 우쭐거리는 표정조차 귀엽게 느껴진다는 사실이다.

화인이 입가에 비웃음을 머금은 채로 다시 입을 열었다.

"말해 봐. 언제부터 날 그런 눈으로 본 거야?"

"내가 무슨 눈으로 널 봤다고 그래."

"여자로 보이지도 않는다면서 큰소리 칠 때는 언제고 깜찍하게도 내 몸을 노리고 있었던 거잖아."

"노리긴 누가 노렸다고……."

한새의 말은 끝까지 이어지지 않았다.

뚜벅뚜벅—

그녀가 조금도 흔들림 없는 표정으로 그를 향해 가까이 걸어왔기 때문이다.

종잡을 수 없는 그녀의 행동에 한새는 가만히 서서 지켜볼 수밖에 없었다.

"인간주제에 꿈도 커."

경고처럼 나직이 내뱉는 말에 한새의 미간이 찌푸려졌다.

현재 화인의 몸뚱이는 한낱 인간일 뿐이다. 하지만 가지고 있던 모든 힘을 잃었다고 해도 그녀가 대악마 벨로나라는 사실이 변하는 것은 아니었다.

그렇기에 그 속에 남아 있는 대악마라는 자긍심도 여전히 변함없었다.

"뭐, 아주 구미가 안 당기는 건 아냐."

슥—

그녀가 손을 뻗어 한새의 벌어진 셔츠자락을 손가락으로 한 번 쓸었다.

도발적인 행동.

지금까지의 그녀와 전혀 다른 느낌이었다.

화인은 그저 그를 똑바로 쳐다보며 말을 하고 있을 뿐이지만, 그녀에게서 뿜어져 나오는 카리스마가 대단했다.

대악마.

왜인지 불현듯 그 단어가 떠올랐다.

"오랜만에 받아보는 유혹이 나쁘진 않았지만……."

그녀의 눈동자가 맛있는 먹잇감을 눈앞에 둔 것처럼 번뜩거렸다.

"그래도 너는 안 돼."

하지만 강렬한 눈빛과 정반대로 입 밖으로 흘러나온 말은 차갑기 그지없었다.

인정한다.

대악마인 그녀가 한순간이나마 흔들릴 정도로 이한새라는 인간 남자는 대단히 매력적이었다.

하지만 그런 찰나의 욕망에 사로잡힐 정도로 지금 그녀의 처지가 여유롭진 않았다.

중요한 것은 다시 대악마로 돌아가는 것이다.

고작 불장난 따위에 한눈을 팔 생각은 없었다.

스윽—

한새의 셔츠자락을 만지던 그녀의 손이 다시 내려갔을 때, 풀려 있던 그의 단추가 다시 단정히 채워져 있었다.

명백한 거절이었다.

한새가 목까지 채워진 자신의 셔츠를 한 번 내려다보곤 그녀에게 시선을 돌렸다.

"악마라서 안 된다?"

"그 말도 맞지만, 난 지금 너랑 불장난 할 여유가 없어."

화인의 대답에 뜻밖에도 한새의 입가에는 흐릿한 미소가 지어졌다.

그녀의 말뜻을 못 알아들은 건 아니다.

하지만 이미 늦었다.

벌써 그의 마음속에는 불이 지펴진 상태였다.

못 올라갈 나무는 쳐다보지도 말라고 하지만 왜 그런 나무에 더 오르고 싶은 걸까.

사람 마음이란 게 참 알다가도 모를 일이다.

지금 한새의 마음이 꼭 그랬다.

우습게도 명백한 거절을 듣고 나니 더욱 오기가 생겼다.

"그래도 너 여자 보는 눈이 꽤 좋구나?"

화인은 마치 자신의 진가를 알아본 한새를 칭찬하듯이 말했다.

본인 입으로 이런 말을 하는 게 낯부끄러울 만도 했지만, 그녀는 조금도 서슴지 않았다.

똑바로 눈을 마주치며 개구쟁이처럼 씨익 웃는 모습이……

믿을 수 없게도 한새의 눈엔 귀엽게 비쳐졌다.

확—!

한새가 순식간에 커다란 손을 뻗어 그녀의 뒷목을 움켜쥐었다. 그러곤 그대로 고개를 숙였다.

아주 가깝게 서 있던 두 사람의 입술이 맞닿은 건, 눈 깜짝할 사이에 벌어진 일이었다.

계약을 할 때 이미 한 번 입맞춤을 나눈 사이다.

그때에도 한새는 그녀의 입술이 보드랍다고 느꼈지만, 제대로 입술이 맞닿은 지금과는 비교도 되지 않았다.

달았다.

키스가 이렇게 달콤한 것이었나 의문이 들 정도로.

능숙하게 입술 사이로 미끄러진 혀가 화인에게 닿으려는 찰나였다.

"……아!"

순간 진한 고통이 밀려와서 한새의 동작이 멈춰졌다.

그렇게 두 사람의 입술이 떨어지자 곧이어 입 안에서 진한 피맛이 났다.

화인이 그의 입술을 물어뜯은 것이다.

한새가 손등으로 입가를 훔치는 모습을 보며, 그녀가 어처구니없다는 듯 소리쳤다.

"죽고 싶어?"

"……아파."

하지만 한새는 그런 그녀의 행동에 조금도 개의치 않았다.

기습키스를 해 놓고는 정작 아무렇지도 않은 표정으로 서 있는 그를 보고 있자니 화인은 황당해질 수밖에 없었다.

"그래서 뭐! 내가 '많이 아팠어?' 이렇게 물어봐줄 줄 알았어?"

"어차피 닳는 것도 아니잖아."

"뭐?"

"이걸로 쌤쌤하자."

한새가 자신의 손바닥을 들어 올려 거기에 새겨진 문신을 보여 줬다.

그것은 바로 악마와의 계약을 했을 때 남겨진 증표였다.

당시에 그녀가 한새의 동의 없이 입술을 훔쳤었다. 그리고 그때 그녀가 내뱉은 말이 정확히 '뭐 닳는 것도 아니니 상관없잖아.'였다.

가만히 듣고 있자니 지금 그가 무슨 소리를 하는 건지 이해가 갔다.

화인이 기가 막힌다는 표정으로 그를 쳐다봤다.

"누구 마음대로 이게 쌤쌤이라는 거야?"

"설마 남자와 여자가 다르다는 말을 하려는 거야?"

"그게 아니라 상황이 다르잖아. 그때 나는 감정이 없었지만 지금 너는 날 좋아해서……."

"누가 그래, 내가 너 좋아한다고."

"아까는 나랑 같이 자고 싶다며. 그럼 방금 전 키스는 뭔데?"

"……그냥 갑자기 하고 싶어서."

틀린 말은 아니었다.

순간 그녀가 너무 귀엽게 보여서 키스를 하고 싶었다.

하지만 그의 말을 들은 화인의 표정은 가관이었다. 그녀가 질린다는 표정으로 그를 바라보며 말했다.

"짐승이야? 하고 싶다고 아무하고나 하게?"

"악마가 그런 말을 해도 되는 거야?"

"악마라고 아무하고나 막 뒹구는 줄 알아?"

"뭐, 널 보니 그건 아닌 것 같네."

다시 생각해 보니 그런 부분이 나쁘지는 않았다. 그녀에게 아무나가 되고 싶은 건 아니었으니까.

가볍게 웃고 마는 한새의 모습에 그녀가 이해가 안 된다는 듯이 말했다.

"처음에는 그렇게 고지식해 보일 수가 없더니 갑자기 너무 문란해지는 거 아니야? 헷갈리니까 둘 중에 하나만 해 줄래?"

정확하게 말하자면 그가 아무한테나 이런 욕구가 드는 게 아니었다.

화인이니까.

그녀가 자각하지 못하고 있을 뿐, 자꾸 그의 가슴에 불을 지피는 건 다름 아닌 그녀 본인이었다.

하지만 한새는 이런 마음을 화인에게 밝힐 생각이 조금도 없었다.

그가 원하는 건 자신의 상태를 전하는 게 아니다.

화인의 마음이었다.

그녀를 물끄러미 쳐다보던 한새가 마치 바람둥이 같은 얼굴 표정으로 말했다.

"글쎄, 그건 그날 기분에 따라 달라서."

"너도 참 반전 있는 캐릭터다."

화인이 고개를 절레절레 젓다가 어쩔 수 없다는 듯 다시 입을 열어 말했다.

"좋아, 이번 한번만 넘어줄게. 하지만 앞으로 내 허락 없이 이런 짓하면 가만 안 둬."

"가만 안 두면 어떻게 할 건데?"

"내가 왜 네 옆에 이렇게 껌딱지처럼 달라붙어 있다고 생각해? 지금은 이래 보여도 곧 악마로 돌아간다는 사실을 잊지 마."

"나중에 보복을 하시겠다?"

"원한을 묵혀두는 만큼 더 무섭게 되돌아갈 수도 있어. 평탄하게 살고 싶으면 괜히 건드리지 않는 게 좋을 거야."

"……무섭네."

사실이다.

노력은 하겠지만, 그녀를 안 건드릴 자신은 없었다.

지금도 입술을 물어 뜯겼지만, 키스를 한 것에 대한 후회는 없었다.

입술에 남겨진 쓰라림보다 키스를 했을 때 느꼈던 달콤함이 더 컸으니까.

"그래도 네가 나한테 아무 감정 없어 보여서 다행이다."

아무것도 모르는 그녀가 안심하는 표정으로 말하는 게 조금 안쓰럽게 느껴졌다.

"그거 알아? 나한테 이런 말을 하는 여자는 네가 처음이야."

"그렇다고 반하지 마."

반사적으로 나오는 그녀의 말에 한새가 키득키득 웃음을 터뜨렸다.

누군가를 좋아해본 적이 없었기에 그게 어떤 감정인지 알지 못한다.

하지만 한새는 자신이 너무 메마른 사람이라 사랑 따윈 하지 못할 게 분명하다고 생각했다.

그녀에게 자꾸 관심이 가는 건 사실이었지만……

그게 좋아하는 감정은 아닐 것이다.

"그런데…… 이왕 이렇게 된 거, 나 여기서 그냥 자고 가면 안 될까?"

갑작스러운 그녀의 황당한 제안에 한새가 기가 막힌다는 듯이 말했다.

"이런 상황에 그런 말이 나와?"

어이가 없다는 듯이 바라보는 한새의 시선을 이해 못 하는 것은 아니었다.

하지만 그녀에겐 그녀만의 사정이 있었다.

"알아, 나도 네가 무슨 말을 하는지 아는데…… 너무 피곤해서 그래."

그의 곁이 아니면 푹 잘 수가 없었다. 그녀는 한새와 조금만 멀어져도 나타나는 하급 악마들 때문에 골치가 아플 지경이었다.

하지만 그런 그녀의 사정을 조금도 모르는 한새는 단호한 표정으로 말했다.

"확 덮쳐버리기 전에 가라."

지금 그의 입술에 남아 있는 고통만큼 방금 전의 달콤함도 생생했다.

그런데 이런 상태에서 그녀를 옆에 두고 순수하게 잠을 잘 수 있을 리 만무했다.

"아 몰라, 나 안 나갈래."

아무것도 모르면서 막무가내로 버티려고 하는 그녀를 향해 한새가 다시 키스를 할 것처럼 다가갔다.

생각지도 못한 상황에 그녀는 자신도 모르게 숨을 들이 마실 수밖에 없었다.

서로의 입술이 닿기 전.

바로 코앞에서 멈춰 선 한새가 허스키한 목소리로 나지막이 말했다.

"똑똑히 들어. 네가 나중에 악마로 돌아갈지 몰라도 지금은 그냥 인간일 뿐이야."

한 치 앞에서 보이는 그의 눈빛은 마치 빨려 들어갈 것 같이 강렬했다.

"경고하는데 방금 전에 한 키스를 이어서 당하고 싶지 않으면 여기서 빨리 나가는 게 좋을 거야."

수컷냄새를 물씬 풍기는 그의 경고를 듣고 있자니 장난이란 생각은 들지 않았다.

화인이 못마땅하다는 듯이 얼굴을 찡그렸다.

이런 경고를 들어야 하는 자신의 입장이 마음에 들지 않았기 때문이다.

하지만 아무런 힘이 없었기에 마냥 무시할 수가 없는 게 현실이었다.

"……치사하게."

화인의 얼굴에 싫다는 감정이 적나라할 정도로 드러났지만, 결국 하는 수 없다는 듯이 밖으로 나가고 말았다.

한새는 자신이 원하는 대로 그녀를 쫓아내긴 했지만 그 후로도 잠을 이룰 수가 없었다.

선홍빛의 탐스러운 입술.

입술과 입술이 맞닿던 보드라운 감촉.

자꾸만 그때 그 장면이 반복되면서 머릿속에 떠올랐기 때문이다.

벌떡!

참다못한 그가 침대에서 몸을 일으켰다.

부엌에서 찬물이라도 한 잔 시원하게 마셔야겠단 생각을 하며 방문을 열 때였다.

그는 다시 한 번 놀랄 수밖에 없었다.

문을 열자 거기에 화인이 쪼그려 앉아서 꾸벅꾸벅 졸고 있었기 때문이다.

"……하."

이 여자를 정말 어떻게 해야 좋을까.

한새는 자신도 모르게 그녀의 앞에 턱을 괸 채로 앉아서 정신없이 잠에 빠진 모습을 바라봤다.

이런 집요한 모습이 싫지만은 않은 걸 보면……

자신의 머리가 어떻게 되어 버린 건지도 모르겠다.

* * *

깊이 잠들었던 화인의 눈이 떠졌다.

벽에 기댄 채 불편한 자세로 잠을 청했던 터라 아무래도 빨리 눈이 떠질 수밖에 없었다.

정신을 차린 그녀는 추운 날씨와 어울리지 않게 이상하게 따뜻한 기운이 감도는 걸 느낄 수 있었다.

고개를 숙이자 아니나 다를까.

자신의 위에 담요가 덮여 있다는 사실을 알아차릴 수 있었다.

"……뭐야?"

화인의 시선이 자신도 모르게 굳게 닫혀 있는 한새의 방문을 향했다.

이런 짓을 할 사람은 단 한 사람밖에 없었으니까.

그가 덮어줬다고는 믿기지 않을 정도로 귀여운 캐릭터가 그려진 핑크색 담요를 바라보다, 그녀가 어이가 없다는 듯이 웃음을 토해 냈다.

참 알다가도 모를 인간이다.

매정하게 쫓아낼 때는 언제고 이렇게 담요까지 덮어 주는 건 무슨 심보란 말인가.

게다가 그의 이런 이상행동은 처음이 아니다.

평소엔 한없이 냉정하게 보이다가도 추위에 떨고 있는 자신에게 문득 따뜻한 차를 건네준다.

여자라는 존재가 귀찮아 죽겠다는 듯 먼저 다가오지 말라고 바리케이드를 친 건 본인이면서, 자기 마음대로 한순간에 간격을 좁혀 다가왔다.

"……이상한 놈."

하지만 투덜거리는 말과 달리 화인의 입가에는 희미한 미소가 걸렸다.

가끔씩만 보여 주는 이런 따뜻함이 이상하게 특별취급을 받고 있다는 느낌을 들게 했다. 그래서인지 이럴 때면 착각인 줄 알면서도 가슴 한편이 간지러웠다.

"내가 불쌍해 보였으면 담요만 덮어 주고 갈 게 아니라 자기 침대로 옮겨 주면 좀 좋아?"

부드러워진 표정과 달리 연이어 불만을 토해 내며 화인이 차가운 바닥에 자리를 잡고 누웠다.

이왕 걸린 거, 여기서 제대로 잠을 잘 생각이었다.

바닥이 차갑게 느껴졌지만, 이상하게도 얇은 담요 때문인지 버틸 만했다.

*　　*　　*

그렇게 두 사람의 한 집 생활이 시작되었다.

화인은 멀쩡한 별채를 놔두고 언제나 한새의 방문 앞에서 잠을 청했고, 한새도 그런 그녀의 행동을 뻔히 알면서도 더 이상 아무 말도 하지 않았다.

서로 암묵적인 합의가 이루어진 것이다.

그 덕분에 화인의 얼굴은 눈에 띄게 좋아졌다.

더 이상 하급 악마들에게 괴롭힘을 당하지 않게 되자 편히 잠을 이룰 수 있게 되었기 때문이다.

며칠 만에 화인의 얼굴에 다크서클이 사라진 것과 동시에 운전 실력도 꽤나 향상이 되었다.

여전히 서투른 부분이 있긴 했지만, 그래도 목숨을 위협할 정도는 아니랄까.

끼익—

목적지에 도착한 화인이 차를 세우며 말했다.

"금방 올 거지?"

"귀찮은 일 없으면."

짤막한 대답과 함께 뒷좌석에 앉아 있던 한새는 차문을 열고 밖으로 나갔다.

에이전시 안으로 들어가는 그의 뒷모습을 바라보며 화인이 입술을 삐죽거렸다.

"하여간 저 입에서 순순히 대답이 나온 적이 없어."

하지만 그녀의 불만과 다르게 한새는 두 사람이 같이 살게 된 이후로 가능하면 빨리 집으로 돌아가고 있는 중이었다.

그 사실을 조금의 포장도 없이 표현했기에 그녀가 듣기에는 썩 좋지 않았지만 말이다.

지금도 찬우가 하도 직접 만나서 이야기를 하자고 조르는 바람에 어쩔 수 없이 나오게 된 것이다.

사무실에 도착한 한새는 소파에 앉아 다리를 꼬며 말했다.

"말해 봐. 무슨 일인데 사람을 오라 가라 하는 거야?"

무심한 한새의 표정과 정반대로 찬우는 마치 속이 타들어 가는 듯한 얼굴이었다.

"너 정말 이번에 들어온 CF 계약 안 할 거야?"

"또 그 소리야? 이미 안 한다고 몇 번이나 말했잖아."

"아니, 그러니까 이 좋은 걸 왜 안 하냐고!"

도통 이유를 모르겠다는 듯 길길이 날뛰는 찬우를 향해 한새가 간단명료하게 대답했다.

"바빠."

"뭐어?"

"여기서 더 일을 늘리고 싶지 않아."

최소한 화인과 계약한 일 년 동안은 조금 쉬엄쉬엄 활동을 할 생각이었다.

그가 모델이 된 이유도 순전히 여동생 한울이를 위해서였다.

그런 여동생의 목숨이 왔다 갔다 하는 마당에, 제아무리 조건이 좋다 해도 일을 더 늘리고 싶진 않았다.

거기다 최근엔 화인과 함께 있는 시간이 썩 재밌기도 했다.

"나도 웬만한 계약이면 너한테 이렇게 말 안 해. 그런데 저쪽에서 제시하는 조건이 정말 엄청나다니까? 이거 하나만 더 하자, 응?"

"그렇게 좋은 조건이면 나 말고도 하겠다는 사람들이 줄을 섰을 텐데 왜 굳이 날 지목하는 건데?"

"낸들 아냐. 하지만 중요한 건 앞으로 다시없을 기회라는 거지."

대한민국 대표 패밀리 레스토랑 솔트(salt).

전국에 체인점을 두고 있을 뿐만 아니라 3대째 이어진 경영으로 인지도가 탄탄했다.

오랜 시간 다져온 노하우와 친절한 서비스로 요식업계에서는 가장 으뜸으로 손꼽히는 곳이었기에, 솔트의 CF모델 자리는 누구나 탐을 내는 곳이었다.

더구나 솔트는 식자재 유통을 직접 해서 이윤을 많이 남길뿐더러, 경영진이 소문난 부동산 부자였기에 어지간한 재벌 못지않게 부유하다는 소문이 자자했다.

그런 곳에서 이번에 런칭한 새로운 메뉴 광고모델로 한새를 강력하게 원하고 있는 실정이었다.

하지만 정작 당사자인 한새는 아무런 감흥 없는 목소리로 말했다.

“난 지금 스케줄로도 벅차. 더는 소화 못 해.”

“진짜 이 좋은 기회를 단순히 그 이유로 날려 버리겠다는 거야?”

“작년에 점을 봤는데, 이번 년도 계약은 신중히 하는 게 좋다더라.”

말도 안 되는 변명에 찬우가 어이가 없다는 표정으로 째려봤다.

한새도 그냥 문득 떠올라서 장난삼아 내뱉은 말이었는데, 생각해 보니 이번 년도 들어서 가장 먼저 한 계약이 악마와의 계약이었다.

불현듯 화인이 가늘게 눈을 뜨고 째려보는 모습이 떠올라 그가 혼자 픽 하고 작게 웃었다.

그 모습에 찬우가 더 울화통이 터진다는 듯 말했다.

"넌 지금 얼마를 날리게 생겼는데 웃음이 나와?"

"형이 몇 번을 물어봐도 내 대답은 똑같으니까, 그만 물어봐."

한새가 자신이 할 말은 다 했다는 듯 자리에서 일어서려고 할 때였다.

찬우가 어쩔 수 없다는 듯 다시 입을 떼었다.

"알았어, 알았어. 그럼 내가 다른 스케줄을 다시 조정해 줄 테니까 이거 계약하자."

그 말을 들은 한새가 잠시 찬우의 얼굴을 빤히 쳐다보다 낮아진 목소리로 말했다.

"우리 대표가 요즘 욕심이 많네. 형보고 나한테 이것까지 시키래?"

순식간에 서늘해지는 한새의 목소리에 찬우가 자신도 모르게 움찔했다.

사실이다.

정작 이번 계약에 욕심을 내는 건, 당사자인 한새가 아니라 에이전시 대표였다.

찬우는 속으로 '하여간 눈치 빠른 새끼.'라고 중얼거리며 나지막이 말했다.

"너한테도 정말 나쁜 계약은 아니야, 인마."

한새는 말없이 미간을 찌푸렸다.

사실 다른 스케줄을 그만큼 빼 주면, 더 이상 CF를 거부할 이유는 사라졌다.

하지만 대표의 이런 강압적인 행동방식에 기분이 언짢아 질 수밖에 없었다.

마음 같아선 계속 안하겠다고 버티고 싶었지만 그래 봤자 피해를 보는 건 매니저 역할을 맡고 있는 찬우일 뿐이다.

그 놈의 정이란 게 뭔지, 대표와 자신의 사이에 껴서 고생하고 있을 그를 생각하니 쉽게 입이 떨어지지 않았다.

썩 내키지는 않았지만 그래도 일이었기에 신중히 결정을 내려야만 했다.

한새가 짜증스럽다는 듯이 머리를 쓸어 넘기며 나지막이 말했다.

"내 스케줄 얼마나 빼 줄 수 있는데?"

"야, 잠깐만 기다려. 내가 바로 알아볼 테니까."

무작정 싫다던 한새가 이렇게 말한다는 건, 반쯤 넘어온 것이나 다름없었다.

찬우가 기쁜 표정으로 컴퓨터 앞에 가서 앉았다.

그 모습을 가만히 지켜보고 있던 한새가 퉁명스럽게 말했다.

"메일로 보내줘. 확인하고 연락할게."

"알았어."

흔쾌히 대답하는 찬우의 눈에 문득 걸리는 것이 있었다.

컴퓨터로 고개를 돌리려던 그가 다시 한 번 한새의 얼굴을 들여다보며 걱정스레 물었다.

"그런데 너 누구랑 싸웠어? 입술이 왜 그래?"

"아, 이거?"

한새는 아직 상처가 완전히 아물지 않은 입술을 무의식적으로 만졌다.

화인에게 억지로 키스하다가 당한 상처였다.

그때를 떠올리며 한새가 나지막한 목소리로 말했다.

"다친 게 아니라 물렸어."

"어?"

무슨 소리냐는 듯이 쳐다보는 찬우를 향해 한새가 투덜거리듯 말했다.

"이게 다 형 때문이야."

"엥?"

"하여간 도움이 안 돼."

"뭔 소리야?"

"……그런 게 있어. 나 간다."

한새는 그 말만 남긴 채 휘적휘적 사무실을 걸어 나갔다.

가볍게 손을 한 번 흔들고 사라지는 그의 뒷모습을 바라보며 찬우가 못마땅하다는 듯이 중얼거렸다.

"뭐지? 나 궁금한 건 못 참는 성격인데."

하지만 아무리 머리를 굴려 봐도 그가 내뱉은 말의 뜻을 이해할 순 없었다.

*　　*　　*

한새가 에이전시로 들어간 후, 화인은 차 안에서 그를 기다리다 잠깐 화장실에 들르기 위해 밖으로 나왔다.

잠시 자리를 비운 그녀가 다시 자동차를 향해 돌아갈 때였다.

문득 조금 전까지는 보이지 않던 하얀 봉투가 자동차 창문에 꽂혀져 있는 모습이 보였다.

“이게 뭐지?”

화인이 의아한 표정으로 하얀 봉투를 집었다.

밀봉이 되어 있지 않은 봉투였기에 그 안에 종이 한 장이 들어가 있다는 걸 알 수 있었다.

내용물을 확인하기 위해 종이를 꺼내 펼쳤다.

“……!”

전혀 생각지도 못한 내용에 그것을 확인한 화인의 눈이 크게 뜨여졌다.

하얀 종이 위에는 새빨간 피로 이렇게 적혀 있었다.

감히 날 배신하다니 가만두지 않을 거야.

길지도 않은 문장이었지만, 그런 부분이 오히려 더 섬뜩하게 느껴졌다.

“누가 이런 걸 여기다 둔 거야?”

그제야 화인이 인상을 쓰며 주변을 살폈지만, 근처에 다른 사람의 모습은 보이지 않았다.

이 편지를 발견한 건 그녀였지만 이게 누구를 향한 말인지 단번에 알아차릴 수 있었다.

바로 한새다.

그가 대체 뭘 배신하고 어떻게 가만두지 않겠다는 건지 알 수 없었지만 기분이 급속도로 나빠지기 시작했다.

'감히 내 먹잇감을…….'

한새는 자신의 계약자다.

각자의 손바닥에 새겨진 똑같은 증표가 바로 그 증거였다.

악마들끼리는 서로의 계약자는 건드리지 않는 암묵적인 불문율이 있었다.

물론 이곳은 인간세상이었기 때문에 그런 부분에 대해 누군가가 알 리는 없겠지만…….

그래도 한새는 자신의 것이다.

더구나 그는 빠른 시간 안에 자신을 대악마로 돌아갈 수 있게 만들어 줄 유일한 존재.

그런 그를 위협하는 사람은 그게 누구라 해도 화인의 적이나 다름없었다.

꾸깃—

그녀의 손아귀에서 종이가 볼품없이 구겨졌다.

그때였다.

어느새 다가온 건지 그녀의 바로 뒤편에서 한새의 목소리가 들려왔다.

"여기 나와서 뭐하고 있어?"

그 말에 화인의 고개가 돌아갔다.

두 사람의 시선이 마주치자 한새는 자연스레 그녀의 손 안에 쥐어진 종이를 확인할 수 있었다.

자세히 들여다보진 않았지만, 누군가의 피로 적힌 혈서라는 사실을 금방 알아차릴 수 있었다.

한새가 아무렇지 않은 표정으로 입을 열었다.

"봤으면 버릴 것이지, 왜 가지고 있어."

생각보다 너무나도 태연한 그의 반응에 화인이 궁금하다는 듯 물었다.

"너 이런 거 많이 받아?"

"많이는 아니지만, 모델 생활 하면서 몇 번 받아본 적 있어."

"……기분 나빠."

화인은 이미 구겨진 종이를 더욱 형체를 알아볼 수 없을 만큼 찌그러트리고는 바닥에 던졌다. 그러고도 분이 안 풀리는지 발로 몇 번을 짓밟았다.

한새는 당사자인 자신보다 더 기분 나빠하는 그녀를 보고 있자니 괜스레 이상한 기분이 들었다.

"그런 거 처음 받아봐서 기분 나쁜가 본데, 내 옆에 있다 보면 익숙해질 거야."

"착각하지 마, 그런 거 아니야."

생각지 못한 부분이라 조금 놀란 건 사실이지만, 이런 협박을 받아본 게 처음은 아니었다.

오히려 그녀가 악마였을 때는 이런 종이쪼가리가 아니라 직접 목을 잘라 보내온 적도 있었다.

뭐 그렇게까지 과격한 협박이 아니라 다행이긴 했지만, 중요한 것은 자신을 향한 도전이라는 사실이다.

화인은 그를 건드리는 걸 용납할 생각이 없었다.

그가 위험하다면 몸을 사리지 않고 던질 자신도 있었다.

어차피 다쳐 봤자 고통이 따르긴 하겠지만, 상처는 순식간에 나아 사라질 테니까.

화인은 자신을 쳐다보며 피식거리는 한새를 향해 경고하듯이 말했다.

"넌 이런 거 받고 뭐가 좋다고 실실 거려?"

"그거 때문에 웃는 거 아니야."

너 때문이지.

한새는 뒤이어 나오려는 말을 삼키며, 그저 의미심장한 표정을 지을 뿐이었다.

그런 그의 얼굴을 그녀가 못마땅하다는 듯이 째려보다가 툭 던지듯이 말했다.

"걱정 마. 넌 내가 지켜줄 테니까."

그 순간 한새의 얼굴에서 장난기 어린 웃음이 지워졌다.

다시 생각해 봐도 저건 여자가 남자에게 해 주는 대사가 아니었다. 그 반대라면 또 모를까.

그런데 아무렇지 않게 툭 던지는 저 말이 결코 거짓이 아니란 걸 알기에 기분이 묘했다.

"함부로 그런 말 하지 마."

한새의 나지막한 목소리에 막 운전석에 올라타려던 화인이 고개를 들어 쳐다봤다.

다시 눈이 마주치자 한새가 픽 웃으며 말을 이었다.

"……가슴 설레니까."

톡톡—

그가 자신의 가슴을 한 손가락으로 가리켰다.

모델이기 때문일까.

이상하게도 그 모습이 근사해 보였다.

화인이 잠시 동작을 멈춘 채, 그를 바라보다가 나지막한 목소리로 말했다.

"미친놈."

"큭!"

그녀의 대답에 한새가 못 참겠다는 듯 웃음을 터뜨렸다.

평소라면 이런 협박장에 겉으론 아무렇지 않은 척 행동하더라도 속으로는 찝찝하고 불쾌했을 것이다.

그런데 신기하게도 그녀와 함께 있으니 이런 상황조차 유쾌하게 웃어넘길 수 있었다.

그것은 대악마인 그녀가 자신을 지켜 준다는 든든함 때문이 아니었다.

누군가가 소중히 여겨준다는 따뜻함 때문이었다.

"다시 한 번 말해 봐. 나를 어떻게 해 주겠다고?"

장난스럽게 들리는 그의 질문에도 그녀는 진지하게 두 눈을 빛내며 대답했다.

"너 털 끝 하나도 다치지 않게, 내가 지켜 준다고."

"다시 말해 봐."

"너 지켜 주겠다고."

"또."

끊임없이 되풀이되는 한새의 말에 화인이 표정을 와락 구기며 대답했다.

"죽을래?"

결국에 화를 내고 마는 그녀의 모습에 한새가 다시 한 번 웃었다.

이런 기분이라면 설사 안 좋은 일이 벌어진다 해도 웃으며 넘길 수 있을지도 모르겠다.

불현듯 그런 생각이 들었다.

그리고 그 생각은……

보기 좋게도 바로 이튿날 깨어졌다.

6
외로움과 닮은 것 같아서

또각또각—

길게 이어진 복도를 따라 한 쌍의 남녀가 걷고 있었다.

앞장서서 걷는 여자는 무척이나 깔끔한 정장 타입의 옷을 걸치고 있었고, 그 뒤를 따라 움직이는 건 다름 아닌 한새였다.

심드렁한 표정으로 여자의 뒤를 쫓아 걷는 한새는 내심 불만스러웠다.

지금 가고 있는 그 자리가 그리 내키지 않았기 때문이다.

스케줄까지 빼준다는 말에 어쩔 수 없이 얽히게 된 패밀리 레스토랑 솔트와의 계약.

그 계약서의 도장을 찍은 지 얼마 되지도 않아 그곳의 부사장이라는 자와 약속이 잡혔다는 거다.

한새의 성격상 그런 자리가 내키지 않는 것은 당연지사.

그렇지만 일과 관련된 사항이었기에 한새는 귀찮긴 했지만 이곳 솔트의 본사까지 발걸음 할 수밖에 없었다.

앞장서서 걷는 정장을 걸친 여자는 연신 뒤쪽에서 따라 걷는 한새를 곁눈질했다.

TV나 인터넷매체를 통해 몇 번이고 접해봤던 얼굴이지만 막상 실물을 보니 절로 시선을 빼앗기게 만들 정도의 외모다.

화려하면서도 어딘지 모르게 차가운 얼굴.

단번에 마음을 휘어잡아 버리는 신비한 눈동자와 말로 표현하기 힘들 정도로 또렷한 이목구비까지도 너무나 잘 어울리는 남자다.

자신을 향한 그녀의 시선을 잘 알면서도 한새는 모르는 척 외면했다.

이런 일은 그에게 무척이나 익숙한 일이었으니까.

그렇게 긴 복도를 따라 걷던 한새의 눈에 마침내 커다란 문이 모습을 드러냈다.

무척이나 고급스러워 보이는 문으로 다가간 여자는 한새를 향해 슬쩍 미소를 한 번 지어 보이고는 이내 안쪽을 향해 말을 걸었다.

"부사장님, 이한새 씨 오셨습니다."

그녀의 목소리가 나온 직후, 문 건너에서 사무적인 목소리가 흘러나왔다.

"들어오시라고 해."

대답이 떨어지자 정장을 입은 여자가 문을 열어 주며 옆으로 비켜섰다. 그러고는 짧게 목 인사를 하며 마지막으로 한새의 얼굴을 훔쳐봤다.

그런 시선을 뒤로한 채 한새는 열린 문을 통해 모습을 드러낸 사무실 안쪽으로 걸어 들어갔다. 그리고 그가 들어가기 무섭게 뒤쪽의 문이 닫혔다.

한새가 들어오자마자 느낀 사무실의 외부는 무척이나 넓고 화려했다.

그렇지만 그 어떠한 것보다 한새의 눈을 끄는 건 문이 열린 직후 모습을 드러낸 한 남자였다.

커다란 책상, 그리고 그 책상 정 중앙에 놓인 명패에 박혀 있는 글자.

부사장 박해준.

한새가 들어오는 순간까지도 책상 위에 놓여 있는 서류를 바라보던 그 박해준이라는 이름의 남자가 천천히 고개를 들었다.

서 있는 한새와 앉은 채로 고개를 들어 올린 해준의 시선이 허공에서 충돌했다.

하얗고 단정한 외모, 그렇지만 아직은 앳된 느낌이 남아 있어서 어딘가 모르게 귀여운 이미지마저 풍겼다.

그런데 그런 이미지와는 다르게, 쉽사리 범접하기 힘든 위엄이 느껴지는 신기한 남자였다.

한 마디로 귀공자 같달까.

한새도 여기까지 오면서 그에 대해 조금 들은 바가 있었다.

이십대 초반이라는 어린 나이에 부사장이란 직함을 달고 있는 걸 보면, 알다시피 그는 소위 금수저를 물고 태어난 부류였다.

3대째 이어져온 가업인 패밀리 레스토랑 솔트를 네 번째로 물려받게 될 남자.

그런 그가 살짝 흐트러진 자신의 양복 앞 매무새를 어루만지며 자리에서 일어났다.

한새보다 조금 작긴 했지만 훤칠하다고 말해도 모자랄 것 없는 해준이 성큼성큼 다가왔다.

"일단 앉으시죠."

그의 제안에 따라 한새가 말없이 소파에 앉자, 그가 자연스럽게 반대편에 자리했다.

잠시 한새를 탐색하듯이 바라보던 그가 나지막이 말을 이었다.

"화면에서 보던 것보다 실물이 더 잘생기셨군요."

말만 들으면 분명 칭찬인데, 이상하게도 가시가 돋쳐 있는 것처럼 들렸다.

그럴 수밖에 없었다.

조금도 웃음기가 느껴지지 않는 딱딱한 얼굴도 그랬지만, 무엇보다 이상하리만치 살벌한 눈빛이 자신에게 결코 호의를 가지고 있어 보이지는 않았다.

한새는 이 모든 상황이 의아하게 느껴질 수밖에 없었지만 그래도 일과 관련한 자리였기에 아무렇지 않은 얼굴로 대꾸했다.

"그렇게 봐 주시니 감사하군요."

"같은 남자가 봐도 이렇게 잘생겼다는 생각이 들 정도인데 따라다니는 여자가 아주 많으시겠어요."

"과찬입니다."

겸손하게 말하는 한새를 바라보며 해준이 피식하고 비웃음을 한 번 흘렸다.

대체 어떤 남자이기에 우리 화인 누나 얼굴에서 그런 웃음을 짓게 만들었을까, 내내 궁금했었다.

그런데 이렇게 실제로 만나보니 그래도 한 가지는 확실히 알 수 있었다.

자신이 예상했던 것 이상으로 잘생긴 남자라는 사실이다.

하지만 그뿐이다.

그 이상의 특별함은 없었다.

그의 눈에 비친 한새는 그저 잘 나가는 모델, 그 이상도 그 이하도 아니었다.

그런데도 그녀와 함께 있던 남자를 마주했다는 사실, 그 하나만으로도 생각보다 참기 힘든 불쾌감이 밀려들고 있었다.

"한 번쯤은 직접 만나고 싶다고 생각했는데, 제 예상보다 이 자리가 더욱 불편하군요."

뜻 모를 그의 말을 가만히 듣고 있는 한새 역시도 감정이 썩 좋지만은 않았다.

만난 지 그리 오랜 시간이 흐른 것도 아니지만, 벌써부터 슬슬 짜증이 밀려오는 기분이랄까.

이 알 수 없는 자리를 그나마 참고 있는 이유는 일과 관련된 만남이기도 했고, 지금이 아니면 두 번 다시 볼일 없는 사람이라고 생각했기 때문이다.

"돌려 말하는 재주가 없어서 단도직입적으로 묻죠."

스윽—

갑작스러운 말과 함께 해준이 한새의 앞으로 사진 한 장을 내밀었다.

그 사진 속의 인물들을 확인하자 한새의 반듯한 이미가 단번에 찌푸려졌다.

거기에는 자신과 화인의 모습이 찍혀 있었다.

불과 얼마 전으로 두 사람이 함께 있는 장면을 몰래 숨어서 촬영한 사진이었다.

한새가 불쾌한 기색을 조금도 감추지 않은 채 한껏 낮아진 목소리로 말했다.

"지금 제 뒷조사를 하신 겁니까?"

"정확히는 그쪽 뒤를 캔 게 아닙니다. 내가 알고 싶었던 건……."

그의 손가락이 사진 속의 화인을 가리켰다.

"화인 누나거든요."

한새는 이 상황을 도무지 이해할 수가 없었다.

지금 솔트의 후계자인 해준과 전생에 대악마였던 화인이 서로 알고 있는 관계라 이건가? 도대체 어떻게?

답을 알 수 없는 의문이 머릿속에 가득 생겨날 때였다.

해준의 목소리가 다시금 이어졌다.

"누나와 어떤 관계죠?"

"그건 제가 묻고 싶은 말입니다."

"당신이 지금 나한테 질문을 할 수 있는 입장이던가요? 묻는 말에나 대답하시죠."

이 자리에서 해준은 그를 계약한 고용주였다.

강압적인 해준의 말에 한새는 자신도 모르게 픽하고 낮게 웃음을 흘렸다.

"뭔가 착각하시는 거 같은데, 업무와 관련 없는 사적인 질문에 대답해야 할 의무는 없습니다."

"지금 당신과 대화하는 상대가 누구인지 잘 생각해 보고 말을 했으면 좋겠군요."

"광고 계약을 빌미로 권력남용이라도 하겠다는 뜻입니까?"

"제대로 이해했어요. 워낙 좋은 조건을 제시했기에 바로 계약서에 도장을 찍을 줄 알았는데, 예상외로 이번 일을 맡기 싫어하셨다고 들었습니다."

지금까지의 일을 생각보다 상세히 알고 있는 해준의 말에 한새는 뭔가 불길한 예감이 들었다.

그리고 이어지는 그의 말을 들으며 한새는 자신의 예감이 틀리지 않았다는 걸 알아차릴 수 있었다.

"덕분에 당신네 대표를 구슬리느라 시간이 좀 더 걸렸네요."

한새가 슬쩍 미간을 찌푸렸다.

워낙 돈을 좋아하는 대표였기에 그가 모르는 뒷거래가 오고 갔다는 건 이 정도만 들어도 충분히 예측할 수 있었다.

하지만 결국에 승낙한 건 자신이었고, 더군다나 지금은 도장까지 찍은 후다.

솔트와의 CF계약은 역시 하는 게 아니었다고 후회가 밀려왔지만 이미 늦었다.

계약이라는 게 그렇다. 이미 체결이 한 이상 일방적으로 다시 되돌릴 수는 없는 것이다.

한새가 못마땅한 표정을 지은 채 물끄러미 바라보자, 해준이 나지막한 목소리로 말을 이었다.

"자, 이젠 누나가 왜 당신과 한 집에 살고 있으며, 운전기사라는 말도 안 되는 일을 하고 있는지 정확한 설명을 듣고 싶군요."

누가 들어도 명백한 협박이었다.

한새의 머릿속에는 '왜?'라는 의구심이 지워지질 않았다.

더구나 그는 현재 자신과 화인의 대내외적으로 알려진 관계에 대해서 정확히 알고 있었다.

그런데 여기서 뭘 더 듣고 싶다는 것일까.

설마 그녀가 대악마라는 사실을 아는 걸까?

궁금증이 꼬리에 꼬리를 물고 계속 이어졌다.

분명한 건……

이 정도로 관심을 갖고 있는 걸 보아하니 보통 사이가 아니라는 것이다.

그리고 그 사실이 한새는 썩 유쾌하지 않았다.

곰곰이 생각에 빠진 한새가 아무런 말도 없자, 해준이 어쩔 수 없다는 듯 다시 입을 열었다.

"보상은 섭섭지 않게 해드리죠. 이 자리를 위해 당신과 CF계약을 한 걸 보면 알겠지만, 나와 여기서 어떤 대화를 나누느냐에 따라 당신이 계약한 광고료의 두 배, 그 이상도 지불할 마음이 있습니다."

지금 그가 제시하는 금액은 결코 적지 않았다.

가뜩이나 조건이 좋았던 솔트와의 광고계약. 그의 말대로라면 평범한 사람은 몇 년을 일해도 손에 만져보지 못할 금액이었다.

그리고 그런 엄청난 금액을 대가로 고작 몇 마디의 대답을 원하고 있었다.

한새는 이 갑작스러운 상황에 골치가 아팠다.

"저야말로 슬슬 궁금해지네요. 도대체 뭐가 알고 싶어서 이렇게까지 하는 건지."

"말했잖아, 당신과 누나 사이."

자꾸 대답을 회피하는 듯한 한새의 태도에 간신히 유지해오던 해준의 평정심이 무너졌다.

한새를 만나고부터 억누르고 있던 분노가 더 이상 참지 못하고 터져 나온 것이다.

그는 자신이 무슨 대답을 듣고 싶어 하는지 정확히 알고 있었다.

단 한 마디면 됐다.

그와 화인이 좋아하는 사이가 아니라는 말.

자신의 누나가 결코 이 겉만 번드르르하게 생긴 남자에게 마음을 주지 않았다는 그 소리가 듣고 싶었다.

하지만 만에 하나 그게 아니라면……

수단과 방법을 가리지 않고 두 사람을 떼어놓을 생각이었다.

지금 해준이 짓는 표정과 말투만 봐도 그가 얼마나 기분이 나쁜지 짐작할 수 있을 정도였다.

하지만 갈수록 기분이 좋지 못한 건 한새도 마찬가지였다.

"솔트 부사장님이라 그런지 통이 아주 크시군요. 고작 몇 마디 대답에 그런 금액을 주신다니……."

지금 한새가 하는 말이 순수한 칭찬이 아니라 비꼬는 거라는 건 누가 들어도 알 수 있었다.

한새가 서늘해진 눈빛으로 다시 말을 이었다.

"그런데 그 정도에 움직일 정도로 제가 궁핍하지 않아서 말입니다. 정 궁금하시면 당사자에게 직접 물어보시죠."

대악마와 그런 그녀와 계약한 인간의 관계.

이런 둘의 사이에 대해 설명한다고 해서 누가 믿어 줄 거라고 생각하지도 않았지만, 자신들에 대해 이토록 궁금해하는 남자에게 이 같은 사실을 밝히고 싶은 생각은 추호도 없었다.

여동생의 목숨과 관련된 일이기도 했지만……

그런 거창한 이유가 아니더라도 이상하게 그럴 마음은 들지 않았다.

"더 할 말 없으면 이만 일어나겠습니다."

자리에서 일어나려는 한새를 향해 해준이 조금 전보다 더 낮아진 목소리로 말했다.

"잘 들어."

언제부턴가 짧아진 말.

한새가 못마땅한 눈빛으로 그를 다시 쳐다봤다.

"계속 모델 생활 하면서 그 인기 유지하고 싶으면 누나랑 멀어지는 게 좋을 거야. 그렇지 않으면……."

해준이 그와 두 눈을 똑바로 마주치며 뒷말을 내뱉었다.

"너, 내가 가만두지 않을 거거든."

솔트라는 탄탄한 회사를 물려받을 후계자.

한새의 입장에서 해준은 가능하면 싸우고 싶지 않은 상대가 맞았다. 하지만 그렇다고 걸어오는 싸움을 피하고 싶은 생각은 없었다.

한새의 입꼬리에 흐릿한 비웃음이 걸렸다. 그러고는 이내 그의 입에서 자신 있는 목소리가 흘러나왔다.

"열심히 해 봐. 나라고 여기까지 도박으로 올라온 건 아니니까."

*　*　*

한새가 솔트 건물에서 나오자 찬우가 밝은 표정으로 그를 맞이했다.

"부사장이 왜 널 보자고 한 거야?"

"몰라도 돼."

그의 표정이 묘하게 굳어져 있는 걸 확인한 찬우가 놀란 얼굴로 다시 말했다.

"너 설마 저기 들어가서 네 성질대로 하고 나온 건 아니지?"

"그런 말 남이 들으면 내 성격이 더럽다고 오해하겠어."

한새의 반박에 찬우는 하고 싶은 말을 꾹 참으며 입술을 깨물었다.

어디로 보나 한새의 성격이 싸가지 없는 건 사실이었으니까.

"표정이 별로 안 좋은데 정말 무슨 일 있었던 건 아니지?"

"형이 걱정할 만한 일은 없었어."

한새의 말은 사실과 전혀 달랐다.

저 안에서 있었던 일을 구구절절이 말해 봤자 찬우에게 쓸데없는 걱정만 끼칠 뿐이라는 판단 때문이다.

그랬기에 한새는 굳이 조금 전에 있었던 일을 다른 사람에게 말할 생각이 없었다.

"그것보다 나 할 일이 생각나서 그런데 빨리 가자."

한새는 당장이라도 화인을 만나서 오늘 만난 해준에 대해 묻고 싶었다.

하필이면 오늘 찬우와 이것저것 함께 처리해야 할 일이 많아서 그녀를 두고 온 것이 후회가 될 정도다.

"뭔데? 급한 일이야?"

찬우는 영문을 모른 채 그를 따라 길을 재촉할 뿐이었다. 그러다가 불현듯이 떠오른 생각에 슬쩍 주변을 살펴보며 한새를 향해 조심스럽게 물었다.

"그런데 솔트 부사장 실제로 보니까 어때? 소문으로는 엄청나게 잘생긴 미남이라던데. 아직 얼굴이 알려진 게 아니라 이 바닥에 소문만 무성하잖아."

"글쎄."

"야, 넌 봐놓고도 몰라?"

"나보다 잘생긴 게 아니라 잘 모르겠네."

"……허."

빠른 걸음으로 걸어가던 찬우가 순간 어처구니없다는 표정으로 한새를 쳐다봤다. 그러곤 다시 나직한 목소리로 말했다.

"내가 참 너한테 괜한 질문을 한다. 사람들이 하도 입양할 때 얼굴보고 한 거 아니냐고 하길래……."

"뭐?"

우뚝—

찬우의 말을 들은 한새의 발걸음이 멈췄다.

그가 갑자기 멈춰 선 한새를 의아한 표정으로 바라보며 말했다.

"왜? 급한 일 있다며?"

"방금 뭐라고 그랬어?"

"내가 너한테 괜한 질문을 했다고?"

"아니, 그다음에 입양 어쩌고 한 거 말이야. 그게 무슨 말이야?"

"이거 유명한 소문인데, 못 들어봤어?"

한새는 처음 듣는 이야기였다.

워낙 남의 이야기에 관심이 없어서 설령 스치듯이 들었다고 해도 그걸 지금까지 기억하고 있을 리 없었다.

"……솔트 부사장이 외아들이 아니고 입양아야?"

"응. 친자식은 아들이 아니라 딸이었을걸? 그런데 후계자로 삼은 게 입양한 아들이라 당시에 말이 많았지. 사실은 숨겨 놓은 자식 아니냐, 뭐 그런 거."

불현듯이 조금 전 해준이 화인을 향해 꼬박꼬박 누나라고 부르던 게 머릿속에 떠올랐다.

한새가 그답지 않게 다급한 목소리로 말했다.

"그럼 친딸은?"

"나야 모르지. 소문으로는 죽었다는 말도 있고."

"죽어? 아무도 어디 있는지 모른다는 거야?"

"그렇지. 그러니까 그런 말이 도는 거겠지."

박해준. 박화인.

지금까지는 대수롭지 않게 생각했지만, 그 두 사람이 같은 성씨를 쓰고 있었다.

'설마…….'

한새의 머릿속에 한 가지의 가정이 떠올랐다.

만약 화인이 방금 전 만났던 그 부사장이라는 남자와 법적으로 이어진 남매가 아닐까 하는 그런 생각이 말이다.

물론 이해가 안 되는 부분도 많았다.

무엇보다 부잣집 외동딸인 화인이 아르바이트를 하며 힘겹게 살아가고 있었다는 게 말이 되질 않는다.

하지만 그럼에도 불구하고 한 번 떠오른 생각은 머릿속에서 떠나지를 않았다.

심각하게 굳어진 한새의 얼굴을 들여다보며 찬우가 걱정스럽게 물었다.

"뭐야? 갑자기 왜 그러는 건데?"

"하……."

한새는 자조적으로 웃음을 터뜨릴 뿐이었다.

참 박화인이라는 여자는 까도 까도 끝이 없는 양파 같았다.

처음에는 그저 정신 나간 여자인 줄 알았는데 나중에 알고 보니 대악마이지를 않나. 이제는 솔트의 외동딸일지도 모르는 상황이다.

"형, 차키 줘봐."

"응?"

영문을 모르는 찬우가 얼떨결에 한새의 손에 차키를 넘길 때였다.

여기까지는 빠른 걸음으로 걸어왔던 한새가 더 이상은 못 참겠다는 듯 앞을 향해 달려 나가며 그에게 소리쳤다.

"나 먼저 갈 테니까, 형은 택시 타고 가."

박화인이라는 여자에 대해 궁금한 게 너무도 많았다.

대악마인걸로도 모자라 출생의 비밀이라…….

살면서 누군가에 대해 이토록 궁금했던 적이 있었는지 모르겠다.

한 가지 분명한 건……

이 궁금증을 해소하기 위해선 그녀를 만나야 한다는 사실이다.

"뭐? 야! 이한새!"

갑작스러운 그의 행동에 찬우가 깜짝 놀라 소리쳤지만, 그의 이름에 주변 사람들이 쳐다보자 다시 입을 다물 수밖에 없었다.

"뭐야, 갑자기 왜 저래."

도통 저러는 이유를 알 수 없어서 찬우는 제자리에 서서 고개를 갸웃거릴 수밖에 없었다.

"……설마 진짜 부사장이랑 무슨 일이 있었던 건 아니겠지?"

갑자기 드는 불길한 생각에 찬우는 고개를 좌우로 흔들었다.

쓸데없는 생각을 머릿속에서 지우기 위해서였다.

"아닐 거야, 암."

그렇게 자기 암시를 걸면서 그는 천천히 택시를 잡기 위해 걸어갔다.

*　*　*

끼익— 끼익—

화인은 놀이터에서 그네를 타고 있었다.

얼마 만에 타는 건지 모를 정도로 오랜만에 타보는 놀이기구였다.

어차피 한새도 없는 집 안에서 혼자 그를 기다리고 있는 건 아무 의미도 없는 일이었기에 잠깐 바람이나 쐴 겸 나온 길이었다.

마침 집 근처에 있던 놀이터가 눈에 띈 건 순전히 우연이었다.

더군다나 지금은 한새가 곁에 없는 순간마다 득달같이 나타나던 하급 악마들의 모습도 보이지 않았다.

이렇게 조용히 혼자만의 시간을 가져보는 게 얼마 만인지 모를 정도였다.

화인이 오랜만에 찾아온 평화를 만끽하며, 느릿한 속도로 그네를 타고 있을 때였다.

"으아아앙!"

갑자기 들려온 아이의 커다란 울음소리에 그녀의 시선이 소리가 들려온 방향으로 향했다.

그러자 그곳엔 한 어린아이가 넘어져 혼자 서럽게 울음을 터뜨리고 있었다.

"으앙, 엄마아."

아이의 부름에 벤치에 앉아 있던 여자가 서둘러 그리로 달려갔다. 그러곤 넘어진 아이를 향해 나름 엄한 목소리로 말했다.

"뚝! 엄마가 넘어지면 어떻게 하라고 했지?"

"호, 혼자 일어나라고 했어."

"자, 그럼 울지 말고 어서 일어나야지."

여자의 말에 아이는 고사리 같은 작은 손으로 모랫바닥을 짚으며 자리에서 일어났다. 그러곤 그대로 엄마의 품 안으로 달려가 못다 한 울음을 훌쩍였다.

"으흑."

"혼자 일어설 줄도 알고, 우리 아들 아주 장하네."

모자지간의 모습을 물끄러미 바라보던 화인이 이내 고개를 돌렸다.

'엄마라…….'

그리운 이름이었다.

그리고 그만큼 가슴속에 아프게 기억되는 이름이기도 했다.

화인은 아직도 종종 생각한다.

왜 진짜 인간으로 태어났어야 했는지.

그냥 능력을 쓰지 못하는 상태로 내려와 벌만 받으면 안 됐던 걸까.

그랬다면 최소한 절망이라는 감정은 배우지 않았을 텐데…….

그녀는 자신도 모르는 새에 기억 저편에 묻어 두었던 과거를 떠올리고 있었다.

사실 처음 인간 세상으로 내려가 벌을 받아야 한다는 걸 알았을 땐 별로 두려운 것이 없었다.

이곳에서 무슨 일이 벌어진다고 해도 별문제가 될 것 같지 않았으니까.

어차피 팔십 년이라는 짧은 생이다.

능력을 못 쓰는 게 조금 불편하긴 하겠지만, 그냥 휴가 왔다고 생각하고 편히 쉬다가 돌아갈 생각이었다.

그리고 그런 그녀의 낙천적인 생각은……

우습게도 인간 세상으로 내려온 첫날부터 산산조각 나고 말았다.

"우에에에엥!"

시끄러웠다.

귓가를 가득 메우는 울음소리에 정신이 하나도 없을 지경이었다.

더구나 눈도 제대로 떠지지 않고, 몸조차 똑바로 가눌 수 없는 상태다.

엄청난 고통에 기진맥진하다고 해야 할까.

난생처음 느껴보는 감각을 뭐라고 말로 표현할 수가 없었다.

누구라도 좋으니까 제발 저 울음소리 좀 멈춰달라는 생각을 하고 있을 때였다.

그녀의 귓가에 누군가의 목소리가 들려왔다.

"사모님 축하드려요, 예쁜 따님이에요!"

뭐, 뭐라고?

그 말을 들었을 때 충격은 가히 설명할 수가 없을 정도였다.

아무리 노력해도 손가락 하나 까딱하기조차 힘들었을 때, 머릿속에 천천히 지금 이 상황이 파악되기 시작했다.

'설마, 설마!'

내가 갓난아이로 다시 태어났다는 건가.

지금 이 목청껏 울어 젖히는 울음소리가 내가 내는 소리란 말이야?

믿을 수가 없었다.

믿고 싶지도 않았고.

무언가 잘못 돼도 한참이나 잘못됐다는 생각이 들었다.

속으로 온갖 육두문자를 내뱉으며 이 말도 안 되는 상황에 불만을 토해 낼 때였다.

"내 아기, 사랑스러운 내 아이."

너무나도 따뜻한 목소리였다.

저 다정한 말이 자신을 향하고 있단 생각에 순간 사고가 정지됐다.

곧이어 이마에 부드러운 입술 감촉이 닿았다가 떨어져 갔다. 생전 처음 받아보는 무조건적인 사랑에 어안이 벙벙했다.

그렇게 하루, 이틀…… 그리고 열흘.

수십 일이란 시간이 흘러도 여전히 그녀가 표현할 수 있는 방법은 우는 것밖에 없었다.

그래서 배가 고파도 울고, 화장실이 가고 싶어도 울고, 잠이 안 와도 울었다.

여태껏 대악마 벨로나로 살아오면서 이토록 나약했던 적이 있었던가.

스스로 할 수 있는 게 아무것도 없었다.

그런 무기력한 그녀의 옆을 온종일 돌보고 보살펴 주었던 게 바로 엄마란 존재였다.

처음부터 마음을 내준 것은 아니었다.

점차 시간이 지날수록 감정이 생겨났고, 결국에 사랑하지 않을 수가 없었다.

대악마는 어둠 속에서 잉태되어 태어나는 순간부터 온전한 힘을 갖추고 있는 존재다.

그런 그녀에게 인간이 갖는 부모라는 대상은 그만큼 경이로운 것이었다.

진심으로 사랑했는데……

어디서부터 잘못됐던 걸까.

"이게 뭐지?"

엄마는 그녀의 어깨에 나 있는 점이 조금씩 커지기 시작한다는 걸 깨달았다.

처음에는 대수롭지 않게 넘겼지만, 화인이 유치원을 다닐 정도로 성장하자 그게 숫자 모양이라는 걸 알아차릴 수 있었다.

문신을 한 적조차 없는 조그만 아이의 어깨에 숫자가 적혀 있다는 건 누가 봐도 이상한 일임이 틀림없었다.

더구나 문제는 거기서 끝이 아니었다.

"수, 숫자가 변했어?"

마치 카운트다운이라도 하듯이 그녀의 어깨에 새겨진 숫자는 하루가 다르게 변해 갔다.

그리고 서서히 엄마도 달라지기 시작했다.

"다녀올게요, 엄마."

"……."

어느 순간부터 그녀가 노란색 유치원 차에 올라타며 인사를 건네도 엄마는 대답하지 않았다.

매일 집으로 돌아오면 해 주던 입맞춤도, 유치원에서 돌아올 때마다 오늘은 뭘 배우고 누구랑 놀았냐며 다정하게 물어오던 질문들도 사라졌다.

그때 즈음 화인은 부모님이 매일 밤마다 싸운다는 사실을 알게 되었다.

"여보, 화인이가…… 정말 이상해."

"우리 애가 어디가 이상하다는 거야?"

"내가 말했잖아, 어깨에 숫자가 새겨져 있다니까? 그것도 하루가 지날수록 변하고 있어. 아마 내일이 되면 또 달라져 있겠지."

"그건 나도 들어서 알아. 하지만 병원에 가서 검사를 해도 아무 이상도 없다고 하잖아."

"이상이 없는데 어떻게 저럴 수 있어?"

"아직 현대 과학으로 증명되지 않는 일들도 많아. 납득이 안 가는 건 사실이지만, 그래도 건강에 아무 문제없다니까 그건 다행이잖아."

"지금 건강이 중요한 게 아니야. 내가 내 입으로 이런 말 하기는 그렇지만, 악마는 몸에 666이란 숫자가 새겨져 있다고 하잖아."

"그래서 하고 싶은 말이 뭔데? 우리가 낳은 딸이 악마라도 된다는 거야?"

"……나 무서워, 여보."

"제발, 그만 좀 해."

어둠 속에 숨어서 대화를 엿들으며, 화인은 마음속으로 다짐했다.

'이제부터 편식하지 말아야겠다. 절대 투정부리지 않고, 공부

도 열심히 해야지.'

다시 엄마의 사랑을 받기 위해 부단히도 노력할 거라고 그렇게 굳게 결심했다.

하지만 화인의 노력과 달리 몇 년이 지나도 엄마는 변하지 않았다.

점점 자신을 바라보는 눈빛은 싸늘해지고, 얼굴은 피폐하게 변해 갔다.

그러던 어느 날이었다.

학교를 끝내고 집으로 돌아온 그녀가 엄마를 찾아가서 인사를 건넸다.

"다녀왔습니다."

그때까지 엄마가 취미생활로 즐기며, 그나마 마음의 위안을 얻던 것이 바로 꽃꽂이였다.

갑작스러운 화인의 목소리에 놀란 엄마가 몸을 움직이면서 커다란 선반에 부딪힌 건 순전히 사고였다.

선반 위에 있던 화분과 꽃병들이 순식간에 엄마를 덮쳤다.

와장창창—!

유리병이 깨지는 날카로운 소리가 공간을 가득 울렸다.

가까스로 달려가 엄마를 품에 감싸 안은 화인이 안도의 한숨을 내쉴 때였다.

"너, 너……!"

엄마는 경악에 가까운 눈빛으로 그녀를 쳐다보고 있었다.

화인의 몸에는 온통 유리로 베인 상처들이 가득했다.

붉은 피가 얼굴이며 몸이며 할 것 없이 사방에서 흘러내리고 있었다.

고통은 생생히 느껴졌기에 화인의 얼굴 표정도 좋지는 못했다.

그런데 그 찰나의 순간이 지나자……

거짓말처럼 상처가 낫기 시작했다.

눈으로 보일 정도로 빠른 속도로 치유가 되던 상처들은 어느 순간 흔적도 없이 사라져 있었다.

"으아아아아!"

곧이어 엄마의 가느다란 비명 소리가 울려 퍼졌다.

화인은 귀를 막고 공포에 질려 있는 엄마를 향해 다급하게 입을 열었다.

"아니야, 엄마. 그런 거 아니야."

상처가 순식간에 나아버릴 거라는 건 알고 있었다.

그것을 본 엄마가 자신을 더 미워할지도 모른다는 것도 충분히 예상할 수 있는 상황이었다.

하지만 그런 것 따위 계산하지 못할 정도로 엄마가 소중했기에 몸이 먼저 나가 버렸다.

자신이 대악마란 건 부정할 수 없는 사실이지만, 그래도 이번 생에 엄마한테 태어난 딸이라고…….

말하고 싶었다.

가능하다면 모든 것을 밝히고 해명하고 싶었다.

"아아아악! 누가 좀 살려 줘요!"

하지만 엄마는 그 어떤 말도 들으려 하지 않았다.

"엄마, 내 말 좀 들어 봐요."

"건드리지 마! 그 손으로 날 건드리지 말라고!"

당장이라도 발작을 일으킬 것만 같은 엄마의 반응에 화인은 결국 그녀를 잡고 있던 손을 놓고야 말았다.

이 소란으로 인해 엄마가 복용하는 정신병원의 약은 더 늘었으며, 화인은 더 이상 그녀에게 인사조차 건넬 수 없게 되었다.

엄마와 자신이 지냈던 수많은 날들을 전부 최면으로 잊게 만들 수는 없었지만, 적어도 이 순간만큼의 기억이라도 없앨 수 있다면 그렇게 하고 싶은 마음이 간절했다.

하지만 혈연으로 이어진 관계라 그런 건지 부모님에게는 그녀가 가진 유일한 능력인 최면술조차 통하지를 않았다.

항상 무뚝뚝했던 아버지가 한 마디의 상의도 없이 갑자기 남동생을 입양해서 데려온 것도 바로 그때 즈음이었다.

뒤를 돌면 사람들이 수군거리는 목소리가 들려왔다. 하지만 신경 쓰지 않았다.

엄마와 격리되어 더 이상 만날 수 없게 되면서 화인도 점점 인간의 삶에 지쳐가고 있었다.

엎친 데 덮친 격으로 자신을 찾아와 드문드문 괴롭히던 하급 악마들도 어느 샌가부터 재미를 붙였는지 대놓고 괴롭히기 시작했다.

밤마다 잠을 못 이루는 나날들이 계속 이어졌다.

아무에게도 이런 사실을 들키고 싶지 않았기에 평소처럼 행동했지만 그것도 점점 버거워져만 갔다.

그녀의 노력과는 상관없이 가족관계는 점점 위태롭게 변하고 있었고, 마침내 그녀가 고등학교 수학여행을 떠나던 날 완전히 끝이 났다.

화인이 타고 가던 전세버스가 추락하는 사고가 벌어진 것이다.

버스는 그 자리에서 폭발했고, 그 안에 타고 있던 모두가 사망했다.

단 한 사람.

머리카락 한 올조차 다치지 않은 채 살아남은 화인이만 빼고 말이다.

학교에선 대대적인 장례식이 치러졌고, 모두가 그녀만 무사한 것을 납득할 수 없어 했다.

덩달아 그녀에 대한 안 좋은 소문이 돌기 시작했다.

귀신이 붙었다는 소문에 이어 그녀의 주변에 있다가 괜한 사고에 휘말렸다는 말들, 심지어 그 때문에 엄마가 정신병을 앓고 있다는 것까지.

과장되고 부풀려진 소문들이 삽시간에 사람들의 입에서 입으로 퍼져 나갔다.

감정이 격해진 몇몇 사람들은 그녀를 붙잡고 비난을 퍼부어 댔다.

"너 때문에 죽은 거야!"

"저주받은 년."

처음엔 몇 명이었지만, 어느 순간부터 사방에서 사람들이 그녀를 죽이기라도 할 것처럼 달려들었다.

그들은 하나같이 화인이의 머리카락이며 옷을 쥐어뜯으며 저마다 온갖 원망의 말을 쏟아 냈다.

그녀는 그저 입을 꾹 다문 채, 아무런 변명도 하지 않았다.

어차피 아무도 자신의 말에 귀 기울여 주지 않을 걸 알았으니까.

이 많은 사람들의 기억을 모조리 최면으로 지울 수도 없는 노릇이다.

지금의 화인에겐 그럴 만한 힘도 없었고, 그렇기에 그녀가 할 수 있는 일 또한 없었다.

모든 일이 그녀의 손을 떠나갔다.

처음엔 몰랐는데 언제부턴가 주변을 돌아보니 지독히도 혼자였다.

그리고 스스로에겐 이렇게 되어 버린 상황을 바꿀 수 있는 그 어떤 힘도 남아 있지 않았다.

아무 데도 갈 곳이 없었고, 어디서도 그녀를 반겨 주지 않았다.

화인은 어두운 방 안에 혼자 웅크리고 앉아 낮은 목소리로 중얼거렸다.

"내가 다시 대악마로 돌아가면…… 3차 세계 대전을 일으켜 버릴 거야."

으득—

이를 갈며 그녀가 분에 찬 목소리로 다시금 말을 이었다.

"하급 악마들도 눈에 보이는 족족 전부 씨를 말려 죽여 버릴 거고!"

가슴이 터질 것 같이 화가 나는데, 이상하게도 눈시울은 점점 뜨거워졌다.

"……그러니까 이런 날 말리고 싶으면, 지금이라도 이 삶을 끝내게 해 줘."

당장이라도 다시 대악마로 돌아갈 수만 있다면 모든 걸 용서할 수 있을 것 같았다.

그렇게 빌고, 또 빌어도 자신에게 내밀어 줄 손이 하나도 없다는 걸 뼈저리게 깨달을 만큼, 인간의 몸으로 지내는 십여 년의 삶은 꽤나 긴 것이었다.

화인은 집을 떠나오기 전, 마지막으로 정신병원에 입원하게 된 엄마를 찾아갔다.

병원 이름이 잔뜩 프린트된 환자복을 입고, 삭막해 보이는 병실에 혼자 앉아 있는 엄마를 보니 아직도 마음 한편이 아려왔다.

처음으로 사랑한 인간이었다.

그리고 처음으로 자신을 외면하고 상처를 주고 간 인간이었다.

"엄마……."

"……."

화인의 목소리에도 엄마는 초점 없는 눈동자로 어딘가를 멍하게 바라볼 뿐이었다.

애초에 대답을 기대했던 건 아니었기에 그녀가 나지막이 말을 이었다.

"그런 생각을 했어요, 내가 엄마 딸이 아니었으면 어땠을까 하고."

참으로 따뜻한 사람이었다.

대악마인 자신이 태어나지만 않았어도 분명 오순도순 예쁘게 살아갔을 것이다.

"……미안합니다."

그녀의 마지막 말에 엄마의 눈동자가 천천히 움직였다.

그러곤 화인을 똑바로 직시하며 발작하듯이 고래고래 소리를 질렀다.

"사라져! 당장 내 눈앞에서 꺼지란 말이야!"

커다란 소리에 병실 밖에 대기하고 있던 간호사들이 우르르 몰려들었다.

당장이라도 화인을 향해 덤벼들 것만 같은 엄마를 사람들이 달라붙어 떼어낼 때였다.

"넌 괴물이야!"

반박할 수 없었다.

"……나는 네가 무섭다."

틀린 말은 아니었으니까.

광기 어린 그 눈빛으로 바라보며 화인은 차마 입 밖으로 꺼내지 못한 말을 속으로 중얼거렸다.

사랑했노라고.

그리고 당신에게 사랑받고 싶었노라고.

그게 엄마와의 마지막이었다.

끼익— 끼익—

화인이 기계적으로 그네를 타며 멍하니 과거의 기억에 잠겨 있을 때였다.

탁.

누군가가 그녀가 타고 있는 그넷줄을 잡아당겼다.

덕분에 그네가 멈춰 서자, 화인의 초점 없던 눈동자가 그리로 움직였다.

그러자 조금 전까지는 눈치채지 못했던 거친 호흡과 귀에 착 달라붙을 만큼 듣기 좋은 허스키한 목소리가 들려왔다.

"여기서 뭐 하고 있어?"

고개를 돌리자 반짝반짝 빛이 나는 한새의 은발 머리가 눈에 들어왔다.

역광으로 비추는 햇살 때문에 마치 한 줄기의 빛 같다고 느껴졌다.

아니, 어쩌면 그는 빛이 맞았다.

자신의 어두웠던 세상에 단 하나의 빛이 되어준 인간.

"내가 여기 있는 줄 어떻게 알았어?"

조용조용한 화인의 물음에 그가 일순 표정을 구기며 낮은 목소리로 말했다.

"그게 중요해? 여기서 병든 닭처럼 앉아서 뭐 하고 있냐고."

"갑자기 와서 왜 성질이야?"

한새는 이상하게도 짜증이 났다.

여기까지 그녀를 찾아다니는 동안 묻고 싶은 말이 정말로 많았는데, 막상 이렇게 얼굴을 보니 그런 건 하나도 떠오르질 않았다.

혼자 쓸쓸히 그네를 타고 있는 그녀의 뒷모습이 너무 외로워 보였기 때문이다.

새삼스럽지만 화인을 알게 된 후, 그녀가 한 번도 누군가와 어울리고 있는 모습을 본 적 없다는 사실을 깨달았다.

자신이 없을 땐 항상 이렇게 혼자인 거냐는 질문이 목구멍까지 차올랐다.

다시 생각해 보면, 마치 언제라도 떠날 준비를 하고 있는 사람처럼 그녀의 짐 가방은 작았다.

스윽—

한새가 손을 내밀었다.

"……일어나."

생각지도 못한 그의 행동에 화인이 물끄러미 그가 내민 손을 바라보고 있을 때였다.

그가 다시 말했다.

"집에 가자. 맛있는 거 해 줄게."

"너 조울증이지?"

화인의 의심스러운 눈초리에 한새는 자신도 모르게 픽하고 웃고 말았다.

자꾸 자신의 감정을 이리저리 흔드는 건 바로 그녀였다. 그리고 이런 혼란스러운 마음이 익숙지 않은 건 한새도 마찬가지였다.

"안 일어날 거면, 나 혼자 간다?"

우습지만 그녀를 협박할 수 있는 최고의 무기가 바로 이런 것이었다.

떠나간다는 그의 말에 화인이 내민 덥석 손을 잡으며 그네에서 일어났다.

"간다, 가!"

투덜거리면서도 앞장서서 걸어가려는 그녀를 향해 한새는 입고 있던 겉옷을 벗어 덮어 주었다.

갑자기 어깨 위로 걸쳐진 그의 옷에 화인이 의아한 표정으로 그를 올려다볼 때였다.

한새가 아무렇지 않은 목소리로 말했다.

"입고 가. 너 지금 되게 추워 보여."

"됐어. 이 정도 추위 가지고……."

그녀가 하는 말을 끝까지 듣지도 않은 채, 한새는 먼저 앞으로 걸어가 버렸다.

다시 옷을 벗어서 돌려주려고 했던 그녀가 타이밍을 놓쳐서 어정쩡하게 그 자리에서 서 있을 때였다.

휘적휘적 앞장서서 걷던 한새가 갑자기 뒤를 돌아보며 나직이 말했다.

"빨리 와."

물어보고 싶은 말들이 많이 있긴 했지만, 지금은 그녀가 너무나도 기운이 없어 보였기에 얼른 밥이라도 먹여야겠단 생각뿐이었다.

그렇게 한새가 자신의 할 말만 남긴 채 다시 뒤돌아서 가버리는 모습을 바라보며 화인은 어처구니없다는 표정을 지어 보였다.

아주 제멋대로였다.

그런데……

따뜻했다.

화인은 그가 걸쳐 준 겉옷을 입은 채로 천천히 그의 뒤를 쫓아 걸어갔다.

"맛있는 거 해준다더니 이게 뭐야?"

화인은 한새가 건네준 음식점 전단지를 손에 들고 황당하단 눈빛으로 그를 쳐다봤다.

요리사급 솜씨를 기대한 건 아니지만, 워낙 자신만만하게 맛있는 거 해 주겠다기에 숨겨 놓은 비장의 한 수라도 있는 줄 알았다.

그런데 배달 음식이라니.

"나한테 뭘 기대한 거야? 거기서 먹고 싶은 거 골라."

"고르면?"

"다 시켜줄게."

한새 딴에는 그녀를 생각해서 선심을 쓴 것이었는데 정작 화인의 표정은 탐탁지 않았다.

그는 자신을 바라보는 떨떠름한 그녀의 얼굴이 마음에 들지 않아 다시 입을 열었다.

"그 표정은 뭔데?"

"이럴 거면 네가 먹고 싶은 거 시키면 되지, 나한테 메뉴판 주고 생색내는 건 뭔데?"

"너 먹고 싶은 거 사 주고 싶으니까 그렇지."

한새는 자신의 성의를 몰라주는 그녀를 향해 조금 낯간지럽더라도 직접적인 말로 표현했다.

감동까지는 아니더라도 약간은 좋아하는 기색을 비치지 않을까 기대했는데…… 웬걸, 이 여자는 무감각하기 그지없다.

"그러니까 결론은 네가 배고파서 날 끌고 와놓고 미안하니까 고르라는 거 아냐?"

화인은 자신의 말이 틀리냐는 듯 눈을 가늘게 뜨고 그를 바라봤다.

그런 그녀의 얼굴을 보고 있자니 한새는 기가 막혔다.

순간 이 여자의 머릿속이 궁금해질 정도다.

대체 어떻게 생각해야 사람 말을 저렇게 삐딱하게 받아들일 수 있는 건지 정말 알 수 없는 일이다.

화인이 손에 들고 있던 메뉴판을 다시 한새에게 툭 건네며 말했다.

"난 아무거나 시켜 줘."

그렇게 그녀가 그를 지나치려 할 때였다.

덥석—!

한새가 다른 곳을 향하는 화인의 손목을 잡아챘다.

갑자기 그에게 붙들린 그녀는 제자리에 멈춰 설 수밖에 없었다.

의아한 표정으로 그를 올려다보자, 생각보다 지금 자신과 그의 거리가 매우 가까운 상태라는 사실을 알아차릴 수 있었다.

한새의 조각 같은 얼굴이 바로 코앞에서 자신을 내려다보고 있었다.

"어떻게 받아들이든, 메뉴는 네가 먹고 싶은 거로 골라."

한새는 스스로도 그녀의 상태가 왜 이렇게 신경 쓰이는지 이해할 수 없었다.

하지만 기운이 없어 보이는 그녀가 맛있게 먹을 수 있는 음식을 사 주고 싶은 건 분명했다.

요리를 잘했다면 이럴 때 실력발휘를 했겠지만……

자신은 그런 거엔 소질이 없었으니까.

정성만 가득 담긴 맛없는 음식보다 지금은 차라리 돈을 주고 사더라도 맛있는 음식을 먹여주고 싶었다.

"하나만 고르지 말고 여러 개 시켜. 남겨도 되니까."

그 말을 끝으로 한새는 그녀가 넘겨준 음식점 전단지를 다시 손에 쥐여 주었다.

화인은 자신도 모르게 다시 손에 쥐게 된 음식점 전단지를 물끄러미 쳐다봤다.

'뭐가 이렇게…….'

따뜻하게 느껴지는 걸까.

생각해 보면 별것도 아닌 일인데, 도대체 어떤 부분이 이런 감정을 들게 하는지 모르겠다.

놀이터에서 느꼈던 온기가 아직도 어깨 위에 남아 있는 기분이다.

집에 들어오자마자 그가 준 옷은 벗어서 돌려주었는데, 어째서 아직도 이렇게 따뜻한 걸까.

휙!

화인은 가깝게 다가온 한새에게서 반대방향으로 몸을 돌렸다.

마음이 어딘가 간지러운 느낌이다.

그가 자신을 신경 써서 배려해 주는 게 아닐 텐데, 괜히 혼자 과장해서 받아들이는 것 같아 싫었다.

"……그냥 주문하기 귀찮으면 그렇다고 솔직하게 말해."

화인은 과장된 손짓으로 들고 있던 전단지를 휙휙 넘기며 다시 말했다.

"어쨌든 네가 그리 원한다면 음식은 내가 시켜 주지. 너무 많이 시켰다고 원망이나 하지 마라."

휴대폰을 들고 곧바로 음식점으로 전화하는 그녀를 바라보며 한새는 기가 막힌다는 듯 웃음을 토해 냈다.

"하."

고맙다 소리까지는 기대도 하지 않았다. 그저 순순히 먹어만 줘도 기분이 좋을 텐데 꼭 저렇게 얄미운 소리를 남겼다.

저게 어디가 예쁘다고 이렇게 신경이 쓰이는 건지.

억울할 지경이었다.

배달 음식은 생각보다 금방 도착했다.

식탁 위에 전부 올려놓고 보니 상다리가 부러질 정도로 푸짐하게 보였다.

어찌 보면 당연했다. 족발에 보쌈, 거기다 피자까지 시켰으니까.

"사양 말고 많이 먹어."

돈은 한새가 계산했지만, 생색은 음식을 시킨 화인이가 냈다.

그녀가 말을 마치곤 곧바로 커다란 피자 한 조각을 들어 허겁지겁 먹기 시작했다.

그러다가 문득 한새가 너무 조용하단 사실을 깨닫곤, 그가 있는 방향으로 시선을 돌렸다.

한새는 눈앞에 음식은 손도 대지 않은 채 턱을 괴고 그녀를 바라보고 있었다.

부담스러운 자세에 화인이 입안에 음식을 오물거리며 불만스러운 목소리로 말했다.

"남이 밥 먹는 거 처음 봐?"

"그럴 리가."

"그런데 왜 그렇게 빤히 쳐다보고 있어?"

한새는 화인이 이렇게 맛있게 먹는 모습을 보는 건 처음이었다. 그래서 만족스러웠다.

누군가 먹는 것만 봐도 배부르다는 말은 완전히 거짓말이라고 생각했는데, 이러고 있으니 어떤 감정인지 조금 알 것도 같았다.

그가 조금의 변명도 없이 말했다.

"나 때문에 먹기 불편하면 다른 데로 가고, 참을 만하면 조금 더 있을게."

"그런 걸 떠나서 너는 안 먹어?"

"생각해 보니까…… 내가 다이어트 중이거든."

한새는 평소에 식단관리를 꾸준하게 하고 있어서, 사실 한 끼 정도는 이렇게 푸짐하게 먹어도 상관이 없었다.

오히려 먹고 싶은 걸 마냥 참기보다는 한 번씩은 마음껏 먹어주는 스타일이기도 했다.

하지만 오늘은 찬우가 하도 배고프다고 칭얼거리는 바람에 이미 식사를 한 상태였다. 그렇다고 그걸 곧이곧대로 화인에게 말하고 싶진 않았다.

"다이어트? 지금 나는 족발에 보쌈을 곁들여 먹을 예정인데 내 옆에서 그런 걸 하겠다고?"

"내 직업이 뭔지 잊어버린 모양인데 나 모델이야."

"놀고먹는 직업인 줄 알았는데 그건 아닌가 보네."

"이 몸매가 아무런 노력 없이 그냥 만들어진 건 아니거든."

한새의 말에 화인이 힐끗 곁눈질로 그를 쳐다봤다.

스케줄이 없을 때는 집에 있는 시간이 많아서 상대적으로 편할 거 같다고 생각한 건 사실이다.

하지만 그가 꾸준히 자기관리를 하고 있다는 것은 옆에서 지켜본 그녀도 잘 알았다.

"이 맛있는 걸 못 먹다니 불쌍하네."

화인이 픽 웃으며 마치 약 올리듯이 이번엔 쌈을 크게 싸서 입 안에 넣었다.

그가 기분 나빠할 거라고 생각했는데, 예상과 달리 그의 입가에는 희미한 미소가 지어졌다.

"나 대신 네가 많이 먹어."

"큽!"

전혀 생각지도 못한 대답에 화인의 목에 음식이 걸렸다.

갑자기 기침을 해 대는 그녀를 향해 한새가 잔소리하듯이 말했다.

"누가 안 뺏어 먹으니까 천천히 먹어. 남들이 보면 한 며칠 굶긴 줄 알겠네."

화인은 눈물이 조금 맺힌 상태로 그를 노려봤다.

'이게 누구 때문인데…….'

뜬금없는 그의 말에 놀라서 이렇게 된 것이었다.

화인은 괜스레 이 상황이 어색해서 일부러 못마땅하다는 듯이 투덜거렸다.

"아까 다이어트라고 말했으면 이렇게까지는 많이 안 시켰을 거 아니야."

"남겨도 되니까 먹을 만큼 먹어."

오늘따라 이상하게 다정한 한새를 그녀가 말없이 쳐다봤다.

여태까지 아르바이트를 하며 근근이 살아온 그녀에게 지금의 식사는 진수성찬이나 다름없다.

하지만 이렇게 혼자 먹고 있자니……

마치 이 음식들이 전부 자신을 위해 마련된 것 같다는 착각이 들 것만 같았다.

'……그럴 리가 없잖아.'

한새가 이렇게까지 자신을 챙겨 줄 이유는 어디에도 없었다.

괜스레 마음이 간질거리는 느낌에 화인은 미간을 살짝 찡그리며 나직이 중얼거렸다.

"……넌 정말 이상한 인간이야."

* * *

식사를 끝마치고 보니 어느새 어둑어둑한 밤이 되어 있었다.

화인은 배불리 먹고 난 후, 곧바로 간단하게 씻고는 잠을 잘 준비를 마쳤다.

평소보다 훨씬 이른 시간이었다.

한새가 자신의 방문 앞에 누우려는 그녀를 발견하곤 말했다.

"벌써 자려고?"

"응, 피곤해."

"그러다 살찐다."

"남이사."

화인은 그가 있는 방향을 등진 채, 잠을 자기 위해 편안한 자세를 취했다.

그녀의 뒷모습을 빤히 바라보고 있던 한새가 나지막이 말했다.

"솔트 부사장, 박해준이라는 남자에 대해 알아?"

"……!"

누워 있던 화인이 순간 몸을 반쯤 일으켜선 놀란 표정으로 그를 돌아봤다.

지금 그녀가 짓는 표정이 그 어떤 대답보다 더 확실한 말이었다.

두 사람 사이가 보통이 아닐 거 같다고는 예상했지만, 그래도 이렇게 놀라는 모습을 보고 있자니 왠지 기분이 좋지 않았다.

"네가 해준이를 어떻게 알아?"

"오늘 일 때문에 만났어. 나한테 너랑 무슨 사이냐고 물어보던데."

"해준이가 너한테 그런 걸 물어봤다고?"

너무나 자연스럽게 나오는 그의 이름에 한새는 자신도 모르게 미간을 찌푸렸다.

그가 단도직입적으로 물었다.

"둘이 무슨 관계야?"

"……동생이야."

그녀의 대답에 불현듯 편의점에서 같이 알바한 동생이라고 소개시켜 주던 남자의 얼굴이 떠올랐다.

한새는 그녀에게 왜 이렇게 남자 동생이 많은 건지 못마땅해하며 다시 입을 열었다.

"그냥 아는 동생은 아닌 거 같던데?"

"친동생은 아니고…… 법적으로 이어진 남매 뭐 그런 거."

한새는 자신의 예상이 맞다는 걸 알 수 있었다.

여전히 한 가지 의문인 건, 해준이 그녀를 언급하며 보내오던 눈빛이 그냥 단순한 남동생 같지가 않다는 것이다.

그 사실이 못내 마음에 걸리긴 했지만 단정 지을 수 있는 건 아무것도 없었다.

그렇기에 한새는 가장 궁금했던 부분에 대해서 먼저 말을 꺼냈다.

"혹시 박해준이 네가 대악마라는 것에 대해 알고 있어? 자꾸 나한테 무슨 사이냐고 묻는 게 꼭 뭔가를 듣고 싶어 하는 눈치였거든."

"뭐?"

화인은 지금 한새에게 이 말을 듣기 전까지 그런 생각을 해본 적이 없었다.

그런데 돌이켜 보면 해준의 입장에선 자신을 충분히 이상하게 여길 수도 있었다.

엄마도 결국 그녀 때문에 정신병원에 입원하게 된 것이고, 많은 사람들이 죽는 교통사고에서도 혼자만 멀쩡하게 살아 돌아왔으니까.

사실 그것 말고도 화인에 대해 특이점을 찾으려면 많았다.

집안에 있으면서 그가 무슨 얘길 주워들었는지는 그녀도 모르는 일이었다.

하지만 한 가지 확실한 건, 자신이 직접 정체를 밝힌 인간은 한새가 유일하다는 사실이다.

"내 정체에 대해 의심할 수는 있겠지만, 대악마라는 사실은 모를 거야."

해준과 떨어져 지낸 지 너무 오래돼서 그가 지금 무슨 생각을 하는지 화인은 짐작조차 되지 않았다.

곰곰이 되짚어보던 그녀가 믿을 수 없다는 듯 다시 한 번 중얼거렸다.

"해준이가 나를……?"

아무리 생각해도 이해할 수 없었다.

그와 자신 사이에 남아 있는 것은 아무것도 없다. 모든 것을 다 버리고 왔으니까.

혼란스러워하는 화인의 모습을 가만히 지켜보던 한새가 이내 가장 궁금했던 질문을 던졌다.

"박해준이 네 동생이면, 네가 부잣집 딸이라는 소리인데 왜 이렇게 지내고 있는 거야?"

그의 질문에 화인은 순간 무슨 말을 해야 할지 몰라 입을 다물었다.

뭐라고 설명해야 할까.

가족이 자신을 외면했고, 아무 데도 남아 있을 자리가 없었다고?

단 몇 마디의 말로 설명할 수가 없었다.

더구나 그런 어두운 과거를 굳이 그에게 밝히고 싶지도 않았다.

잠시 아무런 말이 없던 그녀가 생각을 정리하곤 나직한 목소리로 대답했다.

"그럴 만한 사정이 있었어. 지금은 인연을 끊어서 가족이라고 부를 수 없는 사이야."

"……그래?"

사실 쉬이 납득할 수 없었다.

누구라도 그런 빵빵한 집안에서 태어났다면 부유하게 살아가는 게 당연했다.

동생인 해준만 봐도 이십 대라는 젊은 나이에 벌써 부사장이란 직함을 달고 있는데, 그녀 혼자만 이렇게 가난하게 지낸다는 게 이해될 리 없었다.

더구나 다른 누구도 아니고, 바로 화인이다.

자신을 쫓아다닐 때만 해도 그 뻔뻔한 얼굴로 끈덕지게 달라붙었던 게 아직도 생생히 떠오른다.

그런 그녀가 자신에게 이득이 되는 일을 그냥 포기하고 나온다?

무슨 일인지 알 수는 없었지만……

그가 아는 화인은 얼굴에 철판을 깔고서라도 그 집안에다가 빨대를 꽂고 편안하게 살아가는 게 더 어울리는 타입이었다.

그런데 정작 그녀는 정반대의 삶을 살고 있었다.

그게 마치 '그만큼 상처 받을 일이 있었다.'는 말 같아서 한새는 더 물어볼 수가 없었다.

그가 아무 말도 하지 않자, 해준에 대해 곰곰이 생각하던 화인이 먼저 입을 열었다.

"내가 한번 해준이를 만나 볼게."

화인의 입장에선 당연히 나올 수 있는 말이었지만, 미처 거기까지 생각을 하지 못한 한새는 미간을 와락 찌푸렸다.

"안 돼."

"너한테 나에 대해 물어봤다면서. 대체 무슨 생각을 하는 건지 직접 만나서 알아봐야겠어."

"너 혼자서 만나는 건 안 돼. 만날 거면 나랑 같이 가."

"왜?"

그녀의 질문에 한새는 순간 말문이 막혔다.

그러게 왜일까.

설마 내가 지금 질투를 하는 건가?

한새는 아무런 말도 하지 못한 채 조용히 양손으로 이마를 감싸 안았다.

그럴 리가 없다며 마음속으로 부정하고 있었지만……

기운이 없어 보인다는 이유로 먹지도 못할 음식들을 잔뜩 시키고, 그것을 거짓말까지 하면서 둘러대는 건 누가 봐도 이상한 일이었다.

자꾸만 그녀가 신경 쓰이고, 마음이 움직인다.

화인의 모습이 계속 눈에 밟힌다는 사실을 더 이상 부정할 수가 없었다.

아무런 말도 잇지 못하는 한새를 향해 화인이 먼저 말을 꺼냈다.

"내가 너 지켜 준다고 했잖아."

"……?"

그는 자신도 모르게 이마를 짚었던 손을 내려뜨리고 그녀를 쳐다봤다.

그러자 화인이 강렬한 눈빛으로 자신을 똑바로 쳐다보고 있는 모습이 보였다.

"빈말 아니야. 해준이가 왜 갑자기 나에 대해 궁금해하는지 모르겠지만, 걔라도 너를 건드리면 용서 안 해."

사람들은 가끔 여자를 한 송이 꽃에 비유하곤 한다.

아름답고 향기로운 꽃, 연약해서 지켜 줘야만 하는 꽃.

하지만 한새의 눈에 비친 화인은 마치 강한 전사와 같았다.

어쩌면 이 색다른 매력 때문에 자꾸만 그녀에게 매료되는 건지도 모르겠다.

한새가 그녀를 빤히 쳐다보고 있자, 화인은 제가 할 말은 끝났다는 듯 다시 몸을 돌려 바닥에 누웠다.

"잘 자."

짤막한 그녀의 인사를 듣고도 한새의 시선은 그녀에게서 떨어질 줄을 몰랐다.

이유는 모르겠다.

이토록 강해 보이는 그녀의 뒷모습이 가끔은 왜 이렇게 작아 보이는 건지……

저 작은 어깨를 가만히 바라보고 있자면 문득 외로움이 묻어 나오는 듯했다.

그 괴리감이 마치 자신이 가지고 있는 외로움과 닮은 것 같아서…….

한새는 자꾸만 그녀에게로 향하는 마음을 더 이상 멈출 수가 없었다.

7
오랜만이다

스읍—

해준은 자신의 책상 위에 올려놓은 액자를 조심스러운 손길로 쓰다듬었다.

하도 많이 들여다봤더니 이제는 너덜너덜하게 손때가 탄 액자였지만 변함없이 소중한 물건이었다.

액자 안에는 무표정하게 서 있는 화인과 그녀의 옆에서 고개를 푹 수그리고 있는 자신의 어린 시절 모습이 그대로 담겨 있었다.

두 사람이 같이 찍은 유일한 사진이었다.

그리고 동시에 어린 시절 화인의 모습이 남아 있는 마지막 사진이기도 했다.

그녀가 집을 나가버리고 난 뒤, 아버지는 곧바로 집안에 있는 그녀의 흔적을 모조리 지워 버렸다.

그래서 당시에 해준이 몰래 간직하고 있었던 이 사진 한 장만이 그녀를 추억할 수 있는 유일한 물건이 되었다.

지금까지 참 오랜 시간 동안 그녀가 보고 싶을 때마다 몰래 들여다본 사진이라 그에게는 가장 소중한 보물이나 다름없었다.

"……화인 누나."

혼자서 수천 번은 되뇌어본 이름이다.

그런데 언제나 부를 때마다 가슴이 저릿해지는 이름이었다.

어린 시절 해준은 고아였다.

특이점이 있다면 고아원에서 만난 다른 아이들과 달리 그는 자신의 친부모 얼굴을 똑똑히 기억하고 있었다.

기억이 없는 갓난아기 때 버려진 것이 아니라 부모가 직접 제 손으로 그를 버렸기 때문이다.

열 살이 채 되지도 않은 어린 나이었지만 아직도 그날을 또렷이 기억 한다.

물론 이제 와서 친부모 얼굴을 본다고 해도 많이 변해서 알아보지 못할 수도 있겠지만, 그날의 느낌만은 아직도 생생하게 떠올랐다.

마치 지옥에서 해방된 것 같았으니까.

기억이 시작되는 순간부터 그는 늘 이유 없이 맞고 있었으며 항상 배가 고팠다.

하루에 한 끼조차 제대로 식사한 적이 없었기에 해준은 언제나 다른 아이들에 비해 왜소했다.

처음 아버지란 사람의 뒤를 따라 고아원에 버려지기 전까지 그는 집 밖으로 나와 본 적조차 거의 없었다.

그 사람이 새로운 여자를 만나 자신을 버릴 생각을 하지 않았다면, 지금쯤 자신은 어떻게 되었을까 하는 생각이 가끔 들곤 한다.

아마 그 집에서 죽었을 확률이 크겠지.

아니면 도망쳤거나…….

어떤 결론이 나든 지금보다 좋지 않았을 거라는 건 분명했다.

고아원 생활이 마냥 편했던 것은 아니지만 그래도 집에서 살았을 때와 비교할 수는 없었다.

훨씬 덜 맞았으며, 훨씬 더 먹을 수 있었으니까.

그가 가장 적응할 수 없었던 건, 매일 밤 부모님이 보고 싶다고 우는 아이들이었다.

그들의 마음이 전혀 이해가 안 되는 건 아니었지만 해준은 그들과 너무나도 달랐다.

고아원에서 조금만 지내도 이곳이 집보다 훨씬 더 편안하다는 사실을 바로 알아차릴 수 있었기 때문이다.

친부모가 보고 싶다는 생각은 그때뿐만이 아니라 지금까지도 해본 적이 없다. 아마 그건 앞으로도 변하지 않을 것이라 생각한다.

다만 이따금씩 자신을 외롭게 만들었던 건……

이불 속에서 숨죽이며 우는 아이들과 달리 그는 누군가 그리워할 수 있는 대상조차 없다는 사실이었다.

어렸을 때부터 워낙 말수가 없는 편이었지만 또래 아이들과 자신이 다르다는 걸 잘 알았기에 누군가와 어울리는 게 힘들었던 시절이었다.

그때 즈음이었다.

솔트의 사장이자 지금의 아버지인 박상원 대표가 자신을 찾아왔던 게 말이다.

"네가 IQ가 150이 넘는 꼬마라던데 사실이냐?"

"……그런 거 몰라요."

"직접 테스트를 봤을 텐데 왜 몰라?"

"저는 그냥 시키는 대로만 한 거예요."

"선생님이 하라고 시키니까 그냥 풀었다 이 말이냐?"

그의 질문에 해준은 그저 고개만 작게 끄덕거렸다.

그게 사실이었다.

IQ가 얼마고 그런 것 따위 조금도 관심 없었다.

테스트를 보면 선생님이 맛있는 것을 사 주겠다기에 그저 했을 뿐이다.

생각보다 결과가 너무 높게 나와 고아원이 발칵 뒤집혔다는 사실만 들어서 알고 있었다.

"……재밌는 아이구나."

상원은 픽 웃으며 해준의 머리를 한 번 쓰다듬어 주고는 사라졌다.

그와 처음 나눈 대화는 이게 전부였다.

유달리 기억에 남는 건 검은색 양복을 입은 사람들을 뒤로 대동한 채 나타난 아버지는, 머리부터 발끝까지 고급스러웠다는 것.

그리고 어린 나이에 주눅이 들어 제대로 눈도 마주치기 힘들었다는 것이다.

그런데 믿기 어렵게도 그 만남 이후에 고아원에서는 자신이 그에게 입양이 될 거라는 소문이 파다하게 퍼졌다.

고작 몇 마디 대화를 나눈 게 전부인 그가 자신을 데려간다는 사실이 이해가 되지 않았다.

그래서 원장실에서 선생님들끼리 나누는 대화를 몰래 엿들은 적이 있었다.

"정말 박 대표님이 해준이를 입양해 가신대요?"

"정식으로 교육을 받은 적도 없는 아이의 머리가 저리 똑똑하니 마음에 드신 모양이에요."

"해준이가 똑똑한 건 사실이지만, 솔직히 그런 부잣집에 입양 가는 애들은 보통 갓난아기잖아요. 입양아라는 사실을 숨기고 자기 자식처럼 속여서 키우는 게 대부분인데 정말 희한하네요."

"안 그래도 저도 똑같은 질문을 했는데 대표님은 그렇게 키울 생각이 없으신가 봐요. 정확한 속사정을 우리가 어찌 알겠어요."

"뭐, 좋은 집이니 해준이에겐 잘된 일이겠죠."

처음에는 믿기 힘들었던 입양 사실이 점점 시간이 지날수록 현실이 되어 갔다.

그를 부러워하는 아이들도 많았지만 정작 그의 속마음은 두려움이 더 컸다.

'다시 맞게 되는 건 아니겠지?'

누군가가 휘두르는 폭력에 다시 노출이 된다는 생각만으로도 끔찍했다.

그래서 해준은 상원을 다시 만나게 된 날, 용기를 내서 물었다.

"아저씨가 부자라고 들었어요, 그런데 왜 하필 저를 입양하시는 건지 여쭤 봐도 되나요?"

"네가 어때서?"

"저는…… 나이도 많고 특별히 내세울 게 없는 거 같아서요."

"머리가 똑똑하다는 건 장점이다. 너는 별로 관심이 없는 것 같지만 네 IQ가 150이 넘지 않았다면 나는 널 만나러 오지 않았을 테니까."

"제가 똑똑해서 데려가시는 건가요?"

어린 해준의 질문에 상원은 잠시 말을 멈추고 그의 순진무구해 보이는 눈동자를 들여다봤다.

고아원에 오기 전에 그가 어떤 환경에서 자랐는지 대충 조사해서 이미 알고 있었다.

주변의 많은 반대를 무릅쓰고 굳이 그를 선택한 이유는 단 하나였다.

"……꼬마 네가 가장 배고파 보였기 때문이란다."

"네?"

"나는 자식이 갖고 싶은 게 아니다. 내가 필요한 건 유능한 아들이지."

해준은 자식과 아들이 같은 말이 아니냐는 질문은 하지 않았다.

유능한 아들이라는 게 어떤 의미인지 어렴풋이 알 것 같았으니까.

지금까지 책으로만 봐 왔던 가족 관계처럼 자식이 무슨 짓을 해도 부모가 감싸 주고 사랑해 주는 그런 애정 어린 관계가 아니라는 뜻이다.

유능한 부하 직원처럼 자신의 일을 대신해 줄 유능한 아들.

그런데 이상하게도 섭섭하단 마음보다는 이제야 안심이 되었다.

상원은 아무런 대답도 없는 해준의 머리를 쓰다듬어 주며 다시 말했다.

"내가 시키는 대로만 군소리 없이 따라와 준다면 너에게 많은 것을 주겠다. 그거 하나는 약속하지."

해준은 그의 말에 고개를 작게 끄덕였다.

무언가를 해 주면 그만한 대가를 받는다는 건 그에게 더할 나위 없이 달콤한 것이었다.

상원의 말처럼 그는 누구보다도 배고픔을 아는 아이였으니까.

그렇게 해준은 상원의 손을 잡고 고아원을 나섰다.

그를 따라 동화책에서 봤을 법한 커다란 집 안으로 들어간 날이었다.

처음으로 그녀를 만났다.

내 누나라던 바로 화인을 말이다.

"네가 오늘부터 내 동생이라고?"

그를 향해 처음 건넨 그녀의 말은 지나칠 정도로 무미건조했다.

혹시나 자신을 괴롭히거나 고아원에서 왔다는 걸 동정하지 않을까 하던 상상은 완전히 착각이었다.

그저 해준을 놀랍다는 듯이 한 번 바라보며, 설핏 웃는 모습은 티끌만큼의 불쾌함이나 동정심이 담겨 있지 않았다.

하지만 그 무감각한 시선과 눈이 마주친 순간……

두근—

해준은 처음으로 자신의 심장박동이 뛴다는 사실을 깨달았다.

그녀는 지금껏 그가 살아오면서 보았던 여자들 중에 가장 예뻤다.

커다란 눈망울에 오밀조밀한 얼굴.

하얀 피부에 대조되는 선홍빛의 입술, 그리고 바람결에 휘날리던 부드러운 머리카락까지.

초라한 자신과 달리 화인은 전신에서 귀티가 흘러넘쳤다. 마치 이 성에 사는 공주님 같다고 느껴질 정도였다.

눈으로 보는 순간 너무나도 예뻐서 갖고 싶다는 마음이 먼저 들었다.

잡고 있던 상원의 손을 흔들며 물어보고 싶었다.

자신이 열심히 하면 그 상으로 저 누나도 줄 수 있냐고 말이다.

누군가 그녀가 언제부터 특별했냐고 묻는다면 해준은 한 치의 망설임도 없이 대답할 수 있었다.

그녀는 처음부터 자신에게 특별했노라고 말이다.

화인은 그 후로도 그에게 별다른 관심이 없었다.

해준이 원했던 건 아니지만 고아원에서 지낼 때는 주변의 사람들이나 선생님이 늘 그에게 괜찮은지 불편한 건 없는지 물어보곤 했다.

돌이켜 보면 생각보다 많은 관심과 걱정을 받고 있었다.

물론 그것이 동정심에서 나온 것이라는 걸 알았기에 한 번도 달갑지는 않았지만 말이다.

그런데 그녀만은 달랐다.

한 번도 자신을 제대로 쳐다봐 주지도 않는 차가운 누나였지만……

유일하게 자신을 평범하게 대해 준 사람이었다.

남들은 이상하다고 여길지 모르겠지만, 해준은 그녀의 무감각한 눈빛이 좋았다.

하지만 그런 그의 감정과 다르게 주변에선 두 사람을 두고 많은 말들이 오갔다.

평생 눈칫밥을 먹고 살아온 해준에겐 꽤나 고통스러운 일이었다.

"이번에 데려온 아이 말이에요. 듣기로는 사장님이 밖에서 낳아온 사생아래요."

"어머, 정말요?"

"그것 때문에 사모님이 아파서 앓아누운 거라잖아요."

"사모님이 아프신 건 화인 아가씨 때문이 아니었어요?"

"저도 처음엔 아가씨랑 사모님 사이에 무슨 일이 있어서 그런 줄 알았는데, 사실은 사생아를 입양하신다는 소리를 듣고 몸져누우신 거래요."

"그럼 회사도 화인 아가씨가 물려받는 게 아닐지도 모르겠네요?"

"그렇죠. 완전 닭 쫓던 개가 지붕 쳐다보는 격이 됐어요."

"사장님 그렇게 안 봤는데 정말 너무하시네."

집안에 고용된 가정부들의 대화에 해준은 바깥으로 나갈 타이밍을 놓쳐버렸다.

문 뒤에 숨어서 그들의 대화를 엿들으며 남몰래 한숨을 내쉬었다.

지금처럼 자신이나 누나가 눈에 보이지 않으면 두 사람에 대한 얘기로 말들이 많았다.

입양오기 전에 해준 스스로도 아버지가 자신을 선택한 걸 이해하지 못했는데 남들이 보기엔 그게 훨씬 더 심각한 문제인 듯했다.

얼른 가정부들이 다른 곳으로 가길 바라며 해준이 물끄러미 천장을 쳐다볼 때였다.

"그런 말은 당사자가 좀 모르게 할 수 없어요?"

갑자기 들려오는 화인의 목소리에 해준이 서둘러 고개를 내밀고 쳐다봤다.

그러자 그녀의 등장에 가정부 두 명의 얼굴이 붉어진 모습이 보였다. 그들은 어쩔 줄 몰라 하며 더듬거리는 목소리로 말했다.

"죄, 죄송해요 아가씨."

그러곤 서둘러 자리를 피해 어딘가로 사라졌다.

화인은 그녀들의 뒷모습을 잠시 바라보다가 해준이 있는 곳으로 고개를 돌렸다.

두 사람의 시선이 허공에서 딱 마주쳤다.

해준이 깜짝 놀라 먼저 고개를 푹 숙이며 시선을 피했다.

화인은 그런 그를 빤히 쳐다보고는 언제나처럼 무미건조한 목소리로 말했다.

"너도 이 집에 왔으면 바보처럼 이런 말 가만히 듣고 있지 마."

"아! 그, 그게……."

해준이 뭐라고 대꾸하려고 했지만 그보다 화인이 더 빨랐다.

그녀는 이미 등을 돌려 어딘가로 걸어가고 있었다.

어떻게 보면 정말 우스운 상황이었다.

주변 사람들은 모두가 화인과 그에 대한 뒷말들을 수군거리고 있는데, 정작 이 집에서 그를 아무런 편견 없이 대해 주는 사람은 바로 당사자인 그녀였다.

화인이 다정한 성격은 아니었지만……

해준은 이런 그녀의 모습이 누구보다 좋았다.

그래서 한때는 이런 상태로도 괜찮지 않을까 하는 생각이 들었다.

그녀가 온전히 내 것이 아니더라도 그냥 언제까지나 이렇게 함께 있을 수만 있다면 그렇게 나쁜 조건은 아닌 것 같았다.

하지만 그 생각은 오래가지 않아 완전히 깨어졌다.

화인이 수학여행을 떠난 날, 커다란 사고가 벌어진 것이다.

그녀가 탔던 버스에 사람들은 모두 사망했는데, 오직 그녀 혼자만 멀쩡히 살아서 돌아왔다.

얼마나 다행인지 모른다.

해준은 세상의 모든 신에게 감사드렸다.

만약 그녀가 잘못 됐다면 악마에게 영혼을 팔아서라도 다시 되돌리고 싶었을 것이다.

그런데 그런 자신과는 다르게 주변 사람들의 반응은 싸늘했다. 그녀가 어떻게 혼자 살아 돌아온 건지에 대해 따지기 시작했다.

해준은 힘들어하는 그녀를 지켜보며 아무런 도움도 될 수 없었다.

고아원 시절에는 순전히 배가 고프고 가난했으니까 잘 살고 싶다고 생각했다.

이때가 처음이었다.

힘과 권력이 갖고 싶어진 것은.

화인이 힘들어하는 걸 알면서도 아버지는 침묵했고 결국 그녀는 집을 떠났다.

아버지는 조금도 안타까워하는 기색 없이, 마치 이런 일이 있을 줄 알고 미리 준비라도 해 둔 것처럼 해준을 후계자로 키우기 시작했다.

친딸을 내쫓고 입양한 아들에게 대를 물린다는 말들이 많았지만 더 이상 신경 쓰지 않았다.

남들이 뭐라고 하든 해준이 신경 쓰이는 상대는 화인 단 한 명이었으니까.

처음으로 마음을 준 대상이었는데……

그녀가 가진 모든 걸 빼앗아 버렸다.

의도한 건 아니지만 그렇다고 그 사실들을 부정할 수는 없었다.

지금 그가 앉은 자리, 그가 가지고 있는 돈과 명예, 그리고 가족들.

모두가 다 원래 그녀가 가졌어야 했던 것들이다.

그렇기에 해준이 여태까지 이를 악물고 참으면서 버텨온 것도 오로지 화인 때문이었다.

다시 되돌려줄 것이다.

이제는 더 이상 남들에게 기대지 않고, 화인 누나를 제 손으로 직접 행복하게 만들어 줄 것이다.

몇 년이란 시간이 흐른 뒤에야 겨우 솔트의 부사장까지 올라왔다.

최단시간 승진을 기록하며 부사장이란 직함을 달았을 때, 드디어 떳떳하게 화인을 만날 때가 되었다고 생각했다.

그런데…….

'이한새.'

전혀 생각지도 못한 방해물이었다.

두 사람의 어린 시절 모습이 찍힌 사진을 아련히 바라보던 해준의 눈빛이 순간 사납게 변했다.

그가 뭘 믿고 그렇게 당당하게 구는 건지 모르겠지만, 해준은 정식으로 후계자 수업을 받은 재벌가의 자제였다.

그가 가진 돈과 권력도 무시하지 못할 수준이지만 가장 무서운 것은 바로 인맥이다.

한새가 제아무리 잘 나가는 모델이라 해도, 안 좋은 구설수에 한 번 휘말리기 시작하면 순식간에 나락으로 떨어지는 게 바로 연예계란 곳이다.

그리고 일단 추락하기 시작하면 그 사건이 진실이든 거짓이든 더 이상 중요하지 않을 것이다.

원래의 인기는 다시 되찾을 수 없을 테니까.

'……네가 자초한 일이야.'

분명히 경고를 했다.

화인 누나에게서 떨어지라고.

그러나 자신의 말을 듣지 않고 오히려 도발을 해 온 건 한새였다.

해준은 더 이상 그와 누나가 같이 지내는 꼴을 보고 있지 않을 생각이었다.

이미 인내심은 바닥이었다.

그는 쓰다듬던 액자를 다시 원래 자리로 되돌려 놓은 뒤, 곧장 휴대폰을 들었다.

어딘가로 전화를 걸던 그가 곧이어 나직한 목소리로 말했다.

"난데, 부탁 하나만 하자."

—우리 사이에 웬 부탁? 말만 해.

"이한새라는 모델 말이야……."

말을 하는 해준의 눈동자가 어둡게 일렁거렸다.

언젠가부터 화인은 그의 인생에서 유일하게 그리워할 수 있는 대상이었다.

그녀에게로 가는 길, 누구라도 막아선다면 가차 없이 치워 버릴 것이다.

* * *

"한새 씨 수고했어요, 조금 쉬었다가 다시 갑시다."

사진작가의 지시에, 장시간 동안 스튜디오의 화려한 조명에 노출되어 있던 한새가 조금 지친 기색으로 세트장에서 내려왔다.

그러자 그의 메이크업을 담당하는 규현이 득달같이 달려왔다.

"자기, 괜찮아? 어디 안 좋은 건 아니지? 요즘 피부가 많이 상했어."

"괜찮아. 어제 잠을 좀 못 자서 그래."

한새는 자신에게 다가오는 막내 촬영 스태프를 향해 나지막한 목소리로 다시 말했다.

"여기 물 좀 갖다 줘."

"아, 네!"

그녀는 대답과 동시에 부지런히 어딘가로 뛰어갔다.

무심코 그 뒷모습을 바라보던 한새가 이내 자신도 모르게 스튜디오 안을 한 바퀴 쭉 둘러보았다.

오늘 처음으로 촬영장 안까지 데리고 온 화인의 모습이 보이지 않았기 때문이다.

'이 여자는 대체 어딜 간 거야?'

안 그래도 어젯밤 그가 잠을 못 이룬 이유가 바로 그녀 때문이었다.

자신의 감정이 심상치 않았다.

한새는 화인을 떠올리며 무의식적으로 자신의 심장 부근에 손을 얹었다.

믿을 수 없게도 그녀를 떠올리고 있자면 이따금 심장이 미친 듯이 뛰기 시작한다.

가슴이 벅차오르는 느낌이랄까.

다행히 지금은 그런 반응이 느껴지지 않았지만 이런 상황 자체가 한새에게는 생소하기 그지없었다.

아니, 단언하건대 그의 인생에 이런 경험은 처음이었다.

밤새도록 아무리 생각해 봐도 결론은 하나밖에 나오지 않았다.

'……내가 좋아하는 건가, 그 여자를.'

한새는 자신도 모르게 피식하고 허탈한 웃음을 짓고 말았다.

그녀에게 자꾸만 관심이 간다는 사실은 알고 있었다.

누군가를 꼬시고 싶다는 생각이 든 것도 처음이었으니 무언가가 그를 자극하고 있다는 건 어렴풋이 짐작할 수 있는 부분이었다.

그런데 이게 좋아하는 감정일 줄이야.

한새는 본인 스스로도 납득할 수 없는 것이 너무나도 많았다.

대체 언제부터?

어느 부분을 보고 좋아하게 된 거지?

자신처럼 메마른 사람이 누군가를 좋아할 수 있다는 사실 자체가 경이로울 뿐이다.

불현듯 머릿속에는 자신을 향해 넌 평생 사랑 같은 건 못 해볼 거라고 독설을 퍼붓던 여자들의 얼굴도 스치듯이 떠올랐다.

정말 이 감정이 착각이 아니라면……

화인은 자신에게 첫사랑이 되는 셈이다.

그런데 막상 이렇게 결론을 내리고 보니 마음에 걸리는 게 한두 개가 아니었다.

그녀는 악마다.

그것도 그냥 악마도 아니고 대악마!

거기다 지금은 죄를 짓고 인간 세상에서 벌까지 받고 있는 중이다.

'……첫사랑이 대악마라니 너무 스펙터클 해.'

한새는 이래저래 머리가 아파서 관자놀이를 지그시 주무를 수밖에 없었다.

그런 그의 모습을 옆에서 유심히 관찰하던 규현이 걱정스러운 목소리로 말했다.

"고운 피부가 이렇게 상하고 뭐야. 언제 한번 우리 숍에 나와서 관리 좀 받고 가."

"시간 나면 들릴게."

건성으로 대답하는 한새를 향해 규현이 단호한 목소리로 다시 말했다.

"대답만 하지 말고 정말 언제든 오란 말이야."

한새는 나름 진지하게 자신을 걱정해 주는 규현의 모습에 희미하게 미소를 지으며 나직하게 대답했다.

"알았어."

그러자 순간 규현의 얼굴이 붉게 물들었다.

그가 호들갑을 떨면서 양손으로 뺨을 감싸고는 격앙된 목소리로 말했다.

"어머, 자기 누굴 죽이려고 그런 미소를 지어?"

과장된 그의 반응에 한새는 다시 한 번 작게 웃음을 터뜨렸다.

"그거 남들한테 다 해 주는 립서비스면 나 조금 섭섭할지도 몰라."

"어머 어머, 나를 어떻게 보고……."

규현이 은밀한 표정을 지으며 한새의 옆구리를 쿡 찔렀다. 그리곤 작은 목소리로 속삭였다.

"이런 말은 자기한테 밖에 안 하지."

"이번 한 번만 믿어 줄게."

장난스럽게 맞장구치는 한새의 말에 규현은 뭐가 그리도 재밌는지 꺄르르하고 크게 웃었다.

그때 마침 한새가 물을 갖다 달라고 부탁했던 촬영 스태프가 어느새 그의 곁으로 다가와서 말했다.

"여기 물이요."

"고마워."

그녀가 건네는 물병을 받아 들고 막 마시려던 찰나였다.

휙!

갑자기 나타난 손이 한새가 쥐고 있던 물병을 거칠게 빼앗아 갔다.

그러곤 자연스레 자기가 그 물을 벌컥벌컥하고 마시는 것이 아닌가.

모든 사람이 당황한 시선을 받고 서 있는 것은 다름 아닌 화인이었다.

"이봐요! 대체 누구……."

처음 보는 화인의 얼굴에 촬영 스태프가 뭐라고 따지려는 찰나였다.

한새가 한 손을 들어 제지하며 말했다.

"내 운전기사야."

"아……."

"괜찮으니까 가서 하던 일 해."

왠지 감싸 주는 것 같은 한새의 발언에 촬영 스태프는 이상하다는 시선으로 힐끔 쳐다볼 수밖에 없었다.

하지만 한새가 괜찮다는데 자신이 뭐라고 따질 일은 아니었기에 이내 그를 향해 고개를 꾸벅 숙이고는 다시 제자리로 돌아갔다.

화인은 단번에 물을 반병이나 마시고 난 뒤에야 한새를 향해 남은 것을 건네주었다.

얼떨결에 그녀가 먹다가 남긴 물병을 받으며 그가 말했다.

"어디 갔다 오는 거야"

"그게 말이지……."

화인이 말을 하려다가 한새의 옆에서 자신을 놀란 눈으로 쳐다보고 있는 규현을 발견하고는 다시 입을 다물 수밖에 없었다.

"나중에 말해 줄게."

다른 사람이 있는 곳에서 꺼낼 만한 이야기가 아니었다.

저번에 한새를 향해 협박 편지를 썼던 누군가가 이번에 새로운 편지를 보내왔기 때문이다.

피로 적힌 내용은 이랬다.

마지막 경고야, 더 늦기 전에 돌아와.

화인은 이게 도통 무슨 말인지 알 수가 없었다.

다만 한 가지 짐작할 수 있는 건 처음 편지를 쓸 당시보다 더 기분이 언짢아 보인다는 사실이다.

편지에 묻어 있는 피의 양이나 글씨체가 전보다 훨씬 더 절제가 안 되는 것처럼 보였다.

협박범이 한새에게 바라는 게 무엇인지 알 수는 없었으나, 화인은 두 번째 편지를 발견하자마자 이 근처를 쥐 잡듯이 뒤지고 다녔다.

그게 지금 그녀가 이렇게 지친 이유였다.

한새와 멀리 떨어지면 형벌의 시간이 줄어드는 효과를 얻을 수 없었기에 한정적인 공간을 돌아다닌 게 조금 불리하게 작용한 건지도 모르겠다.

고생한 것에 비해 아직 이렇다 할 소득을 발견하지 못한 상태였다.

으득.

화인은 속으로 이를 갈았다.

'내 손에 잡히기만 해 봐라.'

그런 이유를 전혀 알지 못하는 한새는 슬쩍 미간을 찌푸리며 물었다.

"무슨 일인데 나중에 말하자는 거야?"

"내가 이렇게 열심히 하는 일이면 하나밖에 없잖아."

너무나도 당당하게 말하는 그녀의 말에 한새가 설마 하는 눈빛으로 바라봤다.

스튜디오 안에서 그 둘을 지켜보는 눈이 적지 않았다.

그럼에도 화인은 다른 사람들의 시선에는 조금도 아랑곳하지 않은 채, 평소처럼 듣는 이가 낯부끄러울 정도로의 달콤한 말을 거침없이 내뱉었다.

"너를 위한 일."

한새의 미간이 방금 전과는 다른 의미로 와락 찌푸려졌다.

아까와는 달리 기쁨을 참아내기 위해서 억지로 지어낸 표정이었다.

여기서 바보처럼 헤실거리면 주변에 있는 모든 사람들이 그의 속마음을 눈치챌 것 같았으니까.

'……도대체가.'

이 여자의 어디가 좋은지 모르겠다.

부스스한 머리에 화장기 없는 얼굴. 그리고 언제나 눈 밑에 달고 다니는 다크써클까지.

여태까지 모델 활동을 하면서 세상의 온갖 미녀들을 만나 봤던 그다.

그런데 자신의 취향이 이런 여자였다니…….

한새는 지금까지 몰랐던 자신의 타입에 스스로도 놀라고 있는 중이었다.

이렇게 드센 여자를 좋아할 거라곤 단 한 번도 상상해본 적이 없었는데…….

어느 인터뷰에서나 자신이 늘 한결같이 말하던 이상형은 조신하고 여성스러우며 애교가 많은 여자였다.

그런데 이리도 정반대인 여자에게 마음을 빼앗길 줄이야.

더 큰 문제는, 이제는 그녀의 모든 부분이 하나도 빠짐없이 전부 다 좋다는 사실이다.

그녀의 정돈되지 않은 머리카락, 꾸미지 않은 맨얼굴, 짙은 다크써클까지도 귀여워 보일 지경이었으니까.

'사랑스럽다는 게…… 이런 감정을 말하는 건가.'

주변의 시선만 없다면 그녀를 숨이 막히도록 끌어안은 채 다시 한 번 더 말해 보라고 조르고 싶었다.

그녀의 대답을 듣고, 또 듣고.

그 달콤한 말에 온몸이 녹아 사라질 때까지 그녀의 목소리에 계속 잠겨 있고 싶었다.

한새는 정말 억울하게도 인정하는 수밖에 없었다.

더는 자신의 감정을 의심하거나 누군가에게 물어서 확인해볼 필요도 없었다.

지금 자신의 마음은 너무나도 확고했다.

이 이상하고 귀엽지 않은 여자가 너무나도 좋다.

처음에는 분명 오기와 호기심이 반이었는데 어느 순간부터 진심이 되어 버렸다.

스윽—

한새의 시선을 가만히 받고 있던 화인은 자신도 모르게 고개를 돌려 버렸다.

그의 눈빛이 너무나도 강렬했기 때문이다.

대악마 벨로나로서 누군가와 눈을 마주치는데 먼저 시선을 피해 본 적은 없었다.

그런데 한새와는 그런 순간이 벌써 몇 번이나 있었다.

이상하게도 그와 눈을 마주치고 있으면 묘한 감정이 느껴지기 때문이다.

조금 간지럽기도 하고 어지러운 것 같기도 한 복잡한 기분이랄까.

'……이 감정이 뭔지 도무지 알 수가 없네.'

화인은 이 상황이 어딘가 어색해서 서둘러 자리를 피할 요량으로 다시 입을 열었다.

"어쨌든 수고해. 나는 할 일이 있어서 좀 더 이 주변을 돌아보다가 올게."

그녀가 막 몸을 돌릴 때였다.

확!

한새의 커다란 손이 순식간에 화인의 손목을 낚아챘다.

밖으로 나가려던 자신을 붙잡는 그의 손길에 그녀는 다시 그를 쳐다볼 수밖에 없었다.

"뭐하는……."

하지만 화인의 말은 끝까지 이어지지 않았다.

한새가 그녀의 손목을 잡아당겨서 자신이 앉아 있던 의자에 그녀를 강제적으로 앉혔기 때문이다.

생각보다 강한 한새의 힘에 화인이 일순 놀란 표정으로 그를 올려다봤다.

그녀가 뭐라고 말을 하기 전에 한새가 먼저 나지막한 목소리로 말했다.

"어딜 자꾸 쏘다니는 거야."

"말했잖아, 너를 위한……."

한새가 주변의 시선을 의식해 재빨리 그녀의 말을 잘랐다.

"찬우 형이 내 경호까지 너한테 부탁한 건 아는데 그래도 쉬엄쉬엄해."

"……?"

뜬금없는 그의 말에 화인이 영문을 모르겠다는 듯 눈을 동그랗게 떴다.

하지만 이내 상황을 눈치채고 조용히 입을 다물었다.

남들이 듣기엔 열렬한 고백일지 모르겠으나 화인 스스로는 조금의 사심도 담겨 있지 않은 백 퍼센트 순수한 의사 표현일 뿐이다.

그렇기에 자신의 말이 다른 의미로 받아들여질지도 모른다는 걸 스스로 자각하지 못하는 게 문제였다.

그래도 한새와 자신을 향해 다른 사람들의 이목이 집중된 걸 알아차렸기에 대충 그의 장단에 맞춰줘야겠다 판단이 든 것이다.

화인이 아무런 대답도 하지 않고 눈동자만 굴리고 있자 한새도 단번에 그녀의 속마음을 알아차렸다.

그가 입가에 비릿한 웃음을 지으며 말했다.

"여기 가만히 앉아서 내가 일하는 거나 보고 있어."

자신의 감정을 깨달았다고 해서 그걸 화인에게 밝힐 생각은 없었다.

아직은 혼자만의 짝사랑이라는 걸 잘 알았으니까.

원래의 목표대로 화인을 꼬시는 게 먼저였다.

변한 건 아무것도 없었다.

다만 그녀를 꼬셔야 하는 이유가 더 간절해졌을 뿐.

한새가 슬며시 고개를 숙여 화인에게만 들리도록 작게 속삭였다.

"내가 얼마나 멋있는지 똑똑히 보여 줄 테니까."

화인은 귓가에 닿은 그의 숨결이 간지러워서 일순 얼굴을 찡그렸다.

그의 감미로운 목소리가 계속 귓가에 남아 맴돌 것만 같은 기분이 들었다.

그때였다.

잠시 촬영장에서 사라졌던 사진작가가 다시 모습을 드러내며 사람들에게 소리쳤다.

"자, 슬슬 다시 촬영 시작합시다."

한새는 의미심장한 눈빛으로 화인을 다시 한 번 쳐다보곤 몸을 돌렸다.

오늘 컨디션이 그리 좋은 편은 아니었지만, 그녀가 지켜보고 있으니 최고로 잘할 생각이었다.

서둘러 메이크업과 의상을 간단하게 수정한 한새가 다시 카메라 앞에 서기 전, 가까이 다가와 있는 규현에게 나직이 말했다.

"내가 데리고 온 운전기사 초짜라서 아무것도 모르니까, 촬영하는 동안 형이 옆에서 좀 챙겨 줘."

"흥. 뭐야, 질투 나게."

규현은 마음에 안 든다는 듯이 투덜거렸지만, 그런 말과는 다르게 바로 화인이 앉아 있는 곳을 향해 다가갔다.

한새는 잠시 그 모습을 지켜보다 다시 화려한 조명 아래로 걸어갔다.

사정을 모르는 화인은 언제나처럼 자신을 향해 누가 다가오든 말든 신경조차 쓰지 않았다.

규현은 초짜인 그녀가 주눅이 들어 있을 거라 생각했지만, 예상과 달리 그녀는 마치 감상이라도 하겠다는 듯이 여유만만한 자세로 앉아 있었다.

더구나 가까이 다가온 자신을 마치 투명인간 취급하는 그녀에게 약간의 호기심이 들었다.

"자기는 무슨 자신감으로 얼굴에 화장도 안 하는 거야?"

화인은 갑자기 다가와서는 밑도 끝도 없이 자기라는 호칭으로 자신을 부르는 규현을 황당하게 쳐다볼 수밖에 없었다.

하지만 그런 그녀의 반응에 개의치 않고 규현은 다시 한 번 말했다.

"이렇게 보니까 본판은 나쁘지 않네. 조금만 화장해도 확 달라 보일 텐데…….”

“관심 없어요.”

단칼에 잘라 버리는 화인의 말에 규현은 혀를 내두를 수밖에 없었다.

하지만 곧이어 촬영이 재개되자 두 사람은 마치 약속이라도 한 듯 서로 한 마디도 나누지 않았다.

한새가 촬영장 안에서 뿜어 대는 카리스마가 어마어마했기 때문이다.

너무나도 강렬해서 한순간이라도 눈을 돌릴 틈을 주지 않는다는 말이 옳았다.

찰칵! 찰칵!

쉴 새 없이 터지는 셔터 소리와 함께 사진작가의 칭찬이 이어졌다.

“한새 씨, 지금 너무 좋아요!”

겉보기에 화인은 그저 묵묵히 화려한 조명 아래에 있는 한새를 바라보고 있을 뿐이었다.

하지만 속마음은 달랐다.

‘……내 착각이겠지?’

지금 자신과 한새가 자꾸만 눈이 마주치고 있다고 생각이 드는 건 말이다.

마치 자신을 유혹하고 있는 것 같다는 생각이 들었다.

딱 꼬집어 설명할 수는 없었지만 자신을 바라보는 그의 눈빛이나 손짓이 어딘가 달랐다.

남자에게 이런 말이 어울릴지는 모르겠지만, 세상 누구라도 홀려버릴 것 같은 섹시함에 숨이 막힐 지경이었다.

그래서 태연한 겉모습과 달리 그녀의 시선은 점점 복잡하게 변해 갔다.

* * *

사진촬영이 끝나고도 작가의 칭찬은 끝나지 않았다.

자꾸만 한새를 붙잡고 늘어지는 바람에 그는 모든 일정을 끝내고도 간신히 스튜디오를 빠져나올 수 있었다.

한새가 지하 주차장에 도착해 차 문을 열자, 안에는 이미 운전석에 앉아 기다리고 있는 화인의 모습이 보였다.

그녀의 옆모습을 힐끔 쳐다보며 그가 불만스러운 목소리로 말했다.

"내가 일하는 거 보고 있으라니까 중간에 어딜 갔던 거야?"

"……할 일이 있다고 했잖아."

촬영 도중에 사라진 그녀의 모습에 한새는 허탈감을 느껴야만 했다.

나름 멋진 모습을 보여 주기 위해서 노력했던 건데 그냥 나가 버리다니…….

하지만 그렇다고 따질 수는 없는 노릇이었다.

순전히 자신의 사심 때문이었고, 그걸 있는 그대로 밝힐 마음도 없었으니까.

“뭐가 그렇게 급하다고, 중간에 나가버릴 건 없었잖아.”

“내가 그 자리에 꼭 있어야 하는 사람도 아닌데 뭐.”

그녀의 무덤덤한 말에 한새는 한숨을 삼켰다.

그 수많은 사람 중에서 가장 잘 보이고 싶었던 게 바로 그녀였기 때문이다.

화인이 차에 시동을 걸며 말했다.

“이제 어디로 가?”

“밥 먹자.”

“중국집에서 시킬까?”

너무나도 자연스럽게 흘러나오는 그녀의 대답에 한새는 자신도 모르게 낮게 웃고 말았다.

“아니, 그것보다 더 맛있는 거 먹으러 가자.”

“뭐?”

“글쎄, 스테이크?”

뜬금없는 한새의 외식 제안에 화인이 얼떨떨한 표정으로 그를 쳐다봤다.

그때였다.

마침 한새의 휴대폰이 울리기 시작했다.

그가 휴대폰을 들어 올리며 그가 화인을 향해 짤막하게 말했다.

"잠깐만. 먹고 싶은 거 있으면 생각해 봐."

화면에 '찬우형'이라고 저장이 되어 있는 이름을 확인하곤 전화를 받을 때였다.

—야, 너 지금 어디야?

갑작스러운 찬우의 커다란 목소리에 한새가 슬쩍 미간을 찡그리며 대꾸했다.

"어디긴 어디야. 스튜디오지."

—지금 가고 있으니까. 거기서 딱 기다려.

"무슨 일인데?"

—지금 너 기사 터졌어!

"무슨 기사? 기다려 봐, 확인하고 다시 전화할게."

찬우가 뭐라고 더 말하려고 하는 소리가 들렸지만, 한새는 일단 전화를 끊었다.

어딘가 불길한 기운을 느끼며 한새가 자신의 휴대폰으로 포털 사이트에 들어갈 때였다.

뭔가를 검색하기도 전에 먼저 자신의 사진이 메인에 걸려 있는 게 눈에 들어왔다.

기사의 제목은 이랬다.

《모델 이한새 사기행각, 투자자 30억 피해 제보.》

기사 내용을 확인한 한새의 표정은 싸늘하게 굳어졌다.

금방이라도 실시간 검색어 순위에 오를 만큼 이슈가 되고 있는 기사의 내용은, 믿기 어렵게도 한새 역시 어렴풋이 아는 내용이었다.

그가 오래전에 했던 계약 중 최악으로 손꼽히는 것이었으니까.

하지만 전체적인 계약 내용만 비슷할 뿐, 기사들이 사실처럼 쏟아낸 상황과는 분명 달랐다.

그 잘못된 계약으로 인해 손해를 본 건 오히려 한새였으니까.

그는 당시에 그 계약으로 인해 개고생을 했었고, 중간에 간신히 계약을 파기할 수 있었다.

그렇지 않았다면 부당한 계약으로 인해 아직까지도 모델 활동을 하지 못했을 것이다.

기사에 적혀 있는 내용처럼 상대방에게 금전적인 피해를 끼치지도 않았을 뿐더러, 그렇게 큰 금액이 걸린 일이었다면 이미 소송을 당하고도 남았을 것이다.

지금까지 민형사상 처벌을 받지 않은 이유는 정당하게 파기된 계약이었기 때문이다.

하지만 기사에는 마치 한새가 중간에서 사기를 쳐서 30억을 가로챈 것처럼 꾸며져 있었다.

"뭐야 이게."

더구나 기사가 올라온 지 얼마 되지도 않아 인터넷에는 이미 한새에 대한 안 좋은 이야기들로 가득했다.

그가 사치가 심하다는 둥, 실제로 성격이 개차반이라는 둥, 정확하지도 않은 소문과 비방들이 퍼져 그의 이미지를 더럽히고 있었다.

그것도 마치 누군가가 일부러 분위기를 조성하기라도 한 것처럼 너무나도 빠른 속도로 확산되고 있었다.

"……환장하겠군."

지금 한새의 표정만 봐도 그가 얼마나 기분이 안 좋은지 알 수 있을 정도였다.

심상치 않은 분위기를 눈치챈 화인이 조심스러운 목소리로 말했다.

"갑자기 왜 그래?"

그녀의 목소리에 한새는 심각하게 굳어졌던 표정을 풀며 최대한 아무렇지 않게 대답했다.

"아쉽지만 오늘은 외식 못 하겠다."

"무슨 일 있어?"

"나중에 설명해 줄게. 넌 신경 안 써도 돼."

한새는 그 말만 남긴 채, 다시 휴대폰을 들고 찬우에게 전화를 걸었다.

잠시 신호음을 듣고 있던 그가 이내 나지막한 목소리로 말했다.

"어디야?"

—거의 다 왔어, 조금만 기다려.

"기사 내용 확인했고, 난 지금 지하 주차장에 있으니까 만나서 얘기해."

—알았어.

그렇게 전화를 끊고 얼마 지나지 않아 찬우가 지하 주차장에 모습을 드러냈다.

찬우는 혹시라도 누가 볼까 봐 서둘러 한새가 있는 차로 옮겨 탔다.

하지만 막상 두 사람이 만났음에도 먼저 입을 여는 사람은 없었다.

순간적으로 차 안에는 무거운 공기가 흘렀다.

먼저 침묵을 깬 건 찬우였다.

"너 솔직히 말해 봐. 나 몰래 사고 친 거 있어?"

"무슨 소리야?"

"몰라서 물어? 지금 이 사건이 뜬금없이 기사화된 이유가 있을 거 아냐. 미리 누군가가 준비 다 해 놓은 것처럼 뿌려졌는데 혹시 의심 가는 사람 없어?"

"없어, 그런 거."

"너…… 설마 솔트에 갔던 날 진짜 무슨 일이 있었던 건 아니지?"

찬우의 입에서 나올 거라고는 생각지도 못한 '솔트'란 단어에 한새는 자신도 모르게 운전석에 앉아 있는 화인의 옆모습을 힐끔 쳐다봤다.

찬우에겐 사실대로 말하지 않았지만, 그날 솔트 본사에 가서 해준과 한바탕한 건 맞았다.

그래서 한새도 이 사건이 터지자마자 불현듯 해준의 얼굴이 떠올랐다.

확실치는 않지만 그가 이 일을 뒤에서 꾸몄을 가능성도 배제할 수 없었기 때문이다.

하지만 그렇다고 해서 그날의 일이 후회가 되는 건 아니었다.

밑도 끝도 없이 화인과 떨어지라는 말을 들어줄 생각은 요만큼도 없었으니까.

다만 지금 그가 신경 쓰이는 건, 혹시라도 자신이 내린 결정에 화인이 죄책감을 느끼는 것이었다.

그게 싫었기에 한새는 여전히 시치미를 뗄 뿐이었다.

"아니라고 했잖아. 그리고 설령 누가 꾸몄으면 어쩔 건데, 지금 그게 중요해?"

그의 말에 찬우도 딱히 반박하지는 못했다.

이제 와서 짐작 가는 사람이 있다고 해도 달라지는 건 아무것도 없었으니까.

하도 속이 답답해서 혹시 짚이는 사람 없냐고 물은 것이지, 누군지 안다고 해서 이미 벌어진 일이 수습이 되는 건 아니었다.

찬우가 음울한 목소리로 말했다.

"일단 에이전시에서 바로 입장표명은 할 거야. 하지만 분위기가 너무 안 좋게 흘러간다는 게 문제야. 이 논란이 쉽게 사그라

들지 모르겠다."

아무리 헛소문이라고 해도 이렇게 대대적인 루머에 장기간 휘말리게 되면, 모델로서 이미지에 큰 타격을 입게 될 것이다.

그건 돈을 주고도 회복할 수 없는 일이었기에, 아무리 진실이 아니라고 해도 그냥 손 놓고 보고만 있을 수 없었다.

아무 말이 없는 한새를 향해 찬우가 답답하다는 듯이 머리를 벅벅 긁으며 다시 말했다.

"정말 미치겠다. 소송이 들어온 것도 아니고 그냥 제보를 받았을 뿐이라면서 어떻게 단번에 네 이름을 기사에 적을 수 있는 거냐고."

말 그대로 30억의 피해를 끼쳤다고 그에 관한 재판이 열리는 것도 아니었다.

흔한 찌라시 같은 소문이 이렇게 공격적으로 적혀 기사화가 되는 건 여러모로 있을 수 없는 일이었다.

그렇기에 찬우도 혹시 누군가에게 원한을 산 게 아니냐고 물은 것이다.

지금까지 가만히 앉아서 생각을 하던 한새가 나지막한 목소리로 말했다.

"일단 집으로 가자."

예상외로 너무나도 담담한 한새의 말투에 찬우가 어이가 없다는 듯이 말했다.

"네 일이야. 넌 지금 맨정신이 유지가 돼?"

"내가 지금 멀쩡한 걸로 보여?"

한새가 말과 동시에 찬우를 힐끗 쳐다봤다.

무표정한 얼굴이었지만 그의 눈빛에 서려 있는 서늘함은 마주하는 순간 등골이 오싹해질 정도였다.

그 시선을 받고 나서야 찬우는 새삼스럽게도 지금 한새의 기분이 몹시 좋지 않다는 사실을 깨달을 수 있었다.

당연한 일이다.

누군가 자신을 고의적으로 깎아내리려고 하는 게 분명한데 기분이 좋을 리는 없었다.

그게 해준이든 아니면 다른 사람이든 중요하지 않다.

중요한 것은, 한새는 자신에게 도전장을 내민 누군가의 뜻대로 호락호락하게 당해 줄 생각이 눈곱만큼도 없다는 사실이다.

최대한 침착함을 유지하려고 하는 이유는 이럴 때일수록 흥분해 봤자 아무런 소용이 없다는 걸 누구보다 잘 알기 때문이다.

"지금은 일단 기자들이 몰리기 전에 집으로 들어가는 게 나아. 형은 명예훼손으로 고소하겠다고 강경하게 대응해. 대표님한테도 이번에 나오기로 한 광고 조금만 늦춰달라고 하고, 어차피 지금 나가봤자 서로 좋을 거 없을 테니까."

"아, 알았어."

찬우는 한새의 말에 그저 고개를 끄덕일 수밖에 없었다.

지금 그가 하는 말 중에 틀린 부분은 하나도 없었으니까.

한새가 운전석에 가만히 앉아 있는 화인을 향해 나지막이 말했다.

“들었지? 우선 집으로 가자.”

화인은 대답 없이 고개만 한 번 끄덕이고는 차에 시동을 걸었다.

찬우가 옆에서 다급히 말했다.

“나도 같이 가?”

“일단 같이 가. 형 차는 나중에 찾아가고.”

이럴 때일수록 최대한 빨리 수습하는 게 무엇보다 중요했다. 그리고 한새는 누구보다 그 사실을 잘 알고 있는 사람이었다.

“나는 당분간 바깥출입이 힘들 테니까, 형이 내 옆에서 대신 처리해 줘야 할 일이 있을 거야.”

이제 막 이슈가 되기 시작한 이 논란을 얼마나 빨리 잠재울 수 있느냐, 그것이 가장 큰 관건이었다.

어차피 진실이 아니었기에 시간이 지나면 자연스럽게 밝혀지겠지만……

시간을 오래 끌수록 불리한 건 이쪽이었다.

그렇기에 이제부터는 시간 싸움이었다.

* * *

끼익—!

빠르게 움직인 덕분에 집까지는 별 무리 없이 도착할 수 있었다.

찬우는 서둘러 차에서 내려 집 안으로 걸어갔다.

"난 일단 대표님이랑 통화 좀 할게."

한새도 그의 뒤를 따라 차에서 내리다가 문득 화인이 가만히 운전석에 앉아 있다는 사실을 깨달았다.

그가 차안에 있는 그녀를 향해 말했다.

"뭐해? 안 내리고."

"솔직히 말해 봐, 지금 이거 해준이랑 연관된 거야?"

한새는 찬우에게 말했던 것처럼 당연히 아니라고 대답하려 했다.

하지만 화인의 어둡게 가라앉은 눈동자를 보는 순간 지금까지처럼 아무렇지 않게 거짓말이 나오지 않았다.

잠시 아무 말이 없던 그가 나직한 목소리로 말했다.

"그게 중요해?"

"그럼 그것보다 중요한 게 뭔데?"

인상을 찡그리는 화인을 가만히 바라보다가 한새는 이내 손을 들어 올려 가볍게 그녀의 머리를 쓰다듬어 주었다.

갑작스러운 그의 행동에 화인의 표정이 더욱 구겨졌다.

"뭐하는 거야?"

"……믿어."

밑도 끝도 없는 말에 화인은 무슨 뜻이냐는 듯 고개를 들어 그를 쳐다봤다.

그러자 진지하게 가라앉은 한새의 눈동자가 보였다.

지금 이 순간 누구보다 기분이 안 좋은 사람은 바로 한새여야 했다. 그런데 그가 오히려 그녀를 위로하듯이 부드럽게 말했다.

"나 믿으라고, 그렇게 만만한 남자 아니니까. 이 정도 일에 쉽게 안 무너져."

화를 내도 모자랄 판국에 그가 이렇게 나오자 화인은 더 이 상황이 못마땅하게 느껴 졌다.

그녀가 억누른 목소리로 대답했다.

"……혹시라도 나 때문에 해준이가 이런 일을 벌인 걸까봐, 내 기분이 찝찝해서 그래."

화인은 자신이 한새에게 피해를 끼칠 지도 모른다는 사실이 싫었다.

악마와의 계약도 결론적으로 보면 서로의 이익을 위한 것이다.

물론 처음에는 싫다는 그를 막무가내로 쫓아다닌 건 사실이지만……

자신의 의지가 아니라 주변에서 멋대로 벌여놓은 상황에 휘말린다는 건 정말 마음에 들지 않았다.

화인의 얼굴을 가만히 들여다보던 그가 나지막한 목소리로 말했다.

"아직 박해준이 이 일을 벌였다는 증거는 없어. 그러니까 내 걱정하지 마."

그 말을 들은 화인이 무슨 소리 하냐고 따지려다가 멈칫하고 말았다.

지금 이 감정이 걱정이라고?

혼란스러웠다.

인간 세상으로 내려온 뒤, 그녀가 엄마 이외에 신경 써 본 사람은 없다.

그리고 앞으로도 당연히 없을 거라 생각했다.

인간의 마음은 손바닥 뒤집듯 쉽게 변하기 때문에 대악마인 그녀가 믿을 만한 게 아니었다.

누구보다 그 사실을 잘 안다고 생각했는데……

'지금 내가 걱정을 하고 있다고?'

복잡한 표정을 짓는 그녀를 바라보며 한새는 하고 싶은 말을 연이어 내뱉었다.

"말했지, 난 내가 한 말은 지킨다고."

두 사람은 악마와의 계약을 한 사이였다.

어길 시에는 지옥 불에 영원히 고통 받겠다고 맹세했지만, 그게 아니라고 해도 한새는 자신이 뱉은 말은 지키는 남자였다.

"설령 이 일을 박해준이 꾸몄다고 해도 상관 안 해. 계약할 때 너를 곁에 두겠다고 동의한 건 나야. 만약 그에 대해 책임을 져야 할 일이 생긴다면 그건 내가 감수해야 되는 일인 거고."

당연한 거 아니냐는 듯이 말하는 한새를 보고 있자니 화인은 속에서 뭔가 울컥하고 치밀었다.

이런 인간은 그가 처음이었다.

당시에는 그의 말을 우습게 여겼지만, 그는 정말로 자기가 한 약속을 책임지려 하고 있었다.

사실 그녀조차도 한새가 이렇게까지 생각하고 있을 거라 예상하지 못했다.

그녀 스스로도 계약을 맺을 당시 마음이 너무 급해서 억지로 밀어붙인 부분도 있었으니까.

"그러니까 분명히 말하지만, 이 일을 누가 꾸몄든 간에 네 탓이 아니야."

그의 말에 화인의 놀랍다는 듯, 두 눈을 크게 뜨고 한새를 바라봤다.

아무도 그녀에게 해 주지 않았던 말이었다.

버스 사고가 나서 모두가 죽었을 때도, 엄마가 정신병원에 입원하게 되었을 때도……

화인은 언제나 힘을 잃은 자신을 자책했다.

그리고 주변에서도 오로지 그녀를 원망할 뿐이었다.

이렇게 그녀에게 괜찮다고 네 탓이 아니라고 위로해 주는 인간은 한새가 처음이었다.

괜스레 뭉클한 기분이 들었다.

두 사람이 약속이라도 한 것처럼 아무 말 없이 서로를 쳐다보고 있을 때였다.

벌컥!

집 안으로 들어갔던 찬우가 현관문을 거칠게 열어젖히며 한새를 향해 소리쳤다.

"한새야, 지금 대표님이 너 좀 바꿔 달래."

"……갈게."

떨어지지 않는 시선을 돌리며, 한새가 집 안으로 들어가려고 걸음을 옮길 때였다.

부웅—!

갑자기 자동차 시동이 걸리는 소리가 들려왔다.

휘적휘적 걷던 한새가 무의식적으로 걸음을 멈추고 뒤를 돌아봤다. 그러자 화인이 운전대를 잡고 어딘가로 나가는 모습이 보였다.

순식간에 시야 밖으로 사라지는 자동차의 뒷모습을 망연자실하게 바라보며, 한새가 못 말린다는 듯 나지막이 중얼거렸다.

"하여간…… 말 참 안 들어."

한새는 지금 그녀가 어디로 향하는지 알 것만 같았다. 그리고 그건 자신이 원하는 바가 아니었다.

누군가를 좋아하는 감정이란 게 참 신비로웠다.

이런 상황에서조차 질투라는 게 생겨나는 걸 보면 말이다.

한새가 마음에 안 든다는 듯이 화인이 사라진 자리를 쳐다보고 있을 때였다.

다시 한 번 그를 재촉하는 찬우의 목소리가 들려왔다.

"얼른 전화 받아!"

한새가 마지못해 몸을 돌리며 말했다.
"지금 가."

*　　*　　*

사무실에 앉아서 업무를 처리 중이던 해준이 울려 대는 전화를 무심코 받을 때였다.
수화기 속에서 들려오는 말에 해준이 믿을 수 없다는 듯이 떨리는 목소리로 다시 한 번 물었다.
"지금…… 누가 찾아왔다고요?"
―박화인이라는 분이 부사장님과 아는 사이라고 행패를 부리셔서 확인차 연락을…….
"당장 들여보내세요."
―아, 네! 알겠습니다!
수화기를 다시 내려놓는 순간까지도 해준은 이게 꿈인지 생시인지 믿어지지 않았다.
지금 이곳에 누가 왔다고?
해준이 떨리는 눈동자로 사무실의 문을 쳐다보고 있을 때였다.
벌컥―!
거칠게 문이 열리며 거짓말처럼 화인이 모습을 드러냈다.
그녀의 옆에서 비서가 고생을 한 듯 진땀을 뻘뻘 흘리고 있었지만 해준의 눈에 그런 것이 들어올 리 없었다.

"……누나."

두 사람의 분위기가 심상치 않자 비서는 고개를 꾸벅 숙이고는 서둘러 다시 문을 닫았다.

화인은 무표정한 얼굴로 서서 잠시 해준을 바라보다가 나지막이 말했다.

"오랜만이다."

한새는 그녀의 탓이 아니니 신경 쓰지 말라고 했지만, 그렇다고 화인이 가만히 있을 수는 없었다.

만약에라도 이 일을 꾸민 게 해준이고, 자신 때문에 벌어진 일이라면 뒷수습도 본인이 직접 할 것이다.

화인은 해준이 권유하기도 전에 먼저 터벅터벅 걸어서 소파에 앉았다. 그러곤 얼음처럼 굳어 있는 해준을 향해 나직이 말했다.

"앉아. 할 얘기가 있어서 온 거니까."

8

진심으로 할게

예상치도 못한 화인과의 만남에 해준의 심장이 쿵쿵거리며 뛰어왔다.

실제로 보는 게 얼마 만인지 모르겠다.

그녀가 알 리 없겠지만, 해준은 이미 한 번 그녀를 보기 위해 자취방으로 찾아간 적이 있었다.

괜스레 그날이 머릿속에 떠올랐다.

화인을 만난다는 생각에 얼마나 가슴이 떨리던지, 몇 번이나 거울을 들여다보고 수십 번이나 옷을 갈아입었었다.

그러나 그때에 비해 지금은 아무런 준비도 되어 있지 않은 상태였다.

업무에 집중하면서 흐트러진 셔츠며, 살짝 풀어헤친 넥타이.

남들에겐 아무렇지 않아 보이는 것이겠지만, 해준은 지금 자신의 외형이 몹시 신경 쓰였다.

더 멋진 모습으로 만나고 싶었는데……

그녀를 다시 볼 마음이 준비가 완벽히 끝난 상태도 아니었다.

그런데도 좋았다.

화인의 탐스러운 머리카락이 보이는 뒷모습만 바라봐도 가슴이 시리도록 좋았다.

마치 꿈에서 몇 번이나 꾸었던 광경과 같아서, 정면에서 그녀와 얼굴을 마주치는 순간 모든 게 사라져 버릴 것만 같은 착각이 들었다.

그래서 해준은 자신도 모르게 느릿한 걸음으로 다가갔다.

그렇게 천천히 화인의 옆으로 다가가자 그녀의 무표정한 얼굴이 가까이에서 보여 왔다.

이건 꿈이 아니다.

그 생각이 머릿속을 가득 메웠다.

보고만 있어도 이렇게 좋은 사람이 또 있을 수 있을까?

해준은 짧은 시간 동안 말로는 다 표현할 수 없을 만큼의 감동을 느꼈다.

하지만 화인의 표정은 서늘하기 그지없었다.

그녀가 옆으로 다가온 해준을 매서운 눈초리로 쳐다보며 말했다.

"이한새, 누군지 알지?"

갑자기 화인의 입에서 튀어나온 이름에 해준의 심장이 쿵 하고 바닥에 떨어졌다.

혼자만의 상상에서 완전히 빠져나온 기분이었다.

그녀가 왜 자신을 찾아왔는지 이 질문 하나로 모든 걸 짐작할 수 있을 것 같았으니까.

"……압니다."

"네가 건드렸어?"

지나칠 정도로 단도직입적이었다.

빈말이라도 몇 년 만에 보는 동생에게 잘 지냈냐고, 그동안 몰라보게 컸다는 말 한마디 없었다.

과거와 조금도 변하지 않은 그녀의 무심한 시선에 해준은 왜인지 한기가 느껴졌다.

"그거 물어보시려고 절 찾아오신 건가요?"

"말 돌리지 말고, 대답이나 해."

"누나는……."

해준은 이미 사진으로 한 번 확인했지만, 실물로는 처음 보는 그녀의 모습을 빤히 쳐다봤다.

어렸을 적 모습만 추억하다 이렇게 성장한 모습을 보니 새로울 수밖에 없었다.

그가 나지막한 목소리로 말을 이었다.

"……예전이나 지금이나 조금도 변한 게 없으시네요."

여전히 아름다웠다.

객관적으로 따지면 과거의 화인은 모두의 눈에 아름답게 비쳤을 것이다. 많이 초라해진 지금은 그때와 다를지도 모른다.

하지만 해준의 눈에는 조금도 변함없이 아름다웠다.

화인은 자신이 물어본 질문과 전혀 상관없는 대답에 눈썹을 찌푸리며 말했다.

"너도 한 번 말하면 못 알아먹는 건 여전하네."

짜증스럽다는 그녀의 말에도 해준은 그저 빙긋 웃을 뿐이었다. 마치 그녀가 자신과의 과거를 회상하는 것 같아서 나쁘지 않았으니까.

화인이 다시 입을 열었다.

"내 입에서 같은 말 반복하게 하지 마. 이한새, 네가 건드렸어?"

"뭔가 짚이는 게 있어서 찾아오셨을 텐데, 제가 아니라고 하면 믿어 주실 건가요?"

그의 말에 화인은 아무런 대답 없이 해준의 어두운 눈동자를 응시할 뿐이었다.

사실 그가 아니라고 발뺌해도 완벽하게 믿지는 못한다.

당연한 일이다. 그가 이번 사건을 꾸민 범인이라는 증거는 없었지만, 그렇다고 아니라는 증거도 없었으니까.

그녀가 인간 세상에서 살아오면서 가장 큰 교훈을 얻은 게 바로 인간의 말을 믿지 말라는 것이다.

화인은 누구의 말도 믿지 않았다.

그러므로 지금 해준의 입에서 무슨 말이 나온다고 해도 애초부터 신뢰는 없었다.

그러니 이런 대화 역시 아무런 의미 없다.

"……날 찾았다고 들었는데 이유가 뭐야?"

제가 누나를 사랑하니까요.

해준은 목구멍까지 차오른 그 말을 간신히 내리누를 수 있었다.

지금은 때가 아니었다.

이렇게 아무렇게나 고백하기 위해 그 긴 시간을 참아온 것이 아니다.

삭막한 사무실에서, 그것도 이한새에 대한 물으러 온 그녀를 향한 고백이라니……

해준은 하고 싶은 말을 가슴속 깊은 곳에 감춘 채 다른 말을 입 밖으로 꺼냈다.

"오랜 시간이 흘렀고…… 저는 누나가 다시 집으로 돌아오셨으면 좋겠어요."

"다른 사람도 아닌 네가?"

화인은 뜻밖이라는 듯 되물었다. 그러곤 입가에 희미한 웃음을 지었다.

어딘가 불쾌감이 느껴지는 그 웃음이 무엇을 의미하는지 해준은 어렴풋이 알 것만 같았다.

화인은 조금 전보다 더 싸늘해진 표정으로 말했다.

"내 존재를 반길 수 없는 입장일 텐데?"

그것은 그녀가 가져야 할 모든 것을 꿰차고 있는 그를 향한 조롱이었다. 적어도 해준의 눈에는 그렇게 느껴졌다.

그가 자신도 모르게 입술을 잘근 깨물었다.

화인에게 모든 걸 되돌려 주기 위해 여기까지 버텨왔다. 이 법적인 남매 관계를 끊고 그녀를 얻을 수만 있다면 그가 못할 짓은 없었다.

간절하게 원하는 단 하나.

그게 바로 그녀다.

차마 하지 못한 말들이 가슴속에서 아우성쳤다.

해준은 깊게 눈을 한 번 감았다가 뜨며 조금 전보다 가라앉은 눈빛으로 그녀를 쳐다봤다.

그래, 믿지 못하겠지.

하지만…….

"……진심입니다."

화인은 전혀 예상치 못한 해준의 태도에 약간은 어리둥절할 수밖에 없었다.

설마 그가 자신이 돌아오길 원한다고는 상상조차 해본 적 없었으니까.

그렇기에 화인은 도대체 그가 무슨 꿍꿍이인지 짐작조차 되지가 않았다.

그녀는 답이 없는 고민은 금세 머릿속에서 털어 버리고, 해준을 향해 준비해 왔던 말을 털어놨다.

"내가 여기까지 온 이유는 너에게 경고를 하기 위해서야. 혹시라도 날 건드릴 생각은 하지 말라고."

누군가 인간 세상에서 살면서 가장 힘들었던 시기를 묻는다면 그녀는 조금의 망설임도 없이 그 집에서 가족들과 함께 살았던 때라고 대답할 수 있었다.

아무리 가난하고 힘들어도…… 그때보단 지금이 더 마음 편했다.

"다신 안 돌아가. 그러니까 날 찾지도 말고, 지금까지 해 왔던 것처럼 내버려 둬."

"……누나."

뭔가를 말하려는 해준의 말을 자르며 화인이 다시 말을 이어 나갔다.

"그리고 만에 하나라도 이한새 건드리면 가만 안 둬."

다시금 그녀의 입에서 나오는 그의 이름에 해준의 눈동자가 사납게 변했다.

도대체 그가 뭐라고 이리도 싸고돈단 말인가.

질투가 나서 죽을 것만 같았다. 하지만 해준의 감정과는 상관없이 화인의 목소리는 끊이지 않고 들려왔다.

"지금 내가 하는 경고를 무시한다면…… 그땐 네가 원하지 않아도 내가 그 집안으로 다시 돌아갈지도 몰라."

지금 해준이 가지고 있는 모든 것을 빼앗겠다는 화인만의 경고였다.

이제 와서 그것이 쉽지는 않겠지만 그래도 그녀는 3대째 이어져 온 솔트의 정통 핏줄이었고, 해준은 아버지가 데리고 온 입양아일 뿐이다.

해준의 미간이 와락 찌푸려졌다.

"지금에 와서 이런 경고를 하는 이유가 뭐죠?"

이한새라는 그놈 때문입니까?

차마 솔직히 묻지 못한 말이 입안에 남아 맴돌았다.

화인은 여전히 무심한 표정으로 그를 바라보다가 나지막이 말했다.

"……더는 나를 후회하게 만들지 마. 그게 내가 너한테 하고 싶은 말이야."

지금까지 살면서 단 한 번도 그 집안을 나온 것에 대해 후회해 본 적이 없었다.

그런데 처음으로 해준이 한새를 위협할지도 모른다는 생각이 들자 그녀가 놓고 온 것들이 아쉽게 느껴졌다.

다시는 그런 감정을 느끼고 싶지 않았다.

무기력함.

그것은 인간 세상에서 살면서 배운 단어였고, 그녀가 세상에서 가장 싫어하는 것이었다.

화인은 그 말을 끝으로 소파에서 벌떡 일어섰다.

하고 싶은 말은 모두 전했기에 더 이상 이 자리에 남아 있을 이유가 없었다.

"그럼 간다."

화인은 사무실에 쳐들어올 때와 마찬가지로 거침없는 걸음걸이로 이곳을 나갔다.

그녀가 걸어가는 뒷모습을 보다가 해준이 다급하게 입을 열었다.

"누나!"

그의 부름에 화인이 걸음을 멈추고 슬쩍 고개를 돌려 쳐다봤다.

그러자 해준이 어딘가 절박해 보이는 표정으로 말했다.

"……이왕 온 거 차라도 한 잔 마시고 가세요."

전혀 생각지도 못한 그의 제안에 화인의 눈동자가 조금 커졌다. 하마터면 무슨 소리냐고 다시 한 번 물을 뻔했을 정도다.

화인에게 그는 예나 지금이나 쉽사리 이해가 가지 않는 인간이었다.

그녀가 다시 정면으로 고개를 돌리며 나지막한 목소리로 말했다.

"차는 됐어."

그 짤막한 말 한마디를 남긴 채, 그녀는 순식간에 해준의 시야에서 완전히 사라졌다.

그는 제자리에 서서 화인을 붙잡지 못한 손을 꽉 쥐었다.

하얗게 변한 주먹이 지금 그가 얼마나 참고 있는지를 대신 보여 주는 것 같았다.

모든 걸 되돌려 주기 위해서였는데……

화인은 도리어 그에게 모든 걸 빼앗으러 올지도 모르겠다는 경고를 남겼다.

"……하하."

그 사실이 너무 서글퍼서 해준은 자신도 모르게 작게 웃음을 터뜨렸다.

그가 양손으로 자신의 눈가를 감싸며 나지막이 중얼거렸다.

"이한새, 정말로 그냥 죽여 버릴까."

언론조작 따위로 추락시킬 게 아니라 그냥 이 세상에서 완전히 지워 버리고 싶었다.

처음으로 진지하게 그런 생각이 들었다.

*　　*　　*

어느덧 화인이 다시 한새의 집으로 돌아왔을 때는 늦은 밤이 되어 있었다.

평소보다 어두운 집안은 마치 아무도 없는 것 같이 조용했다.

'어디 갔나?'

무심코 그런 생각이 들었다.

그녀가 한새의 방 안을 확인하기 위해 걸음을 옮길 때였다.

반대편에서 귀에 착 감기는 허스키한 목소리가 들려왔다.

"왔어?"

소리가 들린 방향으로 고개를 돌리니 어둠 속에 서 있는 흐릿한 인영이 보였다.

화인이 슬쩍 미간을 찡그리며 말했다.

"불도 안 켜고 뭐 해?"

"바빠서 깜빡했어."

"네 매니저는?"

"방금 갔어."

그녀가 나갔다 오는 시간 동안 한새가 집안에서 찬우와 해결한 일도 적지 않았다.

조금 전까지만 해도 바쁘게 움직이던 그가 이제 막 휴식을 취하려는 순간에 그녀가 돌아온 것이다.

당장에 동원할 수 있는 방법은 다 썼으니 이제는 기다리는 일만 남은 셈이다.

한새는 그녀가 해준과 만났을 거라고 짐작하고 있었기에 잠시 고민하다가 솔직하게 물었다.

"……박해준 만나고 오는 거야?"

"응."

그녀의 성격상 해준에게 돌려 말했을 리는 없었다.

한새가 궁금하다는 듯이 물었다.

"무슨 말했어?"

"별말 안 했어."

해준이 이 사건과 연루가 되어 있는지 확실치는 않다.

하지만 화인은 그에게 똑똑히 자신의 입장을 밝히기 위해 간 것이었다. 그가 자신에게 관심을 갖는 이유도 확인할 겸, 만에 하나라도 더 이상의 간섭은 용서치 않겠다는 경고는 남겨야겠기에.

가능하면 그가 이번 사건과 연관이 없기를 바라는 마음은 그녀가 가장 컸다.

화인이 희미한 한새의 형체를 빤히 쳐다보다가 다시 말을 이었다.

"내가 가장 싫어하는 게 아무것도 할 수 없는 무기력한 상태야. 그러니까 그런 감정 느끼지 않게 아무한테도 순순히 당하지 마."

한새가 낮게 픽하고 웃었다.

"만만한 남자 아니라고 말했잖아."

"믿을게. 나 지금 해준이한테 잔뜩 허세 부리고 오는 길이거든."

"무슨 허세를 부리고 왔는데?"

"……너 건드리면 가만 안 둔다고."

그 말에 가만히 서 있던 한새가 성큼 그녀를 향해 가까이 다가왔다.

희미한 형체만 보이던 그의 모습이 순식간에 눈에 뚜렷하게 보여 왔다.

새삼스럽게도 그가 완벽한 외모라는 사실을 다시금 깨달아야만 했다.

창밖에서 들어오는 희미한 불빛이 전부인 지금 이 순간, 그의 조각 같은 옆모습에 음영이 드리워지며 압도적인 존재감을 뽐내고 있었기 때문이다.

조명이 어두워서일까.

왠지 모를 묘한 분위기가 흐르는 듯했다.

"너…… 이제 슬슬 깨달을 때도 되지 않았어?"

화인이 무슨 말이냐고 되묻기도 전에, 한새의 듣기 좋은 목소리가 다시 한 번 들려왔다.

"네 말이 얼마나 나를 뒤흔드는지."

"……?"

순간 한새의 말이 이해가 안 돼서 그를 올려다볼 수밖에 없었다.

그런데 희한하게도 심장박동이 빨라지기 시작했다.

두근두근.

바로 코앞까지 다가온 한새에게 이 심장 소리가 들릴 것만 같았다.

그녀의 시야는 온통 점점 가까워지는 한새의 까만 눈동자밖에 보이지 않았다.

그의 그윽한 목소리가 그녀의 귓가에 들려왔다.

"……키스해도 돼?"

"뭐?"

"허락받으라며."

정신을 차린 화인이 고개를 옆으로 획 젖히며 단호하게 말했다.

"안 돼."

하지만 한새의 동작도 그에 못지않게 빨랐다.

그의 커다란 손이 순식간에 화인의 턱을 감싸 쥐고 다시 정면으로 고개를 돌렸다.

그러곤 조금의 틈도 없이 바로 입을 맞춰왔다.

부드럽고 말캉한 감촉.

여유가 느껴지지 않는 격렬한 키스였다. 마치 지금까지 참아왔던 갈증을 해소하려는 것처럼.

정신없이 그와 키스를 나누던 화인이 버둥거리며 한새에게서 벗어나려고 하자, 그의 입술이 아쉽다는 듯이 떨어져 나갔다.

불에 덴 것처럼 뜨거웠다.

"너……!"

화인은 너무 당황스러워서 말문이 막혔다.

그녀가 번들거리는 입술을 손등으로 닦으며 기가 막힌다는 듯이 다시 입을 열었다.

"내가 싫다고 말했잖아."

그런데 한새는 아무것도 모른다는 듯이 뻔뻔한 얼굴로 해사하게 웃을 뿐이었다.

그는 멍한 얼굴로 자신을 쳐다보는 그녀를 향해 허스키한 목소리로 이렇게 대답했다.

“잘못 들었나? 난 허락한 줄 알았지.”

“이게 진짜!”

화인은 눈앞에 있는 한새가 천연덕스럽게 거짓말을 하고 있다는 사실을 단번에 깨달았다.

당연했다. 누구라도 지금 그가 말도 안 되는 거짓말을 하고 있다는 걸 알아차릴 수 있을 것이다.

그런데 문제는 그녀의 심장이 병에 걸린 것처럼 빠르게 뛰고 있다는 사실이다. 마치 첫 키스라도 빼앗긴 소녀처럼.

더구나 그와의 키스가 이번이 처음도 아니었다. 어쩌다 보니 그와는 벌써 두 번이나 입맞춤을 나눈 사이였으니까.

물론 두 번 다 완벽한 키스라고 부르기엔 조금 애매한 부분이 있었지만, 그래도 서로의 입술이 맞닿았던 건 분명한 사실이다.

그럼에도 불구하고 아직도 적응이 안 되는 건지 얼굴이 뜨겁게 달아올랐다.

조명이 어두워서 천만다행이다. 그렇지 않았다면 자신의 새빨개진 얼굴을 들키고 말았을 테니까.

화인은 그와 키스를 했다는 사실보다, 그와의 키스가 좋았다는 게 더 충격적이었다.

‘정신 차려.’

한새는 한낱 인간일 뿐이다. 그리고 자신은 그와 같은 인간이 아니라 대악마 벨로나였다.

지금은 이런 유희를 즐기는 것보다 한시라도 빨리 원래의 모습으로 돌아가는 게 시급했다.

화인은 혼란스러운 마음속을 재빠르게 정리하며, 그를 향해 일부러 더 차가운 목소리로 말했다.

“내가 또 이런 장난치면 가만 안 둔다고 했지.”

“……장난이 아니면 되는 거야?”

한새의 얼굴에서 웃음기가 서서히 지워졌다. 어둠 속에서 은은히 빛을 발하는 그의 눈동자가 진지하게 가라앉았다.

그런 그를 똑바로 마주 보고 있는 화인은 이 자리가 더욱 곤욕스럽게 느껴졌다.

“말장난하지 마.”

“장난 아니면…… 한 번 더 해도 돼?”

사실 모자라도 한참이나 모자랐다.

한새는 그녀의 입술을 더 맛보고 싶은 욕구를 간신히 억누르고 있는 중이었다.

동그랗게 자신을 올려다보는 눈동자, 방금 전 키스로 살짝 부어오른 입술.

어둠 속에서도 선명하게 보이는 그녀의 모습들이 지금 한새의 인내심을 시험하고 있는 중이었다.

그가 못 참겠다는 듯 미간을 찡그리며 말했다.

“그런 표정으로 쳐다보지 마. 지금도 간신히 참고 있는 중이니까.”

그 말에 화인이 오히려 되묻고 싶었다.

지금 도대체 자신이 어떤 표정을 짓고 있는 것이냐고 말이다.

이글거리는 한새의 눈동자를 가만히 쳐다보던 그녀가 자그맣게 한숨을 내쉬었다.

"너 키스하고 싶다고 아무한테나 막 들이대는 버릇 고쳐."

"알았어, 진심으로 할게."

키가 큰 한새가 허리를 숙여 화인의 얼굴에 가깝게 다가갔다. 고개를 살짝 비틀자 금방이라도 서로의 입술이 닿을 것 같았다.

방금 전처럼 강제적인 느낌이 아니라 마치 허락을 구하듯 느릿한 움직임이었다.

스윽—

그렇기에 화인은 뒤로한 발자국 물러서면서 그의 입술을 피했다.

한새가 그대로 동작을 멈춘 채로 그녀를 똑바로 쳐다보며 나직이 말했다.

"……싫어?"

지금 이 상황에 어울리는 질문인지는 모르겠지만, 이상하게도 한새답다는 생각이 들었다.

그래서 화인은 자신도 모르게 작게 실소를 머금었다.

솔직히 싫진 않았다.

하지만 더 이상은 위험하다고 본능이 경고하고 있었다.

"나한테 이렇게 들이대려면 최소한 목숨은 걸어야 되는 거 알고 있어?"

두 사람은 끝이 뻔히 보이는 관계다. 서로 물과 기름처럼 절대로 섞이지 않을 종족이었으니까.

그렇기에 화인은 한순간의 불장난이라 해도 이미 결말이 정해진 길을 굳이 가고 싶지 않았다.

여기서 멈춰야 한다.

"좋게 말할 때 그만해, 봐주는 것도 한계가 있어."

화인이 날카로운 눈빛으로 그를 한 번 쳐다보곤 천천히 뒤돌아서 별채를 향해 걸어갔다.

한새는 키스하기 전보다 오히려 더 목이 바짝 마르는 기분이었다.

갈증이 조금이라도 사라진 게 아니라 도리어 잠깐 맛 본 그녀의 입술에 금단현상이 일어날 것 같았다.

점점 멀어져 가는 그녀의 뒷모습을 물끄러미 바라보다가 혼자 남겨진 한새가 나지막이 중얼거렸다.

"……목숨 값치곤 너무 짧았잖아."

짝사랑이 이렇게 어려운 것인 줄 몰랐다.

지금 바깥에서는 한새의 이야기로 시끌벅적할 텐데, 정작 그는 이렇게 한 여자에게 목을 매고 있었다.

언제나 냉철하게 상황을 판단하던 자신과는 많이 다른 모습이었다.

언제부턴가 그녀와 함께 있다 보면 이렇게 이성보다 감정이 불쑥 앞서 나가는 기분이다.

'나답지 않게…….'

머리로는 알고 있었지만 마음이 따라 주질 않는다.

자꾸만 화인의 입술이 아른 거려 그가 골치가 아프다는 듯이 이마를 짚었다.

"젠장, 다른 사람들은 대체 이런 걸 어떻게 참는 거야."

* * *

"둘이 무슨 일 있었어?"

이른 아침부터 한새의 집으로 찾아온 찬우가 더 이상은 못 참겠다는 듯 먼저 말을 꺼냈다.

아무리 눈치가 없어도 지금 한새와 화인 두 사람 사이에 흐르는 미묘한 기류를 알아차리지 못할 수는 없었다.

서로 멀찌감치 떨어져 앉아서는 쳐다보지도 않고, 한 마디 말조차 나누지 않았으니까.

이 숨 막힐 것 같은 분위기에 죽어 가는 건 중간에 있는 찬우였다.

한새는 그의 말에 멀찍이 서 있는 화인을 힐끔 쳐다보곤 의미심장한 표정을 지을 뿐이었다.

알 수 없는 그의 태도에 찬우가 답답하다는 듯이 다시 입을 열었다.

"아, 뭐냐고. 불편해 죽겠네."

투덜거리는 찬우를 향해 한새가 혼잣말을 중얼거리듯 나지막한 목소리로 말했다.

"……나 이 상황에서 우월감을 느끼면 이상한 거지?"

"엥? 뭔 소리야?"

도무지 납득이 안 간다는 찬우의 표정을 바라보며 한새는 자신도 모르게 설핏 웃었다.

어제 키스를 하고 난 다음에 화인이 이렇게 대놓고 어색한 분위기를 연출하고 있다.

이 상황은 어떻게 봐도 하나의 결론밖에 나오지가 않는다.

'드디어 날 신경 쓰기 시작했다는 거잖아.'

지금까지 화인에게 자신은 그저 악마와 계약을 한 인간일 뿐이었다.

거침없이 같은 방에서 자자고 하지를 않나, 남자 혼자 사는 집에서 생활하면서도 그녀는 별다른 경계심 없이 지내 왔다.

그건 그녀의 성격 탓도 있겠지만, 근본적으로 한새를 남자로 보지 않았기 때문이다. 그리고 그 사실을 한새 본인도 잘 알고 있었다.

그런데 어제 키스를 하고 난 다음부터 이렇게 태도가 변한 것이다.

그 말인즉 이제는 그를 남자로 보고 있다는 것과 같은 뜻이었기에 기분이 좋아질 수밖에 없었다.

화인은 그가 어색해서 피하는 것이겠지만 한새는 완전히 정반대였다. 그녀 앞에서 표정관리가 안 될 것 같아 눈을 못 마주치고 있는 것이다.

남몰래 피식거리는 한새를 바라보며 찬우는 어처구니가 없다는 듯 말했다.

"지금 이런 상황에서도 웃음이 나오는 걸 보니 이걸 다행이라고 해야 되나?"

"죽을상으로 앉아 있으면 뭐해, 그런다고 달라지는 것도 없는데."

물론 한새의 말이 틀린 건 아니었지만, 이렇게 대대적인 루머에 휘말리고 있는 그가 웃을 수 있다는 건 여러모로 납득하기 힘든 일이었다.

"언제부터 그렇게 긍정적인 사고방식을 갖게 된 거냐?"

"그러게."

한새는 찬우의 말에 딱히 부정하지 않았다. 누구보다 자신이 이런 변화에 놀라고 있는 중이었으니까.

도대체 저 여자가 뭐기에 이렇게 자신의 감정을 좌지우지하는 걸까.

감정이란 게 한 번 깨닫기 시작하자 걷잡을 수 없을 정도로 커져서 덜컥 겁이 날 지경이었다.

"그래, 생각해 보니 너무 우울해하는 것보다야 낫다. 어쨌든 한시름은 덜었으니까."

마냥 심각했던 어제보다 전체적인 상황이 나아진 건 사실이다.

에이전시에서도 바로 강경대응을 하겠다고 공개적으로 선포했고, 한새 스스로도 SNS를 통해 자신의 입장을 확실하게 밝혔다.

크게 이슈가 된 사건이니 아직까지도 여러 가지 추측성 기사가 난무했지만, 정확한 진실이 밝혀질 때까지 기다리자는 여론도 많이 형성되는 추세였다.

이 모든 건 상황이 더욱 악화되기 전에 빠르게 대응한 덕분이었다.

이 바닥에서 오래 굴러먹은 경력은 무시 못 한다더니, 한새의 유연한 대처가 빛을 발했다.

찬우가 벽걸이 시계를 힐끔 확인하더니 말했다.

"어제 기사 써 주겠다던 기자들한테선 연락 안 왔지?"

"어, 아직."

"그놈들 빨리 기사 안 쓰고 뭐하고 있는 거야?"

"아쉬운 건 우리 쪽이니 좀 더 기다려 봐야지."

"에잉, 한 시가 급한데."

상황이 나아진 건 맞지만, 그래도 이쪽에 전혀 피해가 없는 건 아니었다.

당장 한새의 일정이 전부 취소가 됐을 뿐 아니라 나오기로 한 광고들도 다 막아 놓은 상태였으니까.

그뿐인가. 이 사건을 계기로 그를 탐내하던 광고주들이 전부 떨어져 나갔다.

눈으로 보이는 것만 따져도 손실이 만만치는 않았다.

그런데 문제는 이 논란이 지속될수록 그 여파가 점점 더 커진다는 사실이다.

급한 불은 껐지만, 아직도 여전히 시간 싸움인 것이다.

지이잉— 지이잉—

때마침 울리는 전화에 한새와 찬우의 시선이 동시에 그리로 향했다.

지금까지 두 사람이 기다렸던 한 기자의 연락이었다.

약속보다 늦게 온 연락에 찬우가 인상을 찡그리며 못마땅하다는 듯이 중얼거렸다.

"그 사람도 양반은 아니네."

한새는 서둘러 통화 버튼을 누르고 전화를 받았다.

그러자 수화기에서 상대방의 목소리가 먼저 들려왔다.

—어, 한새야…….

"응, 형 기사 올렸어?"

—그게 말이야, 위에서 네 기사를 못 쓰게 막아놔서 도저히 못 올릴 것 같아.

"뭐?"

—누가 손을 쓴 것 같은데…… 하여튼 미안하다.

"그게 무슨……."

한새의 말이 채 끝나기도 전에 그가 서둘러 전화를 뚝 끊었다.

뭔가 상황이 심상치 않게 돌아간다는 생각에 한새의 표정이 딱딱하게 굳어졌다.

그때였다.

찬우의 휴대폰 벨소리가 요란하게 울리기 시작했다.

방금 전 전화와 마찬가지로 어제 기사를 써 주기로 약속했던 기자들 중에 한 명이었다.

"네? 뭐라고요?"

전화를 받은 찬우의 표정 역시 좋지 못했다.

"이, 이봐요!"

일방적으로 끊긴 전화를 망연자실하게 바라보고 있는 그를 보고 있자니, 한새는 자신이 통화한 내용과 다르지 않음을 알 수 있었다.

찬우가 잔뜩 당황한 표정으로 입을 열었다.

"한새야, 이게 무슨 일이냐? 기자가 나한테 전화 와서는 네 기사 못 써 주겠다는데?"

"……완전히 막아 놨나 봐."

"누가?"

한새라고 그걸 알 수는 없었다.

하지만 자신에게 도전장을 내민 누군가가 권력이 상당한 인물이라는 건 확실했다.

한새는 서둘러 겉옷을 걸치며 어찌할 바를 모른 채 앉아 있는 찬우를 향해 말했다.

"지금 알아보러 가야지."

"가, 같이 가."

아직도 충격에서 헤어 나오지 못한 표정으로 찬우가 서둘러 자리에서 일어났다.

그러자 한새가 고개를 살짝 저으며 나직이 말했다.

"형은 따로 해 줘야 할 일이 있어."

"내가?"

한새가 살짝 몸을 숙여 찬우에게만 들릴 정도로 작게 속삭였다.

그의 말을 전부 다 들은 찬우는 고개를 크게 끄덕이며 대답했다.

"알았어, 그건 나한테 맡겨둬."

"그럼 이따 연락해."

그렇게 찬우에게 따로 지시를 내린 후, 한새는 서둘러 집을 나와 차를 세워 놓은 곳으로 향했다.

타박타박.

그런데 어느새가 자신의 뒤를 쫓고 있는 작은 발걸음 소리가 들려왔다.

무심코 고개를 돌려 뒤를 돌아볼 때였다.

그러자 거기에는 언제부터 쫓아온 것인지 화인의 모습이 보였다.

그녀는 자신을 빤히 쳐다보는 그의 시선이 불편해서 평소보다 퉁명스러운 목소리로 입을 열었다.

"뭘 그렇게 봐?"

"나랑 같이 가려고 나온 거야?"

한새는 그녀가 자신을 하루 종일 피해 다녔다는 사실을 잘 알았기에 당연히 같이 움직일 거라곤 생각하지 않았었다.

그런데 예상과 달리 화인은 너무나도 당연하다는 표정으로 대답했다.

"그럼 내가 운전기사인데 같이 안 가?"

한새가 별다른 말없이 그저 의외라는 시선으로 쳐다보자 화인이 미간을 살짝 찡그렸다.

그녀가 그대로 그를 지나쳐 차를 향해 걸어가며 나지막한 목소리로 말했다.

"나도 내가 한 말은 지켜. 너…… 지켜 준다고 했잖아."

그 말을 들은 한새의 눈동자가 조금 커졌다.

이미 그녀의 입에서 몇 번이나 들은 말이었지만, 매번 이 말을 들을 때마다 이상하게도 가슴이 설레었기 때문이다.

재빠르게 운전석에 올라탄 화인이 제자리에 가만히 서 있는 그를 향해 소리쳤다.

"시간 없는 거 아냐? 빨리 타."

한새는 뒤늦게 차를 향해 걸어가며 못 말리겠다는 듯이 웃었다.

이러니, 내가 안 빠지고 배길 수가 있나.

*　　*　　*

두 사람이 차를 타고 향한 곳은, 방금 전 한새에게 가장 먼저 전화를 걸었던 기자가 있는 곳이었다.

그의 이름은 김선일.

평소에도 한새와 가끔 연락을 주고받을 정도로 친분이 있는 사이였다.

선일은 통화를 끝낸 지 얼마 되지도 않아 바로 자신을 찾아온 한새를 보며 적잖이 당황할 수밖에 없었다.

"내 기사를 왜 못 내는 건지, 정확한 이유라도 말해 줘야 할 거 아니야."

"아, 나도 잘 몰라."

"아까는 누가 손을 쓴 거 같다며."

"눈치가 그렇다는 거지, 나도 자세한 사정은 정말 몰라. 나한테 이래봤자 나오는 거 없으니까 그만 돌아가라."

선일이 난처한 표정으로 서둘러 이 자리를 피하려고 할 때였다.

가만히 두 사람이 하는 대화를 지켜보고 있던 화인이 더 이상 못 참겠다는 듯 앞으로 나섰다.

선일은 자신의 앞을 막아선 그녀를 향해 짐짓 불쾌한 목소리로 말했다.

"비키……."

하지만 그의 말은 끝까지 이어지지 못했다.

화인이 그를 향해 마력을 담은 목소리로 최면을 걸었기 때문이다.

"기사를 못 내보내는 거에 대해, 아는 게 있으면 솔직하게 털어놔."

평소와 어딘가 다른 그녀의 목소리에 옆에 있던 한새도 단번에 그게 최면술이라는 사실을 알아차렸다.

처음 만났을 때 그녀가 최면을 거는 장면을 직접 목격했기 때문이다.

순간 눈빛이 흐릿해지는 선일을 바라보며, 한새가 궁금하다는 듯이 물었다.

"이거 이렇게 사용해도 괜찮은 거야?"

아니, 당연히 괜찮지 않았다.

지금껏 그녀가 최면술을 사용하지 못한 이유는, 몸 안에 그만큼의 마력이 모여야 한다는 조건이 충족되지 않았기 때문이다.

더군다나 마력을 사용해서 최면을 걸게 되면 인간세상에서 살아야 할 형벌의 시간이 늘어났기에 가능한 스스로 사용을 금지했다.

"함부로 쓸 수 있는 건 아니지만……."

하루라도 빨리 마계로 돌아가고 싶은 그녀에게 최면술을 사용함으로써 받아야 되는 페널티는 절대로 감당하고 싶지 않은 것이었다.

그렇기 때문에 최대한 힘을 쓰지 않고 버텨 보려고 했지만……

"지금은 미래를 위한 투자야."

어차피 한새가 곤경에 처하면 그의 곁에 붙어 있어야 하는 자신에게도 좋지 않다. 그래서 더욱 그를 지켜내려고 하는 것이다.

마력을 써서 최면술을 거는 것보다 그의 곁에서 시간을 단축시키는 게 훨씬 빨랐으니까.

화인은 그렇게 스스로를 다시 한 번 납득시켜야 했다.

최면에 걸려 멍하니 서 있던 선일이 약간 어눌해진 말투로 입을 열기 시작했다.

"우리 신문사를 운영하는데 많은 도움을 주고 있는 IG건설에서 압력이 들어온 걸로 알고 있어. 부장이 하는 말을 몰래 엿들은 바로는 그곳의 이사 유현무가 직접 지시를 내린 것 같아."

가만히 그가 하는 말을 듣고 있던 한새가 나직이 혼잣말을 중얼거렸다.

"유현무 이사?"

자신도 들어 본 적이 있는 이름이었다.

유현무란 이름을 가진 남자는 바로 다음 대에 IG건설을 물려받을 후계자였으니까.

하지만 이름만 얼핏 들어 봤을 뿐, 그와 자신은 얼굴조차 마주친 적이 없는 사이였다.

그런 그가 한새에게 악감정을 가지고 이런 일을 시켰다는 건 여러모로 말이 되질 않았다.

'누군가 그에게 부탁을 한 건가?'

신문사를 압박할 수 있는 유현무를 움직일 수 있는 사람.

아마 그 사람이 한새를 이렇게 궁지로 몰아넣었을 확률이 높았다.

상황을 이렇게 몰고 온 범인의 정체를 바로 알아내지 못한 게 아쉬웠지만 그래도 단서는 얻었다.

IG건설 유현무 이사의 대인관계를 조사하다 보면 더 실마리가 나올 것이다.

한새가 곰곰이 생각을 하고 있을 때, 본인이 아는 것을 모조리 토해 낸 선일이 최면에서 깨어났다.

그는 어지럽다는 듯이 제자리에서 가볍게 머리를 흔들었다. 그러곤 자신이 한 말을 기억하지 못하는 듯 다시 앞길을 막고 있는 화인을 향해 입을 열었다.

"비키세요."

이미 볼일이 끝났기에 화인은 무표정한 얼굴로 순순히 길을 비켜 주었다.

생각보다 쉽게 물러나는 두 사람의 태도에 그가 이상하다는 듯 고개를 갸웃거렸지만, 이내 혹시라도 붙잡힐세라 서둘러 발걸음을 옮겼다.

도망치듯이 걸어가는 그의 뒷모습을 바라보며, 화인이 나지막한 목소리로 물었다.

"어때? 도움이 좀 된 거야?"

"덕분에 실마리를 잡았으니 이제부터 알아봐야지."

"어떤 놈이 이런 일을 벌인 건지, 얼굴 한번 보고 싶네."

마치 잡히기만 하면 한 방 날리기라도 할 것 같은 그녀의 기세에 한새는 자신도 모르게 픽하고 웃었다.

그러다가 조금 전 최면에 걸린 선일이 말을 시작하는 바람에 물어보지 못한 게 떠올라서 그가 다시 입을 열었다.

"그런데 아까 최면을 함부로 쓸 수 없다는 게 무슨 말이야? 정확히 설명해 봐."

"넌 알 거 없어."

단칼에 자르는 화인의 말에 한새가 슬쩍 미간을 찡그리며 말했다.

"내가 전에도 말하지 않았나. 나 궁금한 거 못 참는 성격이라고."

"네가 알아서 뭐하게, 설마 내 걱정이라도 하려고?"

화인은 순전히 그를 비아냥대려고 한 말이었는데, 한새는 마치 정곡이라도 찔린 사람처럼 아무런 반박도 하지 못했다.

그의 진지한 눈빛에 화인은 갑자기 이 자리가 불편하게 느껴졌다.

얼마 전부터 이상했다.

자꾸만 다정하게 느껴지는 한새의 태도에 자신도 덩달아 묘한 감정이 드는 것 같았다.

"……내 일은 내가 알아서 해."

금방 선을 그어버리는 그녀의 말에 한새는 '그럼 내가 네 걱정을 안 할 것 같아?'라고 되묻고 싶은 걸 간신히 참아내야만 했다.

자신이 조금만 진심을 내보이면 금방 도망을 가버리는 여자라 이럴 때는 오히려 사무적으로 대하는 게 낫다는 사실을 깨달았기 때문이다.

"너랑 나는 계약을 한 사이야. 지금 네가 어떤 상태인지 나도 알 권리가 있어."

조금 전까지만 해도 강렬한 시선을 보내던 그가 순식간에 아무렇지도 않다는 듯 차갑게 식은 눈동자로 그녀를 쳐다보고 있었다.

연기자 뺨치는 그의 변화에 화인은 어리둥절할 수밖에 없었다.

하지만 지금 그가 하는 말이 틀린 건 아니었다.

화인이 대악마로 돌아가기 위해 그가 필요하듯이, 한새 또한 여동생을 구하기 위해선 그녀가 필요했다.

그의 입장에선 당연히 궁금할 수 있겠다는 생각이 들자, 잠시 고민하던 화인이 나지막한 목소리로 설명을 하기 시작했다.

"내가 최면을 사용하려면 한 가지 조건이 충족돼야 해. 바로 몸에 그만큼의 마력이 쌓여야 되는 거지. 그런데 인간의 몸이라서 한 번 최면을 걸 정도의 마력이 모이려면 생각보다 시간이 오래 걸려."

사실 지금 최면을 사용할 수 있었던 것도 계속 한새의 곁에 있었기 때문에 평상시보다 빠르게 마력이 모인 것이었다.

"그리고 마력을 사용하게 되면 내 어깨 위에 새겨진 형벌의 시간이 늘어나서 함부로 쓸 수 없다고 말한 거야."

"얼마나 늘어나는데?"

"그때마다 달라. 얼마큼 이득을 봤는지에 따라 기간이 정해지거든. 뭐 그렇다고 엄청나게 대단한 최면을 걸지는 못해. 예를 들어 기억을 아예 통째로 지워 버린다든가 하는 그런 거."

"순간의 기억만 조작이 가능하단 소리야?"

"응, 아무래도 단순 명령이 좋지. 너무 광범위하면 그만큼 마력이 많이 필요해서 안 돼."

"흐음."

이제야 무슨 뜻인지 알겠다는 한새의 얼굴을 바라보며, 화인의 머릿속에 무심코 떠오른 것이 있었다.

"그러고 보니 쓰지를 못해서 그렇지, 지금 네 몸에 마력이 가득할 거야."

"나?"

"잊었어? 너 마녀라고 했잖아."

"아, 그랬지 참."

한새는 자신이 마녀라는 사실을 인정하면서도 크게 신경을 쓰지 않는 눈치였다.

화인도 그가 처음부터 그런 것에 관해 무관심하다는 사실을 알고 있었기에 별로 대수롭지는 않았다.

지금부터 그에게 사용하는 방법을 가르친다고 해도 십여 년은 넘게 걸릴 일이라 소용이 없기도 했으니까.

그는 그저 다이아몬드 원석 같은 존재.

현실적으로 그 이상이 되기는 힘들었다.

화인이 그를 빤히 올려다보며 생각에 잠겨 있자, 갑자기 한새가 손을 들어서 그녀의 머리를 쓰다듬어 주었다.

말로 표현할 수 없는 묘한 느낌에 그녀의 얼굴이 순간 와락 찌푸려졌다.

"뭐하는 거야?"

"나 때문에 최면술 걸어준 건 고마운데, 그런 거면 앞으로 사용하지 마."

순전히 그녀의 입장을 생각해서 하는 말이었다.

인간이라면 조금이라도 딴생각을 품을 법도 한데, 그는 화인의 능력을 악용할 생각이 전혀 없어 보였다.

그런 점이 싫지는 않았지만, 왠지 그런 감정을 들키고 싶지 않았기에 그녀는 더욱 퉁명스러운 목소리로 대꾸할 뿐이었다.

"내가 알아서 해."

금방이라도 가시를 세우는 고슴도치 같은 그녀의 반응에 한새가 어처구니없다는 듯이 설핏 웃으며 말했다.

"말도 참 예쁘게 한다."

그게 정반대로 비꼬는 거라는 걸 알았기에 화인도 획하고 고개를 돌릴 뿐이었다.

곧이어 그녀가 무심한 듯한 목소리로 물었다.

"이제 어디로 가?"

"너는 먼저 집으로 돌아가 있어."

"나만?"

"응. 네 덕분에 단서를 빨리 찾았으니까, 난 이제 다른 일을 처리하러 가야지."

그게 뭐냐고 화인이 묻기도 전에 마침 한새의 휴대폰이 요란하게 울리기 시작했다.

바로 찬우였다.

그에게 따로 지시한 일이 떠올라 한새는 입가에 묘한 웃음을 지으며 서둘러 전화를 받았다.

그러자 잔뜩 흥분한 찬우의 목소리가 수화기를 통해 들려왔다.

—한새야, 네가 시키는 대로 처리했어. 난 생각할수록 네가 천재 같다!

"오버하긴, 지금 어디야?"

—일단 너한테 다시 가고 있어, 아무래도 만나야 할 거 같아서, 그쪽 일은 끝냈어?

"응. 기다릴 테니까 빨리 와."

찬우와 짧은 통화를 마친 한새가 그녀를 다시 돌아보며 나지막이 말했다.

"집에 가 있어, 연락할게."

"나도 같이 가는 게 낫지 않아?"

"차 두 대로 움직이기 힘들 것 같아서 그래. 어차피 나도 오래 밖을 돌아다닐 처지는 아니라 금방 들어갈 거니까 먼저 가 있어."

"그래도……."

그녀가 뭐라고 더 대꾸하기도 전에, 한새는 먼저 앞장서서 어딘가로 걸어가 버렸다.

예상치도 못하게 혼자 남겨진 그녀가 조금 당황한 표정으로 그가 가는 뒷모습을 쳐다봤다.

"……허."

* * *

한새와 다시 만난 찬우는 신이 나 있었다.

그는 누군가가 기사를 막았다는 사실을 알았을 때와는 정반대로 환한 표정을 지으며, 옆 좌석에 앉아 있는 한새를 향해 물었다.

"언제부터 나 모르게 이런 일을 하고 있었던 거야?"

"뭘?"

"기부 말이야, 인마."

"아아."

"이렇게 착한 일을 하면서 그동안 나한테 한마디 말도 안 하고…… 도대체 언제부터 시작한 거야?"

"조금 됐어."

연예인은 이미지로 먹고 사는 직업이다.

한새는 오래전부터 그 사실을 잘 알고 있었다.

그래서 인기가 높아지기 시작하자 만약을 대비해 이름을 밝히지 않은 채로 꾸준히 기부를 해 왔다.

한 마디로 일종의 보험 같은 것이었다.

좋은 일을 한 건 맞지만, 실제의 목적은 불미스러운 일이 터졌을 때 자신의 이미지를 바꿀 수 있는 계기가 될 거라고 생각했기 때문이다.

한새가 나직한 목소리로 말했다.

"기부를 시작한 의도가 불순해서 남들한테 떠벌리고 다닐 만한 게 아니었어."

"웬 겸손이야? 야, 암만 의도가 불순하다고 해도 세상 사람들한테 다 물어봐라. 몇 억씩 기부할 수 있는 놈이 어디 있나!"

찬우의 큰소리에 한새는 그저 픽하고 웃을 뿐이었다.

별다른 일이 없었다면 끝까지 기부한 사실을 밝히지 않았겠지만, 이번에 기사까지 막힌 걸 보고 이걸 터뜨릴 때가 됐다고 판단이 든 것이다.

찬우는 여전히 흥분이 가시지 않은 목소리로 재차 입을 열었다.

"진짜 나조차도 이렇게 깜짝 놀랐는데, 사람들도 이제 널 다시 볼 거야."

"일은 잘 처리했지?"

"응, 우연히 기부자가 너라는 게 밝혀진 거로 시나리오 다 짜 놨지."

"수고했어."

정체불명의 누군가가 한새에게 30억 사기라는 덫을 깔아 놓고, 이 사건이 쉽게 시들지 않도록 계속 손을 쓰고 있는 중이다.

아무리 발버둥 쳐도 지금 당장엔 진실이 적힌 기사는 내보낼 수가 없는 상황.

한참이 지난 후에야 정정기사가 나간다 한들 그게 과연 무슨 의미가 있을까?

그러니 지금은 다른 방법으로 망가져 가는 이미지를 회복시키는 수밖에 없었다.

일명 맞불작전이라고 해야 할까.

30억 사기에 관한 기사는 막았을지언정, 한새가 기부천사라는 내용까지 막아 내지는 못할 것이다.

찬우가 아무리 생각해도 감탄스러운지 자그맣게 탄성을 내지르며 다시 말했다.

"캬, 나는 네가 이렇게 위기에 강한 놈인지 몰랐다."

"지금까지는 이런 상황이 없었으니까."

평상시였다면 '저 자신만만한 놈.'하고 속으로 구시렁거렸을

지 모르지만, 찬우도 지금만큼은 통쾌한지 크게 웃어젖힐 뿐이었다.

"그래 잘했다, 잘했어."

"누가 그러더라고…… 아무한테나 순순히 당하고 다니지 말라고."

한새는 화인에게 억지로 키스를 하던 날 밤에, 그녀가 했던 말을 떠올리면서 자신도 모르게 설핏 웃었다.

"내가 가장 싫어하는 게 아무것도 할 수 없는 무기력한 상태야. 그러니까 그런 감정 느끼지 않게 아무한테도 순순히 당하지 마."

사실 한새가 누구보다 칭찬을 받고 싶은 사람은 다름 아닌 화인이었다.

이번 일을 잘 해결하고 나면 그녀도 찬우처럼 자신에게 잘했다고 말해 줄지 모르겠다.

조금은 기대해 봐도 되려나.

가만히 창밖을 바라보고 있던 한새가 갑자기 떠오른 이름에 다시 입을 열었다.

"형, 혹시 IG건설 유현무 이사라고 알아?"

"아니, 이름만 들어봤는데."

"이 사람에 대해 좀 알아봐 줄 수 있을까?"

"뭐, 어려운 건 아니지."

"그럼 부탁 좀 할게. 내가 조사하다가 놓치는 부분이 있을까 봐 그래."

"갑자기 그 사람은 왜 알아보려는 건데?"

"지금은 말하기가 좀 그렇고, 나중에 확실해지면 말해 줄게."

당연한 말이지만 한새는 자신을 궁지로 몰아넣으려고 한 사람의 정체가 궁금했다.

만에 하나라도 그게 정말 박해준이라면, 여러 가지로 마음에 걸리는 부분이 많았다.

가장 먼저 피 한 방울 섞이지 않은 누나를 위해서 이렇게까지 행동하는 게 납득이 가지 않는다는 점이다.

아직 섣부르게 판단할 수는 없었지만, 뭔가 예감이 좋지가 않은 건 사실이다.

"……뭐 곧 알게 되겠지."

"응? 뭐라고?"

"아무것도 아니야."

"금방 도착하니까, 얼른 마무리하고 집으로 가자."

찬우의 말에 한새가 고개를 끄덕였다.

사실 벌써부터 먼저 집으로 돌려보낸 화인이 보고 싶었다.

9

심장이 멎을 뻔 했잖아

집에 도착한 화인은 돌아오지 않는 한새를 기다리며 속을 태우고 있는 중이었다.

“나 바보가 됐나?”

아무리 생각해도 한새가 먼저 집에 돌아가 있으라고 했다고, 제대로 반박조차 하지 못한 채 집으로 넙죽 들어온 자신이 이해가 가질 않았다.

그와 악마의 계약을 맺으면서까지 옆에 붙어 있으려던 이유가 뭔가.

바로 형벌의 시간을 줄이기 위해서다.

그런데 차 두 대로 움직이기 힘들 것 같다는 말에 그렇구나 하고 물러났다는 게 말이 되질 않았다.

설령 차 두 대로 교통이 마비가 된다고 해도 그게 자신과 무슨 상관이란 말인가.

어떻게든 한새의 곁에서 형벌의 시간을 줄이고 있어야 할 이 마당에 말이다.

그녀는 자신의 죄 없는 머리카락을 헝클어뜨리며 바보 같았던 스스로를 원망했다.

'목적을 잊지 말자.'

하루라도 빨리 대악마로 되돌아가는 것.

그 외에 그녀가 신경 쓸 건 아무것도 없었다.

더구나 당장이라도 한새가 없는 틈을 타서 하급 악마들이 모습을 드러낼 것만 같은 상황이다.

아무리 그들이 괴롭히는 상처가 빨리 아문다고 해도 고통까지 느끼지 못하는 건 아니었기에, 가능하면 힘이 없는 지금은 마주치고 싶지 않다는 게 솔직한 심정이었다.

동그랗게 원을 그리며 제자리를 반복해서 걷던 화인이 도저히 못 참겠다는 듯 현관문을 열고 밖으로 나왔다.

하다못해 정원에서라도 그를 기다려야겠다는 생각이 들었기 때문이다.

그때였다.

커다란 대문 안으로 누군가 던져 놓은 듯한 하얀색 봉투가 눈에 들어왔다.

불현듯 화인의 머릿속을 강타하는 게 있었다.

바로 지금까지 벌써 두 차례나 받았던 협박편지가 떠오른 탓이다.

그녀가 무언가에 홀린 것처럼 서둘러 흰 봉투를 열어보자, 아니나 다를까 이번에도 붉은 피로 적힌 글씨가 들어 있었다.

그년이랑 떨어지지 않을 거면 그냥 죽어 버려.

'그년이라고?'

뭐라고 딱 꼬집어 설명할 수는 없었지만, 지금까지 한새에게 날아왔던 협박편지 내용이 주마등처럼 떠올랐다.

첫 번째는 '감히 날 배신하다니 가만두지 않을 거야.'였고, 두 번째는 '마지막 경고야, 더 늦기 전에 돌아와.'이다.

혹시 이 편지가 가리켰던 게……

'바로 나였어?'

지금까지 궁금했던 수수께끼가 이 마지막 편지로 단번에 풀리는 느낌이었다.

조금 전 집에 들어올 때까지만 해도 없었던 편지봉투다.

그런데 지금 이렇게 놓여 있다는 건 범인이 아직 이 근처에 있을 수도 있다는 소리나 다름없었다.

화인이 읽은 편지를 다시 바닥으로 집어 던지며 자리에서 벌떡 일어섰다.

그러고 보니 아까부터 자꾸 이상한 냄새가 났다.

'무슨 냄새지? 마치 휘발유 같은…….'

거기까지 생각한 화인의 눈동자가 커졌다.

설마라고 생각을 하면서도 서둘러 냄새가 나는 방향을 향해 다급히 뛰어갔다.

그러자 얼마 안 가, 담장 근처를 배회하는 한 여자의 모습이 보였다.

촤악! 촤아악!

어떤 여자가 손에 큰 휘발유 통을 들고 뿌리고 있는 장면이었다.

"이봐! 거기 잠깐만!"

화인의 커다란 외침에 여자가 하던 행동을 멈추고 슬쩍 고개를 들었다.

허공에서 두 사람의 시선이 딱 마주쳤다.

그러자 그 여자가 화인의 얼굴을 알아보고 씨익 웃으며 말했다.

"……너구나."

기괴한 웃음이 어딘가 소름 끼쳤다.

화인은 이성이 느껴지지 않는 그녀의 광기 어린 시선을 마주하며 자신도 모르게 마른침을 꿀꺽 삼켰다.

슬쩍 곁눈질로 살펴보니 이미 한새의 집 근처에 꽤나 많은 휘발유를 부어놓은 상태였다.

만약에 그녀가 정말 마음먹고 불이라도 붙인다면 금방이라도 커다란 화재가 일어날 거라는 건 누구라도 알아차릴 수 있는 사실이었다.

'그것만은 막아야 해.'

한새의 집이 불타는 걸 가만히 두 손 놓고 지켜보고 있을 입장도 아니었지만, 무엇보다 그가 언제 집에 들어올지 모르는 상황이다.

이 여자를 이대로 여기에 두고 돌아서자니, 만에 하나라도 한새가 이 화재에 휘말리게 되면 위험할지도 모른다는 생각이 들었다.

분명 조금 전까지만 해도 그가 한시라도 빨리 집에 돌아오길 원하고 있었지만, 지금은 누구보다도 그가 늦게 돌아오기를 바랐다.

화인이 침착한 목소리로 말했다.

"진정해, 이래 봤자 손해 보는 건 너야."

"손해? 내가 무슨 손해를 보는데?"

"이렇게 고의적인 방화를 일으키고 네가 무사할 리 없잖아."

그 말에도 여자는 그게 뭐가 대수롭냐는 듯이 웃을 뿐이었다.

"내가 어떻게 되든 상관없어. 다시 한새 오빠와 함께 있을 수만 있다면……."

처음 봤을 때부터 왠지 정상은 아닌 것 같더니, 이 여자는 정말 제정신이 아니었다.

화인은 속으로 한숨을 삼키며 재빨리 다시 입을 열었다.

"이 불길에 휩싸여서 한새가 죽게 되면 이제 같이 있을 수 없게 되는 거라고."

"몰랐어? 그게 바로 내가 원하는 거야."

여자의 얼굴에서 점점 웃음기가 사라지더니 곧이어 흉포하게 변했다. 순식간에 바뀐 변화였다.

그녀가 잔뜩 인상을 쓰며 악을 쓰듯이 소리쳤다.

"여기에도 왜 오빠가 아니라 네가 나타나는 건데!"

"그게……."

화인이 하려는 말을 자르며 그녀가 다시 말을 이었다.

"됐어. 어차피 한새 오빠는 이 안에 있겠지. 조금만 기다리면 우린 다시 함께할 수 있을 거야."

불현듯 지금 그녀가 하는 말을 듣고 화인은 한 가지 사실을 깨달을 수 있었다.

이 여자는 지금 한새가 집 안에 있다고 생각한다.

아마 자신이 그의 차를 타고 돌아왔기 때문에 그것을 보고 그렇게 착각한 듯했다.

생각해 보니 이런 행동을 하는 이유가 한새를 노린 것인데, 만약 그가 집안에 없다는 사실을 안다면 굳이 불을 지를 이유가 없었다.

잠시 머리를 굴린 화인이 조심스럽게 입을 열었다.

"뭔가 착각하는 것 같은데 지금 한새는 집에 없어. 아직 나가서 돌아오지 않았거든."

"뭐?"

자신의 말이 먹힌 것인지 여자는 깜짝 놀란 표정으로 눈을 크게 떴다.

하지만 곧이어 의심스러운 눈초리로 화인을 쳐다보며 믿을 수 없다는 듯이 말했다.

"거짓말하지 마, 이미 오빠 차가 주차되어 있는 걸 내 눈으로 똑똑히 확인했어. 네 그런 얄팍한 속임수에 내가 넘어갈 것 같아?"

"생각해 봐. 네가 쓴 편지를 한새가 봤다면 내가 왜 이 자리에 나왔겠어? 한새가 집에 없었기 때문에 내가 발견하게 된 거야."

"……그럴 리 없어."

입으로는 부정하고 있었지만 여자의 표정은 금세 절망스럽게 변했다.

그가 집에 들어오는 모습을 직접 확인하지 못했기 때문에 혹시나 하는 생각이 들기 시작한 것이다.

"아니야, 아니라고! 그럴 리가……."

나지막이 혼잣말을 중얼거리던 그녀가 마침내 고개를 푹 떨어뜨렸다.

잠깐의 틈이 생겼다는 생각에 화인이 재빨리 그녀를 향해 몇 걸음 더 가까이 다가갔다.

기회가 생기면 그녀를 넘어뜨려서 제압할 생각이었다.

그때였다.

그녀가 갑자기 고개를 휙 치켜들며 원망스러운 눈빛으로 화인을 째려봤다.

"네가 감히 이런 순간까지도 날 방해해?"

한순간 감정이 수그러드는 것 같더니 금세 다시 흥분한 그녀의 얼굴을 바라보며 화인이 진정하라는 듯 양손을 들어 보였다.

"방해라니, 난 한새랑 아무 사이도 아니야."

"거짓말하지 마! 아무 사이도 아닌데 한집에 같이 사는 게 말이 돼? 지금까지 한새 오빠 옆에 가장 가까이 있었던 건 바로 나였어! 너 따위가 뭔데 나랑 오빠 사이에 끼어들어!"

"오해하지 마. 난 한새를 전혀 좋아하지 않는다고."

화인의 말에 그녀가 어처구니없다는 듯 입가에 비웃음을 머금었다.

"너…… 진짜 거짓말쟁이구나."

그 말이 왜인지 가슴을 쿡하고 찔러왔다.

이상하게 뜨끔한 기분이다.

화인이 순간 멈칫하는 걸 눈치챈 것인지, 여자는 여전히 확신 어린 목소리로 말을 이어 나갔다.

"넌 나를 기억 못 하는 모양인데, 나는 너를 똑똑히 기억하고 있어."

"……나를 본 적이 있다고?"

"당연하지. 한새 오빠 집 앞에서 노숙을 했을 때도 봤었고, 네가 운전기사가 돼서 갑자기 나타났을 때도 나는 그 자리에 있었어.”

화인은 그 여자의 말에 지금까지 잊어버리고 있던 사건이 떠올랐다.

바로 운전기사가 된 직후 그의 팬들에게 둘러싸여서 이런저런 원망을 들었던 일이 말이다.

하지만 곰곰이 생각해 봐도 자신의 머릿속에 지금 눈앞에 있는 여자의 얼굴은 없었다.

아마 당시에는 앞에 나서지 않고, 뒤에서 지켜보고 있던 여자들 중에 하나인 모양이었다.

“넌 그날도 지금과 똑같이 말했지. 한새 오빠한테는 조금도 관심이 없다고 말이야.”

사실이다. 그때의 화인은 조금의 거리낌도 없이 당당하게 말할 수 있었다.

자신은 이한새에게 조금도 관심이 없고, 그를 좋아하는 마음 따윈 티끌만큼도 존재하지 않는다고.

여태껏 그때와 달라진 게 없다고 믿고 있었다.

그런데…… 아니었던 건가?

화인은 자신 있게 대답하지 못하는 스스로에게 질문을 던질 수밖에 없었다.

연이어 여자의 흥분한 목소리가 들려왔다.

“웃기지 마. 세상에 어떤 여자도 한새 오빠를 보고 좋아하지 않을 수 없어. 그 눈빛, 그 목소리…… 어떻게 거부할 수가 있겠어."

화인의 머릿속에 파노라마처럼 지금까지 한새와 있었던 일들이 떠올랐다.

사실 지금 여자가 하는 말들이 크게 틀리지는 않았다.

"너라고 다를 줄 알아?"

그녀의 비아냥대는 마지막 말에 화인은 잠시 아무런 대답도 하지 못한 채 침묵했다.

한새가 갈수록 매력적으로 다가온 건 사실이다.

아마 대악마로 돌아가야 하는 이런 거지 같은 상황이 아니었다면 그의 유혹을 거부하지 않았을지도 모른다.

대악마가 한낱 인간과 불장난을 하다니.

그녀의 진정한 모습을 아는 누군가가 이 사실을 안다면 절대 믿지 못할 일이었다.

화인은 자신이 생각보다 더 한새에게 호감이 있다는 사실을 새삼 깨달을 수밖에 없었다.

하지만 그게 끝이다.

설령 한새에게 조금 관심이 생겼다고 해도 달라지는 건 없다.

더군다나 휘발유를 들고 설치는 저런 스토커가 본인과 그녀를 동일하다는 듯이 말하다니.

기분 나쁜 일이다.

저 여자는 자신과 근본적으로 달랐으니까.

화인이 무심한 목소리로 말했다.

"이봐, 설령 네 말이 전부 맞다 해도 나는 너처럼 추하게 사랑하지는 않아."

"뭐?"

"넌 지금 사랑하는 사람을 불에 태워 죽이려고 하는 거잖아. 내 말이 틀려?"

정곡을 찌르는 화인의 말에 여자가 울컥했는지 얼굴이 붉게 물들었다.

곧이어 그녀가 손에 쥐고 있던 휘발유 통을 고쳐 잡으며, 이를 악다문 목소리로 소리쳤다.

"내가 한새 오빠랑 떠나기 전에 너부터 없애겠어!"

그 말과 동시에 여자가 손에 들고 있던 휘발유를 확하고 화인을 향해 뿌렸다.

차아아아악!

순식간에 휘발유를 뒤집어쓰게 된 화인의 몸이 축축하게 변했다.

특유의 끈적거리는 느낌에 슬쩍 미간을 찡그릴 때였다.

여자가 곧바로 주머니에서 라이터를 꺼내 들었다.

보란 듯이 눈앞에서 라이터를 위협적으로 흔들거리며, 광기 어린 눈빛을 번뜩이는 걸 보아하니 쉽게 멈추지는 않을 기세였다.

'……이제는 어쩔 수 없나.'

가능한 말로 타이르려고 한 건 사실이지만 이미 늦은 것 같았다.

자꾸 말도 안 되는 소리를 하기에 더 이상 참지 못하고 내지른 자신의 잘못도 있었다.

"후우."

화인이 자그맣게 심호흡을 했다.

지금까지 찢어지고 베이고 부러진 적은 있었지만 한 번도 불에 타본 적은 없었다.

하지만 죽지는 않을 것이다.

끔찍한 고통이 따를 테지만 언제나처럼 순식간에 치유가 될 테니까.

가능한 여자가 라이터에 불을 붙이기 전에 제압하는 게 목표였지만, 타이밍이 맞지 않으면 몸에 불이 붙은 채로 돌진하게 될 것이다.

그렇게 되면 저 여자가 입는 피해도 만만치는 않겠지만 그것까지 신경을 쓰고 싶진 않았다.

지금 중요한 건, 여자가 뿌려놓은 휘발유에 불이 옮겨붙지 않도록 하는 것이었다.

자칫 잘못하면 한새네 집까지 화재가 번질 수도 있었기 때문이다.

'자, 간다.'

마음을 정한 화인이 속전속결로 끝내기 위해 눈을 빛냈다. 그러곤 일말의 망설임도 없이 여자를 잡기 위해 재빨리 몸을 날렸다.

갑작스러운 행동에 깜짝 놀란 여자가 손에 쥐고 있던 라이터에 반사적으로 불을 붙였다.

치이익!

작은 불꽃이 라이터 위에 생겨났다.

겁을 먹은 여자가 다가오는 화인을 향해 불이 붙은 라이터를 던지려고 하는 순간이었다.

타악!

어느샌가 나타난 커다란 손이 우악스럽게 그녀의 손에서 라이터를 빼앗아 갔다.

강인한 힘에 손가락 전체가 얼얼할 지경이었다.

잠깐 화인에게 한눈을 판 사이에 갑자기 옆에서 나타난 누군가를 확인하려고 시선을 돌릴 때였다.

"오, 오빠……."

그러자 그곳에는 믿기 어렵게도 한새가 서 있었다.

그는 라이터를 빼앗는 것과 동시에 여자를 향해 몸을 날린 화인을 잡아당겨 자신의 등 뒤로 감춰버렸다. 마치 그녀를 보호하려는 듯이.

이 예상치 못한 상황에 당황한 건 화인도 마찬가지였다.

"너……."

그녀의 말이 끝나기도 전에 한새가 잔뜩 화가 난 목소리로 말했다.

"죽고 싶어서 환장했어?"

그의 목소리에 정신을 차린 화인은 다급하게 소리쳤다.

"네가 위험하게 여길 왜 와!"

자신은 설령 불에 탄다고 해도 죽지 않겠지만 한새는 다르다.

그는 인간이었기에 크게 다치면 죽을지도 모른다.

그가 휘발유가 잔뜩 묻은 자신을 조금의 거리낌도 없이 감쌌다는 사실에 순간 패닉이 찾아올 때였다.

휘익!

두 사람의 앞으로 뭔가 검은 그림자가 훅하고 지나갔다. 그러곤 곧이어 커다란 소리가 울려 퍼졌다.

우당탕탕!

한새보다 조금 늦게 달려온 찬우가 몸을 던져서 휘발유를 뿌린 여자를 바닥으로 자빠뜨려 제압한 것이다.

손에 바로 쥐고 있던 라이터를 한새에게 빼앗긴 바람에 지금 그녀가 할 수 있는 건 아무것도 없었다.

"놔! 놓으란 말이야!"

비명을 지르듯이 소리쳤지만 그렇다고 찬우의 손에서 빠져나올 수는 없었다.

여기까지 다급하게 뛰어온 찬우가 거친 숨을 내쉬며 짜증 난다는 듯이 말했다.

"조용히 해! 뭘 잘했다고 소리를 질러!"

상황이 역전되자 불을 지르려던 여자는 조금 전과 달리 금방이라도 울 것 같은 목소리로 말했다.

"하, 한새 오빠."

하지만 그런 부름에도 정작 한새는 눈길조차 주지 않았다.

"오빠를 너무 사랑해서 그랬어요. 하, 한 번만 용서해 주세요."

곧이어 그녀가 정말 눈물을 뚝뚝 흘리면서 애원했지만 여기서 그 얘길 듣는 사람은 없었다.

한새가 차가운 목소리로 말했다.

"경찰 불렀지?"

"응, 곧 올 거야."

두 사람이 나누는 대화에 여자의 안색이 순식간에 어둡게 변했다.

그녀가 재차 입을 열어 사정했다.

"오빠, 제발요."

한새가 차디찬 눈빛으로 여자를 내려다보며, 그녀를 붙잡고 있는 찬우를 향해 말했다.

"나중에 저 여자한테 합의는 절대 없다고 전해 줘."

눈앞에 당사자를 두고도 대놓고 말조차 섞고 싶지 않다는 행동이었다.

찬우는 당연하다는 듯이 고개를 끄덕였고, 강경한 그의 태도에 여자는 충격을 받은 듯 멍한 표정을 지어 보였다.

화인은 두 남자의 등장으로 순식간에 정리가 된 상황을 가만히 지켜보고 있을 때였다.

한새가 드디어 그녀를 향해 시선을 돌렸다.

그의 치켜 올라간 눈썹이 척 보아도 굉장히 화가 나 있는 상태였다.

"너 제정신이야?"

"뭐가?"

"휘발유 묻은 상태로 그렇게 달려드는 사람이 어디 있어?"

"그건……."

화인이 억울하다는 듯이 입을 열려다가 때마침 옆에 있는 찬우를 보고 다시 조용히 입을 닫았다.

남들 앞에서 자신의 능력에 대해 떠벌릴 수는 없는 노릇이기 때문이다.

그때 한새의 눈에도 그녀의 옷이 휘발유로 젖어 달라붙어 있는 게 들어왔다. 가뜩이나 화가 난 그의 표정이 더욱 험상궂게 구겨졌다.

"어엇!"

갑자기 다가온 한새가 양손으로 화인을 안아 들었다. 공주님 안기 자세에 당황한 화인이 발버둥을 치며 소리를 질렀다.

"미쳤어? 당장 내려놓지 못해!"

그녀의 몸부림에도 한새는 끄떡도 하지 않으며 찬우를 향해 나직이 말했다.

"형 뒤처리 부탁해."

그 말만 남긴 채 한새는 그녀를 안고 집을 향해 휘적휘적 걷기 시작했다.

다행히 주변에 사람이 없었지만 화인의 얼굴이 붉게 달아올랐다.

"내려놓으라는 내 말 안 들려?"

"가만히 있어."

고압적인 그의 태도에 화인이 영문을 모르겠다는 듯이 물었다.

"도대체 왜 그렇게 화가 난 건데?"

"이유를 모르겠어?"

이제 찬우와의 거리가 멀어져서 아무도 두 사람의 대화를 엿들을 수 없다고 판단되자 화인이 참아왔던 말을 거침없이 내뱉었다.

"어차피 난 다쳐도 금방 낫는 거 알잖아. 고통이야 조금 있겠지만 그건 내가 감수한 거고……."

"너 바보야? 방화범이 불을 지르려고 하면 도망을 가야지 거기서 네가 뭐라고 덤비는데?"

"나는 혹시라도 네가 다칠까 봐……."

한새가 잔뜩 가라앉은 눈동자로 화인이 하는 말을 자르며 말했다.

"나 지켜 주려고 한 거면 이제부터 집어치워."

지금까지는 그녀가 지켜 주겠다고 할 때마다 기분이 좋았었다.

마치 자신을 소중히 여겨 주는 것 같아서, 무엇보다 애정이 어린 말 같이 들렸기 때문이었다.

하지만 그게 이런 그녀의 희생을 담보로 한 거라면 이제 필요 없다.

한새가 아무리 생각해도 납득이 안 간다는 듯이 재차 말했다.

"대체 날 뭐라고 생각하는 거야? 난 네 보호가 필요할 만큼 약한 남자가 아니야."

"……그래도 인간일 뿐이잖아."

"그러는 너는 뭔데? 지금은 너도 그냥 인간일 뿐이야."

집에 들어와서 바닥에 떨어진 협박편지를 보고, 화인이 없다는 사실에 얼마나 놀랐는지 모른다.

찾아다니는 동안 머릿속에 무수히 많은 생각들이 떠돌아다녀서 숨이 막힐 것 같았다.

"위험한 짓 좀 하지 말라고."

휘발유 냄새가 진동을 하는 그곳에서 그녀가 라이터 앞으로 스스럼없이 다가갈 때는 정말이지…….

한새가 잔뜩 낮아진 목소리로 중얼거리듯이 말했다.

"……심장이 멎을 뻔했잖아."

화인은 자신을 내려다보는 한새의 진지한 눈동자에 순간 아무런 말도 할 수가 없었다.

자신이라고 좋아서 불길에 휩싸일 각오를 하고 뛰어든 게 아니다. 끔찍한 고통을 감수하면서까지 지키고 싶었던 게 있었기 때문이다.

그게 바로 그였다.

그런데 이렇게 화를 내는 모습을 보고 있자니 내심 억울한 감정이 생기는 것도 사실이다. 하지만 그렇다고 삐딱하게 나가고 싶지는 않았다.

그게 자신을 걱정해서 나온 감정이란 걸 알았으니까.

화인이 나지막한 목소리로 말했다.

"쓸데없는 걱정하지 마. 나 안 죽으니까."

죽음은 오히려 그녀가 기다리고 있는 것이었다.

한새를 만나지 않았다면 정말 팔십 평생을 인간의 몸으로 살면서 끔찍하게 목숨을 연명해 나갔을 것이다.

하지만 그의 곁에 있는 덕분에 얼마 안 가 인간의 몸은 죽고 그 안에 갇혀 있던 영혼을 해방시킬 수 있었다.

그는 이런 자세한 사정을 모르겠지만 그때까지 자신이 죽을 리는 없었다.

한새가 기가 막힌다는 듯이 말했다.

"너 왜 이렇게 겁이 없어? 죽지 않으니까 뭘 해도 상관없다는 거야?"

"그래, 나 괜찮다고."

무덤덤한 그녀의 말에 도리어 한새의 속이 바짝 타들어 갔다.

도대체 이 여자의 머릿속은 어떻게 생겨먹은 것인지 모르겠다.

상처가 사라져도 고통은 느낀다면서, 온몸이 불에 타는 아픔을 겪을 뻔했던 그녀가 마치 다른 사람 이야기를 하듯이 태연했다.

"안 믿어."

단호한 한새의 말을 들은 그녀가 무슨 뜻이냐는 듯이 쳐다봤다. 그러자 그의 입에서 나지막한 목소리가 다시 흘러나왔다.

"네 입에서 나오는 괜찮다는 소리 안 믿는다고."

"내가 상관없다는데 네가 뭐라고……."

그녀가 황당하단 표정으로 한새를 올려다보며 말하다가 잠시 망각했던 사실을 깨달았다.

바로 지금 자신이 남부끄러운 자세로 그의 품 안에 안겨 걸어가고 있다는 거다.

이런 상태로 그의 뜨거운 시선을 받고 있자니 갑자기 못 견디게 불편해졌다.

더구나 한 번 의식하기 시작하자 그의 단단한 팔이 자신의 몸을 감싸고 있는 게 느껴졌다.

아무리 여자라 해도 이렇게 안고 걷기엔 꽤나 무거울 텐데도 그는 조금의 흔들림도 없이 안정적으로 걸어나갔다.

당장 이 자세부터 어떻게든 바꿔야겠단 생각에 화인이 슬쩍 시선을 회피하며 불만스러운 목소리로 말했다.

"일단 내려놓고 말해."

불에 타는 것조차 두려워하지 않았던 그녀가 고작 이런 일에

부끄러움을 느끼고 있는 것 같아 한새는 기가 막힐 수밖에 없었다.

그가 고집스럽게 입매를 굳히며 나직이 대답했다.

"영광이라고 생각해. 이 품에 안기고 싶은 여자가 얼마나 많은 줄 알아?"

"누가 너보고 안아 달래?"

화인이 어처구니가 없다는 듯 반박했지만, 한새는 꿈쩍도 하지 않은 채 그저 그녀를 더욱 자신의 품 안으로 끌어당겨 가릴 뿐이었다.

"그럼 그런 꼴을 누구한테 보여 주려고."

"……?"

그 말을 듣고 나서야 화인은 자신의 옷이 휘발유에 젖어 딱 달라붙어 있다는 사실을 깨달았다.

어쩐지 찝찝하더라니 경황이 없어서 잠시 잊고 있었다. 하지만 그렇다고 딱히 문제가 될 건 없었다.

그녀는 자신의 옷 상태를 깨닫고 난 후에도, 한새를 향해 거리낌 없이 말했다.

"내가 알아서 할 테니까 이제 내려달라고."

"어떻게 알아서 할 건데?"

"집이 코앞인데 뛰어가면 되지, 뭐가 문제야?"

"그동안 다른 사람들이 보는 건 신경 안 써?"

"그 정도는 상관없어."

"……하."

한새가 어처구니없다는 듯이 한숨 같은 웃음소리를 토해 냈다. 그런 그를 향해 화인이 다시 한 번 재촉하듯이 말했다.

"괜찮으니까 빨리 내려달라고."

"……내가 안 괜찮거든."

화인은 자신의 의사를 무시하는 그의 태도에 인상을 팍 찡그리며 말했다.

"놔달라고."

하지만 그녀의 말에도 한새는 눈 하나 꿈쩍하지 않았다. 그는 여전히 무표정한 얼굴로 묵묵히 그녀를 안고 집을 향해 걸어갈 뿐이었다.

참다못한 그녀가 한새의 품에서 벗어나기 위해 거세게 몸부림을 쳤지만, 그의 팔은 단단한 바위처럼 조금도 꿈쩍하지 않았다.

생각보다 확연히 나는 힘 차이에 화인은 당황해야만 했다.

'무슨 힘이…….'

아무리 남자와 여자라지만, 호리호리한 그에게서 나온 힘이라기엔 믿기 어려울 정도였다.

화인은 자신이 정말 아무것도 없는 인간 여자같이 느껴져서 이 상황이 더욱 불쾌했다.

"진짜 죽는다. 당장 내려놔."

화인의 거센 저항과 협박에도 불구하고 한새는 그녀를 공주님처럼 안은 채로 화장실 안까지 들어갔다.

그가 걸어간 자리마다 휘발유가 뚝뚝 떨어져 흔적을 남기고 있었다.

스윽—

드디어 한새가 그녀를 욕조 안에다가 내려놨다. 그러자 화인이 몹시 못마땅하다는 표정으로 그를 올려다보며 말했다.

"너 내 말을 왜 자꾸 무시해?"

그제야 한새가 그녀를 힐끔 쳐다보며 나지막한 목소리로 대답했다.

"누가 이런 네 모습 보는 거 싫으니까."

"그게 너랑 무슨 상관인데?"

따지듯이 묻는 화인의 말에 사실 한새가 대답할 수 있는 말은 없었다.

말 그대로다.

그녀가 신경 쓰지 않는다 해도 한새는 적나라하게 드러난 그녀의 몸매를 아무한테도 보여 주기 싫었다.

그런데 당사자가 자꾸 괜찮다고 우겨대니 억지로 데리고 오는 수밖에.

"……나도 내 마음대로 한 거야."

그녀가 위험을 무릅쓰고 마음대로 자신을 지키려고 했던 것처럼. 한새도 그저 자신이 내키는 대로 행동했을 뿐이다.

"너 진짜……."

뭐라고 반박하려는 그녀를 욕조 안에 남겨 둔 채 한새가 등을 돌렸다.

이렇게 정면으로 마주 보고 있자니 더는 눈을 둘 곳을 찾기가 힘들었기 때문이다.

촉촉하게 젖은 머리카락과 젖은 옷에서 언뜻언뜻 비추는 속살이 자꾸 시선을 사로잡는다.

한새가 마음에 들지 않는다는 듯이 미간을 찡그렸다.

이렇게 화를 내는 모습조차 당장 쓰러뜨리고 싶을 지경인데, 저런 모습을 대체 누구한테 보여 준단 말인가.

"……씻어."

그 말만 남긴 채 한새는 휘적휘적 화장실 바깥으로 걸어나갔다.

화인은 황당하다는 표정으로 순식간에 자리를 뜨는 그의 뒷모습을 쳐다볼 수밖에 없었다.

도무지 이해가 가질 않았다.

자신을 좋아하는 것도 아닌 것 같은데, 대체 저러는 이유가 뭐란 말인가.

"……하아."

정말 알다가도 모를 인간의 마음에 화인은 나지막이 한숨을 내뱉을 수밖에 없었다.

달칵—

화장실 문을 닫고 나온 한새는 그대로 등을 기대어 잠시 서 있었다.

긴장감이 한꺼번에 풀린 느낌이다.

집에 돌아와서 협박 편지를 읽고, 사라진 그녀를 찾으러 돌아다니고, 마침내 눈앞에서 불길에 휩싸일 뻔한 그녀를 구해 내고…….

짧은 시간 동안 많은 일들이 있었다.

무엇보다 지금 당장이라도 눈을 감으면, 조금 전까지 그녀가 자신을 바라보던 눈빛과 목소리가 아직도 아른거릴 것 같았다.

"……이런 거였나."

지금까지 간혹 사랑에 빠진다는 게 어떤 느낌일까 궁금했었다.

그런데 막상 겪고 보니, 정말이지 마음에 드는 구석이 하나도 없었다.

그저 자꾸만 조바심이 생긴다.

그녀의 몸도, 마음도 전부 갖고 싶다는 욕심이 끊임없이 치밀어 올라서 참기가 힘들 지경이다.

한새는 무심코 그녀를 안았던 손바닥을 물끄러미 내려다보다가 문득 지금 자신의 행색이 엉망이란 사실을 깨달을 수 있었다.

그녀를 안고 오는 바람에 같이 젖어들었던 것이다.

고개를 돌려보니 현관에서부터 화장실까지 휘발유가 뚝뚝 떨어져 집안도 엉망이었다.

여기까지 그녀 하나만 신경 쓰느라고 제대로 눈에 들어오지 않았던 것들이 이제야 보이기 시작했다.

'……정말이지, 나답지 않아.'

* * *

샤워를 끝마친 화인이 화장실 문을 열고 나왔다.

뽀얀 수증기가 차있던 것처럼 그녀 또한 더욱 촉촉하게 변한 모습이었다.

휘발유에 젖은 옷을 다시 입을 수는 없었기에 그녀는 지금 샤워가운 하나만 걸친 상태였다.

하지만 그런 것에 조금도 신경 쓰지 않은 채 곧장 한새의 방을 향해 돌진했다.

아까 하지 못한 말들이 너무 많았다.

그리고 방금 전 그의 태도에 대해서도 그냥 넘어가고 싶지 않았다.

벌컥!

거칠게 문을 열어젖히는 것과 동시에 화인이 큰 목소리로 말했다.

"야! 이한……."

하지만 그녀의 말은 끝까지 이어지지 않았다.

방 안에는 막 옷을 갈아입으려던 건지, 한새가 상의를 벗은 채로 서 있었기 때문이다.

탄탄한 가슴과 그림을 그려놓은 것처럼 완벽한 복근이 한눈에 들어왔다.

옷을 입은 상태로도 그가 얼마나 근사한 몸매를 가졌는지 짐작할 수 있었지만, 실제로 이렇게 벗은 몸매를 보니 상상 이상이었다.

근육이 과하지도, 부족하지도 않은 가장 이성적인 몸매. 그게 바로 한새였다.

그도 그녀가 이렇게 갑작스럽게 들이닥칠 거라고는 생각하지 못했기에 조금 놀란 표정으로 쳐다볼 수밖에 없었다.

하지만 그것도 잠시.

자신을 빤히 쳐다보는 그녀를 향해 그가 짓궂은 목소리로 말했다.

"이 정도면 관람료 내야겠는데?"

그 말을 듣고서야 정신을 차린 화인의 얼굴이 슬쩍 붉게 변했다.

"놀라서 쳐다본 걸 가지고, 누가 구경을 했다고 그래."

"남들은 옷 갈아입는 걸 확인하고 나면 바로 문을 닫고 나가는 게 정상이거든."

"이러다 아주 책임까지 지라고 하겠어. 다 벗은 걸 본 것도 아니고 그냥 상의 탈의한 정도 가지고…… 여름에 수영장만 가도 흔히 보는 풍경이거든?"

"감히 날 누구랑 비교하는 거야?"

어처구니없다는 한새의 말에 화인도 슬쩍 입을 다물 뿐이었다.

당연하다. 세계적인 모델인 그와 평범한 남자의 몸매가 같을 수는 없었다.

하지만 그렇다고 별다른 마음이 있어서 쳐다본 건 정말로 아니었다. 그저 인간이라고 하기엔 지나치게 압도적인 몸매라서 시선이 갔을 뿐이다.

한새가 말했다.

"노크도 없이 들어올 정도로 급한 일이 뭔데?"

"정말 몰라서 물어?"

"당연히 말을 해야 알지."

"아까 너도 네 마음대로 하겠다는 게 무슨 뜻이야?"

화인은 샤워를 하는 동안에도 한새가 욕조에 자신을 내려놓으면서 했던 말이 자꾸만 떠올랐다.

뭐라고 콕 집어 말할 수는 없었지만, 그의 이상한 태도가 자꾸 마음에 걸렸다.

더는 그가 이렇게 무례하게 구는 걸 용납할 생각이 없었기에 그녀는 오늘의 일을 더욱 확실하게 따지고 넘어가고 싶었다.

"말 그대로야. 내 말을 무시하고 나 지켜 준답시고 위험한 행동을 하고 다닐 거면, 나도 그냥 내가 하고 싶은 대로 할 거라고."

"나는 너랑 다르다고 했잖아."

“죽지 않고 상처가 금방 낫는다고, 그렇게 몸을 함부로 굴리겠다는 거야?”

한새는 그녀가 라이터를 빼앗기 위해 뛰어들었던 순간만 생각해도 식은땀이 날 것만 같았다.

다시 그런 일을 겪고 싶지 않았다.

하지만 화인도 양보할 수 없다는 듯이 재차 입을 열었다.

“입장 바꿔서 생각해 봐. 나는 금방 낫고, 너는 다치면 죽을 수도 있는데 내가 손 놓고 보고만 있어?”

“네가 지켜 줘야 할 정도로 약한 남자 아니라고 했잖아.”

“그거랑 이거는 근본적으로 달라.”

화인의 말에 한새의 미간을 찌푸려졌다.

“……근본적으로 다른 게 뭔지 보여줘?”

나지막한 목소리와 함께 그가 상의를 벗은 상태 그대로 그녀를 향해 걸어왔다.

큰 키에 군더더기 없이 완벽한 몸매에서 어딘지 모를 위압감이 흘러나왔다.

“지금 뭐하는……!”

화인의 말이 채 끝나기도 전에,

콰앙—!

한새가 그녀의 어깨를 붙잡고 벽으로 밀어붙였다.

갑자기 부딪치는 바람에 벽에 맞닿은 등이 아파서 그녀는 눈살을 찌푸릴 수밖에 없었다.

"지금 이 손, 뿌리칠 수 있어?"

그를 바라본 화인은 무의식적으로 숨을 들이마실 수밖에 없었다.

그의 조각 같은 얼굴이, 매끈한 상체가 너무나도 가까워서 금방이라도 숨이 닿을 것 같았기 때문이다.

한새는 위에 아무것도 입고 있지 않은 상태였고, 그녀 또한 샤워가운 하나만 걸치고 있는 중이다. 그런데 서로의 몸이 바짝 밀착되자 자신도 모르게 긴장이 되었다.

더군다나 한새의 이글거리는 눈동자가 바로 코앞에 있는 상황이다. 그가 뿜어 대는 수컷 냄새에 순간 머리가 어지러울 지경이었다.

화인이 이를 악다문 목소리로 말했다.

"……놔, 내가 봐주는 것도 한계가 있다고 그랬지."

"너도 그만 인정하지그래. 그 능력으로 네가 할 수 있는 건 한계가 있어."

죽지 않는다는 건 최악의 상황에서나 찾아올 수 있는 일이기 때문에 제외시키고, 평상시에 그녀가 사용할 수 있는 능력은 오로지 빠른 회복력뿐이다.

하지만 그건 아무짝에도 쓸모가 없었다.

아니, 정확히 말하자면 그녀가 그 능력을 사용하는 걸 바라지 않는다.

한새는 자신이 다치는 한이 있더라도 그녀를 방패막이로 삼고 싶은 생각은 추호도 없었으니까.

다치지 않았으면 좋겠다.

지금은 그녀의 상처가 아무리 빨리 나아도 가슴이 아플 테니까.

"으……."

화인이 분한 마음에 그의 손을 뿌리치기 위해 노력해봤지만 역부족이었다.

아까 이곳까지 안겨 오면서 느꼈듯이 그는 상상 이상으로 힘이 셌다. 물론 지금의 자신이 인간 남자를 이기기는 쉽지 않았겠지만.

대악마 벨로나.

전쟁의 여신이라 칭해지던 자신이 지금 고작 이런 꼴로 있어야 된다는 사실에 울컥하고 감정이 복받쳐 올랐다.

비참하다.

비참해도 이렇게 비참할 수가 없었다.

"……빌어먹을."

그녀가 나지막이 욕지거리를 내뱉으며, 알 수 없는 눈동자로 자신을 쳐다보고 있는 한새를 향해 몹시 불쾌하다는 어투로 물었다.

"너 대체 나한테 이렇게까지 하는 이유가 뭐야? 내가 아프든 말든 너랑 무슨 상관인데!"

그녀의 질문에 한새의 눈동자가 어둡게 가라앉았다.

서로의 얼굴이 바로 한 치 앞에 있었기 때문에 화인은 알고 싶지 않아도 지금 그의 기분이 어떤지 느낄 수 있었다.

몇 번 입술을 달싹거리던 그가 한껏 낮아진 목소리로 말했다.

"……좋아해."

〈다음 권에 계속〉